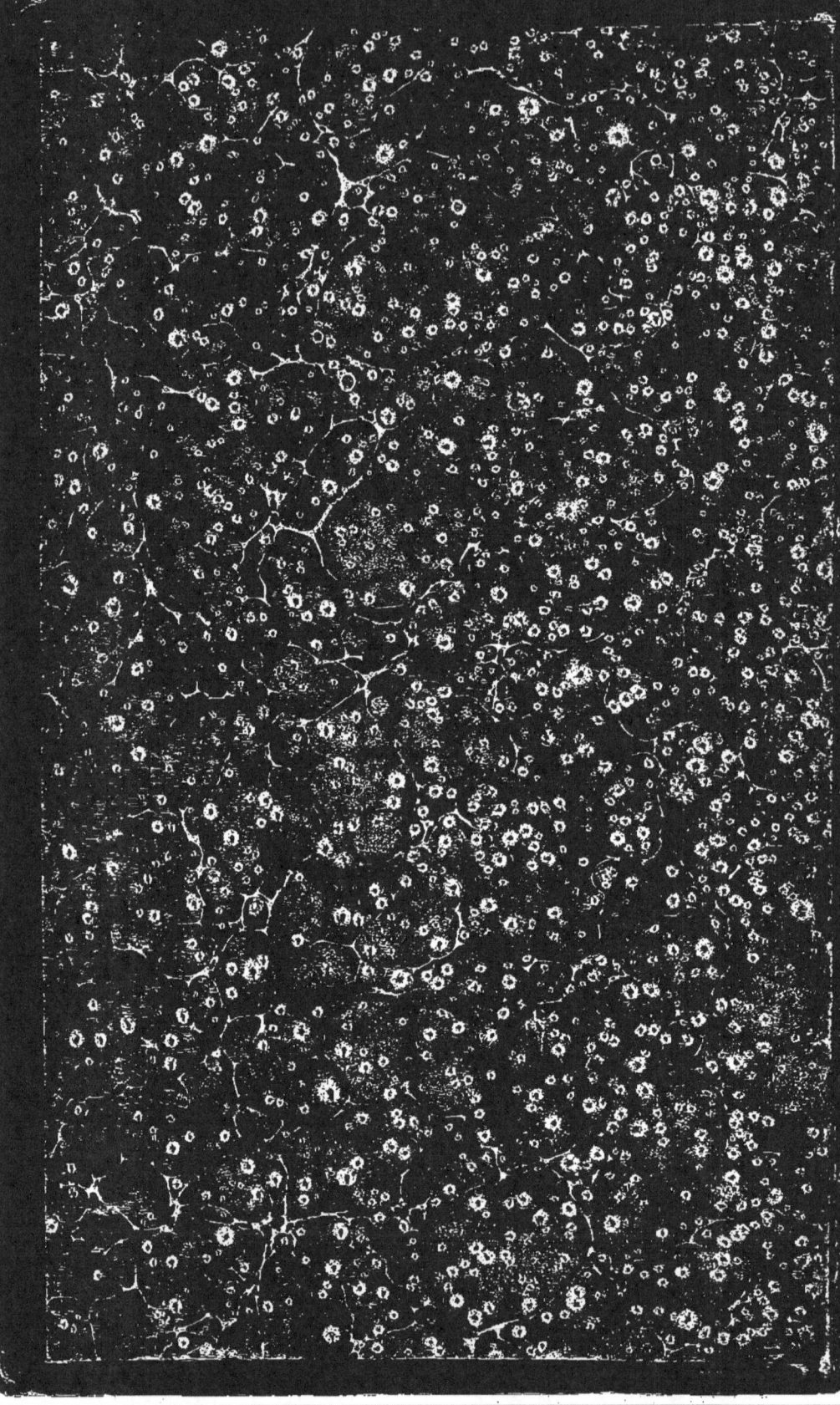

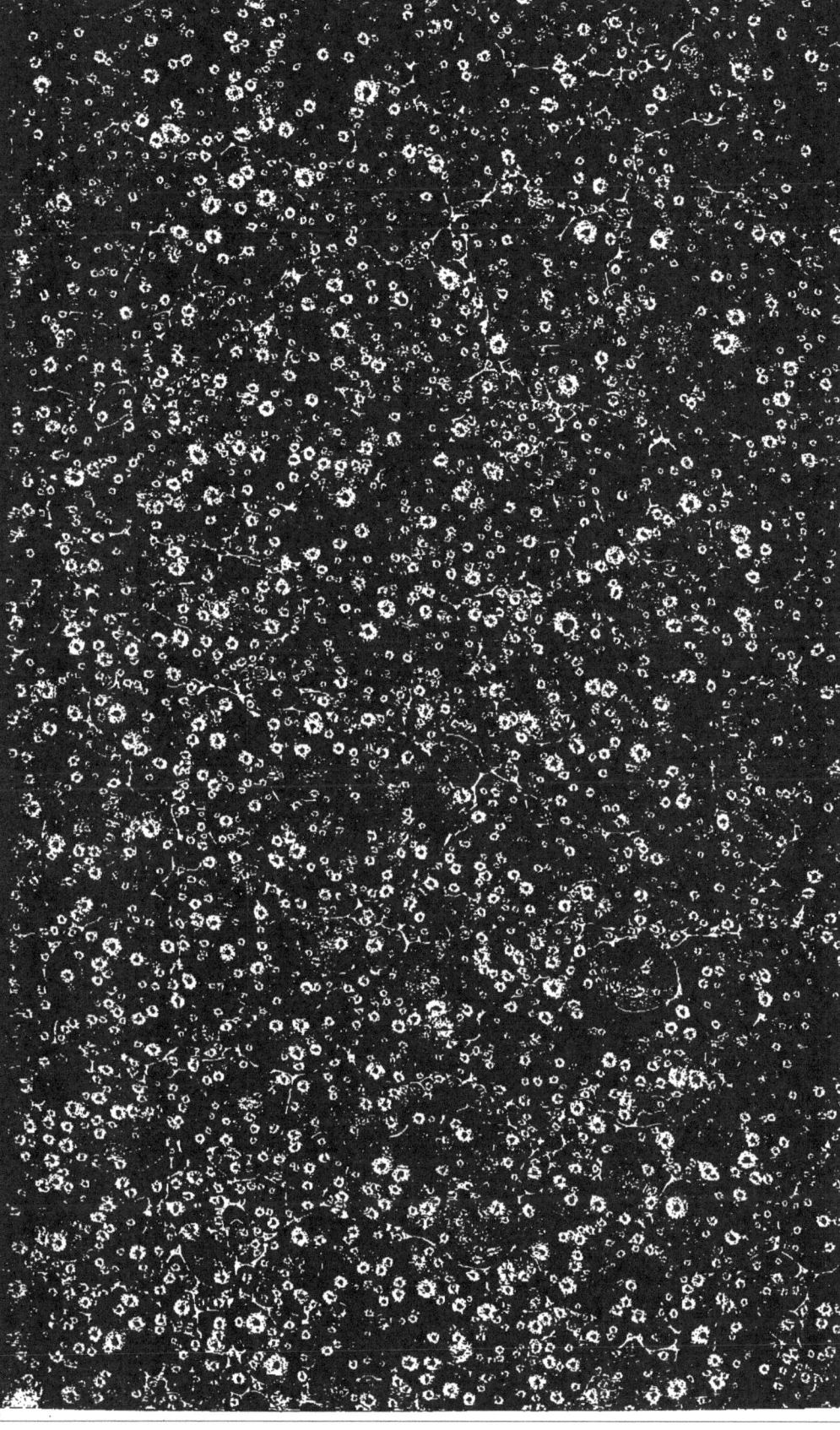

UNE ANNÉE

DANS LE SAHEL

DU MÊME AUTEUR

———

UN ÉTÉ

DANS LE SAHARA

Un vol. grand in-18

PARIS.—TYPOGRAPHIE WITTERSHEIM
RUE MONTMORENCY, 8.

UNE ANNÉE

DANS

LE SAHEL

PAR

EUGÈNE FROMENTIN

PARIS

MICHEL LÉVY FRÈRES, LIBRAIRES-ÉDITEURS

RUE VIVIENNE, 2 BIS

—

1859

UNE ANNÉE
DANS LE SAHEL

I

MUSTAPHA D'ALGER

Mustapha d'Alger, 27 octobre.

J'ai quitté la France il y a deux jours, comme je te l'écrivais de Marseille en fermant ma lettre par un adieu, et déjà je t'écris d'Afrique. J'arrive aujourd'hui 27 octobre, amené par un grand vent du nord-ouest, le seul, je crois, qu'Ulysse n'eût pas enfermé dans ses outres, le même auquel Énée sacrifia une brebis blanche, celui qu'on appelait Zéphyre, joli nom pour un très-vilain vent. On l'appelle aujourd'hui mistral ; il en est ainsi, hélas ! de tous les souvenirs laissés dans

1

ces parages héroïques par les odyssées grecques et latines. Les choses restent, mais la mythologie des voyages a disparu. La géographie politique a fait trois îles espagnoles des trois corps du monstrueux Géryon. La vitesse a supprimé jusqu'aux aventures; tout est plus simple, plus direct, pas du tout fabuleux et beaucoup moins charmant. La science a détrôné la poésie; l'homme a substitué sa propre force aux dieux jaloux, et nous voyageons orgueilleusement, mais assez tristement, dans la prose. La mer est ce qu'elle était; on peut dire d'elle tout le bien et tout le mal possible, car elle est encore la plus belle, la plus bleue et peut-être la plus perfide des mers du monde. *Mare sævum*, disait Salluste, qui ne faisait plus de métaphores et déjà parlait en historien des flots orageux qui le conduisaient à son gouvernement d'Afrique.

Ainsi quarante-six heures à peu près de fort roulis, un trajet trop long pour le plaisir qu'on y trouve, trop court pour donner le temps de s'habituer à la mer, de s'y attacher et de voir changer les spectacles; l'ennui du séjour à bord, l'incommodité d'être bercé dans un lit mouvant comme par une nourrice en colère; autour de soi, des scènes d'hôpital; au dehors,

dès ondes grisâtres, un ciel grisâtre; de longues nuits
obscures malgré les étoiles, deux journées blafardes
malgré un vif soleil, un horizon confus, des dimen-
sions douteuses à cause du point de vue placé trop
bas; ni grandeur, ni beauté; des îles qui fuyaient
dans le brouillard; des oiseaux qui venaient nous
visiter au passage, comme des sentinelles insulaires
chargées d'apprendre qui nous étions; d'autres,
comme nous frileux émigrants, qui fuyaient l'hiver et
nous devançaient de toute la légèreté de leurs ailes;
d'autres encore, mais en petit nombre, qui croisaient
notre route, remontaient au nord et naviguaient
presque à fleur d'eau avec des peines inouïes; une ou
deux voiles à l'horizon qui se balançaient sur des
collines écumeuses; un grand bruit de vent dans les
voiles, de roues déchirant la mer, de balancier frappant à coups redoublés dans les entrailles du navire :
—voilà, pour ne rien omettre, le bulletin de ce court
voyage, un des moins héroïques à coup sûr qui aient
été accomplis sur cette mer fameuse.

Ce matin même, à neuf heures, quarante-deux
heures après avoir salué les côtes à demi africaines
de Provence et trois heures avant d'être au port, on

voyait la terre. Le premier sommet qu'on aperçoit,
c'est le vieux Atlas; puis se présente la tête un peu
plus voisine de la Bouzareah, puis Alger, un triangle
blanchâtre sur des plateaux verts. A midi précis,
l'ancre tomba sous les canons de la marine et dans
des eaux paisibles. Il faisait chaud. Le vent ne soufflait plus; la mer était d'un bleu sombre, le ciel net
et très-coloré; je ne sais quelle odeur de benjoin remplissait l'air. Nous entrions dans un climat nouveau,
et je reconnaissais cette ville charmante à son odeur.
Une heure après, je roulais sur la route de Mustapha,
et mon ancien ami le voiturier Slimen, que le hasard
m'avait fait rencontrer à la Porte de la Marine, m'arrêtait devant une petite maison carrée, blanche et
sans toiture; j'étais chez moi.

Ma première étape est donc achevée. Je viens à
Alger comme au plus près, car c'est ainsi que j'entends les migrations. J'ai passé l'été dernier en Provence, dans un pays qui prépare à celui-ci et le fait
désirer : des eaux sereines, un ciel exquis, et presque
la vive lumière de l'Orient; je ne suis pas fâché de
m'arrêter, les pieds sur la vraie terre arabe, mais à
l'autre bord seulement de la mer qui me sépare de

France et face à face avec le pays que je quitte. En attendant que je me déplace, je cherche un titre à ce journal. Peut-être l'appellerons-nous plus tard *journal de voyage*. Aujourd'hui soyons modeste, et nommons-le tout simplement *journal d'un absent*.

Cette lettre, mon ami, ne partira pas seule. Je viens à ce moment même de t'envoyer un messager, c'est un oiseau que j'ai recueilli en route et que j'ai ramené jusqu'ici comme un compagnon, le seul à bord dont l'intimité me fût agréable et qui fût discret. Peut-être oubliera-t-il que je l'ai sauvé du naufrage pour se souvenir seulement d'avoir été mon prisonnier. Il est entré dans ma cabine hier au soir, à la tombée de la nuit, par le hublot que j'avais ouvert pendant une courte embellie. Il était à demi mort de fatigue; de lui-même il vint se réfugier dans ma main, tant il avait peur de cette vaste mer sans limites et sans point d'appui. Je l'ai nourri comme j'ai pu, de pain qu'il n'aimait guère et de mouches auxquelles toute la nuit j'ai donné la chasse. C'est un rouge-gorge, de tous les oiseaux peut-être le plus familier, le plus humble, le plus intéressant par sa faiblesse, son vol court et ses goûts sédentaires. Où donc allait-il dans cette saison? Il retournait en France; il en revenait peut-être? Sans doute il avait son but, comme j'ai le mien.

— Connais-tu, lui ai-je dit, avant de le rendre à sa destinée, avant de le remettre au vent qui l'emporte, à la mer à qui je le confie, connais-tu, sur une côte où j'aurais pu te voir, un village blanc dans un pays pâle, où l'absinthe amère croît jusqu'au bord des champs d'avoine? Connais-tu une maison silencieuse et souvent fermée, une allée de tilleuls où l'on marche peu, des sentiers sous un bois grêle où les feuilles mortes s'amassent de bonne heure, et dont les oiseaux de ton espèce font leur séjour d'automne et d'hiver? Si tu connais ce pays, cette maison champêtre qui est la mienne, retournes-y, ne fût-ce que pour un jour, et porte de mes nouvelles à ceux qui sont restés.

Je le posai sur ma fenêtre, il hésita; je l'aidai de la main; alors il ouvrit brusquement ses ailes; le vent du soir, qui soufflait de la terre, le décida sans doute à partir, et je le vis s'élancer en droite ligne vers le nord.

Adieu, mon ami, adieu pour ce soir du moins. Je

commence une absence dont je ne veux pas encore
déterminer la durée; mais sois tranquille : je ne
viens pas au pays des Lotophages pour manger le
fruit qui fait oublier la patrie.

Mustapha, 5 novembre.

A tous ceux qui me croient un voyageur, tu lais-
seras en effet supposer que je voyage, et tu diras que
je pars. Si l'on demande où je vais, tu répondras que
je suis en Afrique : c'est un mot magique qui prête
aux conjectures, et qui fait rêver les amateurs de découvertes. A toi je puis avec humilité dire le fait
comme il est : ce pays me plaît, il me suffit, et pour
le moment je n'irai pas plus loin que Mustapha d'Alger; c'est-à-dire à deux pas de la plage où le bateau
m'a débarqué.

Je veux essayer du *chez moi* sur cette terre étrangère, où jusqu'à présent je n'ai fait que passer, dans
les auberges, dans les caravansérails ou sous la tente,
changeant tantôt de demeure et tantôt de bivouac,
campant toujours, arrivant et partant, dans la mobi-
lité du provisoire et en pèlerin. Cette fois je viens y
vivre et l'habiter. C'est à mon avis le meilleur moyen

de beaucoup connaître en voyant peu, de bien voir en observant souvent, de voyager cependant, mais comme on assiste à un spectacle, en laissant les tableaux changeants se renouveler d'eux-mêmes autour d'un point de vue fixe et d'une existence immobile. J'y verrai s'écouler toute une année peut-être, et je saurai comment les saisons se succèdent dans ce bienheureux climat, qu'on dit inaltérable. J'y prendrai des habitudes qui seront autant de liens plus étroits pour m'attacher à l'intimité des lieux. Je veux y planter mes souvenirs comme on plante un arbre, afin de demeurer de près ou de loin enraciné dans cette terre d'adoption.

A quoi bon multiplier les souvenirs, accumuler les faits, courir après les curiosités inédites, s'embarrasser de nomenclatures, d'itinéraires et de listes? Le monde extérieur est comme un dictionnaire; c'est un livre rempli de répétitions et de synonymes : beaucoup de mots équivalents pour la même idée. Les idées sont simples; les formes multiples; c'est à nous de choisir et de résumer. Quant aux endroits célèbres, je les compare à des locutions rares, luxe inutile dont le langage humain peut se priver sans y perdre rien.

J'ai fait autrefois deux cents lieues pour aller vivre un mois, qui durera toujours, dans un bois de dattiers sans nom, presque inconnu, et je suis passé à deux heures de galop du tombeau numide de Syphax sans me détourner de mon chemin.

Tout est dans tout. Pourquoi le résumé des pays algériens ne tiendrait-il pas dans le petit espace encadré par ma fenêtre, et ne puis-je espérer voir le peuple arabe défiler sous mes yeux par la grande route ou dans les prairies qui bordent mon jardin? Ici, comme à l'ordinaire, je trace un cercle autour de ma maison, je l'étends jusqu'où il faut pour que le monde entier soit à peu près contenu dans ses limites, et alors je me retire au fond de mon univers; tout converge au centre que j'habite, et l'imprévu vient m'y chercher. Ai-je tort? Je ne le crois pas, car cette méthode, raisonnable ou non, donne aussitôt le plus grand calme en promettant des loisirs sans bornes, et fait considérer les choses d'un regard paisible, plus attentif, pour ainsi dire accoutumé dès le premier jour. Il faut donc que tu saches que je réside à trente-cinq minutes d'Alger, assez loin de la ville, mais pas tout à fait en pleins champs, et que je puis voir d'ici,

1*

plantée sur la colline, entre deux cyprès, la tour municipale de ma mairie.

La maison que j'habite est charmante. Elle est posée comme un observatoire entre les coteaux et le rivage, et domine un horizon merveilleux : à gauche Alger, à droite tout le bassin du golfe jusqu'au cap Matifou, qui s'indique par un point grisâtre entre le ciel et l'eau ; en face de moi, la mer. Je découvre ainsi tout un côté du Sahel et tout le Hamma, c'est-à-dire une longue terrasse boisée, semée de maisons turques et doucement inclinée vers le golfe. Une petite plaine, étroite et longue comme un ruban, la rattache au rivage. C'est un pays de bocage, fertile, humide, presque partout marécageux. On y voit des prairies, des vergers, des cultures, des fermes, des maisons de plaisance aux toits plats, aux murs blanchis, des casernes transformées en métairies, d'anciens forts devenus des villages, le tout sillonné de routes, clair-semé de bouquets d'arbres et découpé par d'innombrables haies de cactus et de nopals toutes pareilles à des broderies d'argent. A l'endroit où le Sahel expire, vers l'embouchure de l'Arrach, on peut apercevoir, quand le soleil le fait briller, le

massif un peu blanchâtre de la *Maison carrée*. Plus
près du cap encore, on voit briller des étincelles à
fleur d'eau : c'est un petit village maltais nommé le
village du *Fort de l'eau* : malgré la fièvre, il prospère à quelques pas de l'endroit où la flotte de
Charles-Quint prit terre et où son armée périt. Derrière la Maison carrée, on devine une étendue vide
et sans mouvement, un grand espace où l'azur commence, où l'air vibre continuellement : c'est l'entrée
de la Mitidja. Enfin tout à fait au fond, dans l'est, la
chaîne dentelée et toujours bleue des montagnes kabyles ferme, par un dessin sévère, ce magnifique horizon de quarante lieues.

Alger se montre à l'autre extrémité du demi-cercle,
au couchant, déployé de profil et descendant par
échelons les degrés escarpés de sa haute colline.
Quelle ville, mon cher ami ! les Arabes l'appelaient
El-Bahadja, la blanche, et comme elle est encore la
bien nommée ! A vrai dire, elle est déshonorée, puisqu'elle est française. L'enceinte hautaine de ses remparts turcs, cette vieille ceinture ardente et brunie,
est brisée partout, et déjà ne la contient plus tout
entière ; la haute ville a perdu ses minarets, et peut-

être y pourrait-on compter quelques toitures. Toutes
les nations de l'Europe et du monde viennent aujour-
d'hui, par tous les vents, amarrer leurs navires de
guerre et de commerce au pied de la grande mosquée ; Bordj-el-Fannar n'effraie plus personne, et se
pavoise du drapeau tricolore en signe de ralliement.
N'importe, Alger demeure toujours la capitale et la
vraie reine des Moghrebins. Elle a toujours sa Kasbah pour couronne, avec un cyprès, dernier vestige
apparent des jardins intérieurs du dey Hussein ; un
maigre cyprès, pointant dans le ciel comme un fil
sombre, mais qui, de loin, ressemble à une aigrette
sur un turban. Quoi qu'on fasse, elle est encore, et
pour longtemps, j'espère, El-Bahadja, c'est-à-dire la
plus blanche ville peut-être de tout l'Orient. Et quand
le soleil se lève pour l'éclairer, quand elle s'illumine
et se colore à ce rayon vermeil qui tous les matins
lui vient de La Mecque, on la croirait sortie de la
veille d'un immense bloc de marbre blanc, veiné de
rose.

La ville est flanquée de ses deux forts, le fort Bab-
Azoun, qui ne l'a pas défendue, et le fort de l'Empe-
reur, Bordj-Moulaye-Hassan, qui l'a fait prendre.

En avant s'étendent les faubourgs, qu'heureusement je ne vois pas d'ici. Les bâtiments de la marine, jolie ligne architecturale animée de couleurs vives, se reflètent avec des miroitements infinis dans des eaux du bleu le plus tendre, et je puis dire que je ne perds pas un seul trait regrettable de cette silhouette exquise.

Comme tu le vois, ce n'est pas l'étendue, ni l'air vif, ni la lumière qui manquent à ce panorama. Le soleil se promène tout autour de ma cellule sans y pénétrer jamais. Il y règne une ombre inviolable. Pour vis-à-vis direct, j'ai le ciel fixe du nord-est et le rideau bleu de la haute mer. Le demi-jour azuré qui descend du ciel se répand avec égalité sur les murs blancs, sur les lambris et sur le sol parqueté de faïences à fleurs. Rien n'est plus abrité ni plus ouvert, plus sonore ni plus paisible; il y a dans ce réduit, aussi favorable au repos qu'au travail, une sorte de tranquillité froide et blême, et comme une habitude de douceur qui me ravit profondément.

J'ai presque deux jardins. L'un est petit, enclos de murs, planté de rosiers, d'orangers, de caoutchoucs et d'arbres à haut feuillage qui vont me prêter de l'ombre pendant tout l'hiver, ce qui fait que par reconnaissance au moins j'en apprendrai le nom. Au fond, j'ai une écurie avec des chevaux, et toute une compagnie de pigeons blancs et bleus est baraquée au-dessus de la niche du chien de garde. On ne saurait être plus propriétaire. Mon second jardin n'est, à proprement parler, qu'un parterre enclavé dans un pré pâturé que des pluies récentes ont fait un peu reverdir, et qui commence à se garnir de mauves sauvages. Un troupeau de vaches plus décharnées que les animaux de Karel et de Berghem s'y promènent tout le jour, tondant l'herbe à mesure qu'elle pousse, et léchant la terre aux endroits stériles. Ces petites bêtes aux os saillants me rappellent les cantons pauvres de la France, et dans les dispositions d'esprit où je suis, ce souvenir est loin de me déplaire. Quelquefois deux ou trois chameaux noirâtres et galeux, escortés d'un petit ânon tout à fait étrange à cause de la longueur de ses poils, s'y rencontrent avec le troupeau des bêtes à cornes. L'âne se couche et s'endort. Les grands animaux bossus y passent de longues heures dans des méditations de derviche. Le berger est un jeune Arabe habillé de blanc, beau de visage, et dont la *chachia* brille de loin parmi les cactus, comme une fleur singulière de couleur écarlate.

Ma chambre à coucher est au midi. De là, j'ai vue sur les collines dont le premier renflement commence à cinquante mètres au delà de mon enclos. Toute la pente est tapissée d'arbres et colorée d'un vert plus âpre, à mesure que l'année décline. A peine y voit-on quelques arbres blancs, de vieux trembles dorés par l'automne et qu'on dirait couverts de sequins. Les amandiers seuls ont déjà perdu leurs feuilles.

Les petites maisons construites dans ce paradis, par des voluptueux qui sont morts, sont du plus pur style arabe et d'une blancheur de lis. Peu de fenêtres, des compartiments singuliers, des chambres qu'on devine, des divans circulaires indiqués par de petits dômes, et des ouvertures treillagées qui font rêver. Le ciel matinal couvre ces mystères de lueurs fraîches et vives. Les pigeons de ma basse-cour roucoulent comme pour donner la note musicale de ce tableau aimable; et de temps en temps, un couple blanc passe avec bruit devant ma fenêtre et fait voler son ombre jusque sur mon lit.

Presque tous les jours, il y a des manœuvres de cavalerie dans l'hippodrome. L'hippodrome est un grand terrain vide et battu, sans verdure, enclos d'aloës et d'oliviers, qui commence au bout de mon parterre et se termine au rivage. On n'y voit jamais que de rares chameliers arabes, qui coupent au plus court, pour éviter le circuit de la route d'Alger, des enterrements maures qui se rendent au cimetière de Sid-Abd-el-Kader, et des exercices de cavalerie, le matin depuis l'aube jusqu'à neuf heures. Souvent, la mousqueterie me réveille. J'entends le galop des chevaux, des bruits de sabre frappant contre les étriers, et la voix des commandements, claire et timbrée comme des notes de clairon. Les cavaliers manœuvrent par petits pelotons, soit au pas, soit au trot, quelquefois au galop de charge. Des lignes de tirailleurs se déploient sur la lisière du champ. Le soleil fait briller les canons fourbis et les capucines de cuivre ; à chaque arme qui se rabat, on voit jaillir un filet de fumée blanche, et l'odeur âcre de la poudre arrive jusque chez moi. Pendant ce temps, des officiers inoccupés se promènent à l'écart, dressant à des exercices de souplesse de jolis chevaux, plus élégants sous leur selle étroite et délicatement bridés, comme avec des fils.

C'est un spectacle quotidien en dehors de mes prévisions de voyage, et dont je me suis déjà fait une agréable habitude. Je n'aime pas la guerre; cependant je me sens frémir au moindre bruit qui m'en donne l'idée. La voix ferme et mâle d'un clairon me donne un battement de cœur un peu plus vif; et, dans ce très-petit simulacre d'escarmouche, dans l'éclair des armes, dans le mouvement des chevaux, il y a je ne sais quoi de martial et d'entraînant qui s'encadre à merveille dans les allègres tableaux des matinées d'Afrique.

Au surplus, tout me charme dans ce pays, je n'ai pas à te l'apprendre. La saison est magnifique; l'étonnante beauté du ciel embellirait même un pays sans grâce. L'été continue, quoique nous soyons en novembre. L'humidité de la nuit rafraîchit la terre en attendant la pluie, que rien ne fait prévoir. L'année s'achèvera sans tristesse; l'hiver viendra sans qu'on s'en aperçoive et qu'on le redoute. Pourquoi la vie humaine ne finit-elle pas comme les automnes d'Afrique, par un ciel clair, avec des vents tièdes, sans décrépitude ni pressentiments?

8 novembre.

Mon voisinage est des plus singuliers, et peut faire imaginer de quoi se compose une colonie qui naît. De toutes les maisons qui m'entourent, il n'y en a pas deux qui se ressemblent, ni dont les habitants soient de même race. On y parle à peu près toutes les langues, et je crois qu'on y pourrait trouver tous les degrés à peu près de l'aisance et de la misère. Les industries y sont incompréhensibles, les habitudes équivoques; les existences y prennent la forme d'un mystère.

Mais de toutes ces demeures bizarres, la plus étrange est sans contredit une petite maison d'aspect funeste, dévastée, horriblement malpropre et située à quelques pas de la mienne. Elle est occupée par une légion d'oiseaux de basse-cour, poulets, pigeons, pintades, jusqu'à des oies. Le matin, toute cette famille emplumée s'échappe à la fois par toutes les issues, portes et fenêtres. Les plus agiles se précipitent de l'étage en volant. La journée finie, chacun revient au gîte, et le soleil n'est pas couché que la dernière poule a regagné son perchoir. Quelquefois

cependant un homme paraît au seuil de la maison ;
il siffle pour appeler les oiseaux dispersés, et jette,
en faisant un cercle avec le bras, des poignées de
grains dans la prairie. Avec des yeux bleus, des cheveux blonds, il conserve, malgré le hâle, le teint
rosé d'un homme à peau blanche. Il est vêtu de toile
et coiffé d'une casquette sans bords ; il fume à grosses
bouffées dans une pipe allemande. Mon domestique,
qui ne connaît de lui que son prénom, m'apprend
qu'il est Polonais, et que depuis plusieurs années il
habite cette volière. Tous les jours, à la même heure,
je l'aperçois qui rentre en compagnie de gens inconnus dans le voisinage, mis pauvrement et parlant
très-bas. Une douce odeur de tabac maure se mêle
alors aux fortes exhalaisons de ce taudis. On n'y
allume jamais ni feu ni lumière, mais on y fume et
l'on y cause ; puis, quand la soirée s'est écoulée dans
des conversations en sourdine, la triste maison ne
fait plus aucun bruit. La nuit seulement, depuis
minuit jusqu'à l'aurore, on entend des coqs qui
chantent au-dessus de ce rendez-vous d'exilés. Si les
hôtes de ce lieu misérable n'ont pas d'autre hôtellerie
sur la terre étrangère, ils sont à plaindre ; mais je

me demande par quelle rencontre cruelle tous ces oiseaux sont placés sous la garde de gens qui probablement n'ont pas toujours dîné.

Mustapha, 10 novembre.

Il y a deux villes dans Alger : la ville française, ou, pour mieux dire, européenne, qui occupe les bas quartiers et se prolonge aujourd'hui sans interruption jusqu'au faubourg de l'Agha ; la ville arabe, qui n'a pas dépassé la limite des murailles turques, et se presse comme autrefois autour de la Kasbah, où les zouaves ont remplacé les janissaires.

La France a pris de la vieille enceinte tout ce qui lui convenait, tout ce qui touchait à la marine, ou commandait les portes, tout ce qui était à peu près horizontal, facile à dégager, d'un accès commode ; elle a pris la Djenina, qu'elle a rasée, et l'ancien palais des pachas, dont elle a fait la maison de ses gouverneurs ; elle a détruit les bagnes, réparé les forts, transformé le môle, agrandi le port ; elle a créé une petite rue de Rivoli avec les rues Bab-Azoun et Bab-el-Oued, et l'a peuplée comme elle a pu de contrefaçons parisiennes ; elle a fait un choix dans les mosquées, laissant les unes au Koran, donnant les autres à l'Évaugile. Tout ce qui était administration civile et religieuse, la magistrature et le haut clergé, elle l'a maintenu sous ses yeux et dans sa main ; garantissant à chacun la liberté de sa foi religieuse et morale, elle a voulu que les tribunaux et les cultes fussent mitoyens, et, pour mieux exprimer par un petit fait l'idée qui préside à sa politique, elle a permis à ses prêtres catholiques de porter la longue barbe virile des ulémas et des rabbins. Elle a coupé en deux, mais par nécessité seulement, les escaliers qui font communiquer la basse ville avec la haute ; elle a conservé les bazars au milieu des nouvelles rues marchandes, afin de mêler les industries par le contact, et pour que l'exemple du travail en commun servît à tous. Des places ont été créées, comme autant de centres de fusion pour les deux races : la porte Bab-Azoun, où l'on suspendait à côté de leurs têtes les corps décapités, a été détruite ; les remparts sont tombés ; le marché au savon, où se donnaient rendez-vous tous les mendiants de la ville, est devenu la place du théâtre ; ce théâtre existe, et, pour le construire, nos ingénieurs ont transformé en terrasse l'énorme rampe qui formait le glacis escarpé du rempart turc. Les anciennes limites une fois franchies, l'œuvre s'est continuée du côté de l'est, la mer lui faisant obstacle à l'ouest et au nord. De vastes faubourgs relient Alger au *Jardin d'essai*. Enfin la Porte-Neuve (Bab-el-Djeddid), celle-là même par laquelle l'armée de 1830 est entrée, reportée quelques cents mètres plus loin, se nomme aujourd'hui *porte d'Isly*, et la statue du maréchal agronome est placée là comme un emblème définitif de victoire et de possession.

Voilà pour la ville française. L'autre, on l'oublie ; ne pouvant supprimer le peuple qui l'habite, nous lui laissons tout juste de quoi se loger, c'est-à-dire le belvédère élevé des anciens pirates. Il y diminue de lui-même, se serrant encore instinctivement contre son palladium inutile, et regardant avec un regret inconsolable la mer qui n'est plus à lui.

Entre ces deux villes si distinctes, il n'y a d'autres barrières, après tant d'années, que ce qui subsiste entre les races de défiance et d'antipathies ; cela suffit pour les séparer. Elles se touchent, elles se tiennent dans le plus étroit voisinage, sans pour cela se confondre ni correspondre autrement que parce qu'elles ont de pire, la boue de leurs ruisseaux et leurs vices. En bas, le peuple algérien est chez nous ; en haut, nous pouvons croire encore, à l'heure qu'il est, que nous sommes chez les Algériens. Ici, on parle toutes les langues de l'Europe ; là, on ne parle que la langue insociable de l'Orient. De l'une à l'autre, et comme à moitié chemin des deux villes, circule un idiome international et barbare, appelé de ce nom de *sabir*, qui lui-même est figuratif et veut dire « comprendre. » Se comprend-on ? se comprendra-t-on jamais ? Je ne le crois pas. Il y a des attractions impossibles en morale comme en chimie, et toute la politique des siècles ne changera pas en loi d'amour la loi des inimitiés humaines. La paix est faite en apparence, mais à quel prix ? Durera-t-elle ? et que produira-t-elle ? Grande question qui se débat en Algérie comme ailleurs, partout où l'Occident partage un pouce de territoire avec l'Orient, où le Nord se trouve, par des compétitions fortuites, face à face avec son éternel ennemi le Midi. Nous n'empêcherons pas les fils ennemis de Jocaste de se haïr, de se combattre et de s'entre-tuer. Ils se sont battus dans le ventre de leur mère, et la flamme de leur bûcher se partagera par une antipathie qui survivra jusque dans leur cendre.

Au fond, les Arabes, — nos voisins du moins, ceux que nous appelons les nôtres, — demandent peu de chose; par malheur, ce peu de chose, nous ne saurions le leur accorder. Ils demandent l'intégrité et la tranquillité de leur dernier asile, où qu'il soit, et si petit qu'il soit, dans les villes comme dans les campagnes, même à la condition d'en payer le loyer, comme ils ont fait depuis trois siècles, et tant bien que mal, entre les mains des Turcs, qui ne nous valaient pas comme propriétaires. Ils voudraient n'être pas gênés, coudoyés, surveillés, vivre à leur guise, se conduire à leur fantaisie, faire en tout ce que faisaient leurs pères, posséder sans qu'on cadastre leurs terres, bâtir sans qu'on aligne leurs rues, voyager sans qu'on observe leurs démarches, naître sans qu'on les enregistre, grandir sans qu'on les vaccine, et mourir sans formalités. Comme indemnité de ce que la civilisation leur a pris, ils revendiquent le droit d'être nus, d'être indigents, de mendier aux portes, de coucher à la belle étoile, de déserter les marchés, de laisser les champs en friche, de mépriser le sol dont on les a dépossédés, et de fuir une terre qui ne les a pas protégés. Ceux qui possèdent cachent et thésaurisent; ceux qui n'ont plus rien se réfugient dans leur misère, et de tous les droits qu'ils ont perdus, celui qui leur tient le plus au cœur peut-être, c'est le droit de se résigner et l'indépendance de leur pauvreté.

Je me souviens un soir, pendant un séjour que je fis à Blidah, d'avoir rencontré, près de la porte d'Alger, un Arabe qui faisait ses dispositions pour passer la nuit. Il était vieux, fort misérable, mal couvert de haillons qui le cachaient à peine, harassé comme s'il eût fait une longue étape; il rôdait autour du rempart, évitant d'être vu par les sentinelles, et cherchant parmi les cailloux de la route un petit coin pour s'y coucher. Dès qu'il m'aperçut, il se leva et me demanda comme une aumône la permission de rester là. — Tu ferais mieux d'entrer dans la ville, lui dis-je, et d'aller loger au Fondouk. — Il me regarda sans me répondre, prit son bâton, qu'il avait déjà posé par terre, renoua sa sacoche autour de ses reins, et s'éloigna dans un silence farouche. Je le rappelai, mais en vain; il refusait une hospitalité offerte dans nos murs, et ma pitié le faisait fuir.

2

Ce que ces proscrits volontaires détestent en nous, car ils nous détestent, ce n'est donc pas notre administration, plus équitable que celle des Turcs, notre justice moins vénale, notre religion tolérante envers la leur; ce n'est pas notre industrie, dont ils pourraient profiter, notre commerce, qui leur offre des moyens d'échange; ce n'est pas non plus l'autorité, car ils ont la longue habitude de la soumission, la force ne leur a jamais déplu, et, comme les enfants, ils accepteraient l'obéissance, sauf à désobéir souvent. Ce qu'ils détestent, c'est notre voisinage, c'est-à-dire nous-mêmes; ce sont nos allures, nos coutumes, notre caractère, notre génie. Ils redoutent jusqu'à nos bienfaits. Ne pouvant nous exterminer, ils nous subissent; ne pouvant nous fuir, ils nous évitent. Leur principe, leur maxime, leur méthode est de se taire, de disparaître le plus possible et de se faire oublier.

On a donc oublié la haute ville, et j'y reviens après ce long détour. En devenant inutile, elle échappe aux projets qu'on aurait eus de la rendre française, et la voilà sauvée des démolisseurs et des architectes. Le vieux Alger n'est pas détruit; à considérer les choses au point de vue pittoresque, ce qu'on avait de mieux à faire, c'était de respecter ce dernier monument de l'architecture et de l'existence arabes, le seul peut-être, avec Constantine, qui subsiste en Algérie, non pas intact, mais reconnaissable.

C'est l'ancienne porte Bab-el-Djeddid qui marque à peu près d'une façon visible le point de séparation des deux villes. Il y a précisément à cet endroit une petite place solitaire, sorte de terrain neutre où les gamins français fraternisent avec les enfants maures, où des Juifs, les plus conciliants de tous les hommes en matière de nationalité, vendent de la ferraille et de vieux clous. Ici aboutissent les rues qui montent à la Kasbah et celles qui descendent vers le port ; ici expirent les coutumes, les industries, les bruits, jusqu'aux odeurs des deux mondes.

A droite, les rues plongeantes mènent en Europe. — Tu te rappelles ces quartiers pauvres, bruyants et mesquins, mal habités et mal famés, avec des volets verts, des enseignes ridicules et des modes inconnues ; ces rues suspectes, peuplées de maisons suspectes, de matelots qui rôdent, d'industriels sans industrie, d'agents de police en observation ; ces bruits cosmopolites, et quels bruits ! — émigrants qui pérorent dans des patois violents, Juifs qui se querellent, femmes qui jurent, fruitiers espagnols qui chantent des chansons obscènes en s'accompagnant sur la guitare de Blanca. En résumé, on retrouve ici les habitudes triviales, les mœurs bâtardes, la parodie de nos petites bourgades de province avec la dépravation des grandes villes, la misère mal portée, l'indigence à l'état de vice, le vice à l'état de laideur.

A l'opposite de cette colonie sans nom, on voit s'ouvrir discrètement les quartiers recueillis du vieux Alger, et monter des rues bizarres comme autant d'escaliers mystérieux qui conduiraient au silence. La transition est si rapide, le changement de lieu est si complet, que tout d'abord on aperçoit du peuple arabe les meilleurs côtés, les plus beaux, ceux qui font précisément contraste avec le triste échantillon de notre état social. Ce peuple a pour lui un privilége unique, et qui malgré tout le grandit : c'est qu'il échappe au ridicule. Il est pauvre sans être indigent, il est sordide sans trivialité. Sa malpropreté touche au grandiose; ses mendiants sont devenus épiques : il y a toujours en lui du Lazare et du Job. Il est grave, il est violent; jamais il n'est ni bête, ni gros-

sier. Toujours pittoresque dans le bon sens du mot,
artiste sans en donner la preuve autrement que par
sa tenue, naturellement, et par je ne sais quel instinct
supérieur, il relève jusqu'à ses défauts et prête à ses
petitesses l'énergie des difformités. Ses passions, qui
sont à peu près les nôtres, ont un tour plus grand qui
les rend presque intéressantes, même quand elles
sont coupables. Il est effréné dans ses mœurs, mais il
n'a pas de cabaret, ce qui purge au moins ses débau-
ches de l'odeur du vin. Il sait se taire, autre qualité
rare que nous n'avons pas; il peut par là se passer
d'esprit. « *La parole est d'argent, le silence est
d'or,* » c'est une de ses maximes. Il a la dignité naturelle du corps, le sérieux du langage, la solennité du
salut, le courage absolu dans sa dévotion : il est sauvage, inculte, ignorant; mais en revanche il touche
aux deux extrêmes de l'esprit humain, l'enfance et le
génie, par une faculté sans pareille, l'amour du merveilleux. Enfin ses dons extérieurs font de lui un type
accompli de la beauté humaine, et pour des yeux exi-
geants c'est bien quelque chose.

Tous ces attributs, il les garde; toutes ces qualités,
il les conserve sans en rien perdre, avec une force de

2*

résistance ou d'inertie qui de toutes les forces est la plus invincible. On en peut juger ici, où son obstination n'a pas faibli plus qu'ailleurs, quoiqu'il eût toutes les raisons possibles d'être policé malgré lui-même, d'être usé par les contacts et de s'effacer. Il a tout retenu comme au premier jour, ses usages, ses superstitions, son costume, et la mise en scène à peu près complète de cette existence opiniâtre dans la religion du passé. On pourra le déposséder entièrement, l'expulser de son dernier refuge, sans obtenir de lui quoi que ce soit qui ressemble à l'abandon de lui-même. On l'anéantira plutôt que de le faire abdiquer; je le répète, il disparaîtra avant de se mêler à nous.

En attendant, cerné de toutes parts, serré de près, j'allais dire étranglé, par une colonie envahissante, par des casernes et des corps de garde dont il n'a d'ailleurs qu'un vague souci, mais éloigné volontairement du cours réel des choses, et rebelle à tout progrès, indifférent même aux destinées qu'on lui prépare, aussi libre néanmoins que peut l'être un peuple exproprié, sans commerce, presque sans industrie, il subsiste en vertu de son immobilité même et dans un état voisin de la ruine, sans qu'on puisse imaginer s'il désespère ou s'il attend. Quel que soit le sentiment vrai qui se cache sous la profonde impassibilité de ces quelques milliers d'hommes, isolés désormais parmi nous, désarmés, et qui n'existent plus que par tolérance, il leur reste encore un moyen de défense insaisissable : ils sont patients, et la patience arabe est une arme de trempe extraordinaire dont le secret leur appartient, comme celui de leur acier. Ils sont donc là, tels qu'on les a vus de tout temps, dans leurs rues sombres, fuyant le soleil, tenant plus que jamais leurs maisons closes, négligeant le trafic, économisant leurs besoins, s'environnant de solitude par précaution contre la foule, se prémunissant par le silence contre les envahissements d'un fléau aussi grand pour eux que tous les autres, les importuns.

Leur ville, dont la construction même est le plus significatif des emblèmes, leur *ville blanche* les abrite, à peu près comme le burnouss national les habille, d'une enveloppe uniforme et grossière. Des rues en forme de défilés, obscures et fréquemment voûtées ; des maisons sans fenêtres, des portes basses ; des échoppes de la plus pauvre apparence ; des marchan-

dises empilées pêle-mêle, comme si le marchand avait
peur de les montrer ; des industries presque sans ou-
tils, certains petits commerces risibles, quelquefois
des richesses au fond d'un chausson ; pas de jardins,
pas de verdure, à peine un pied mourant de vigne ou
de figuier qui croupit dans les décombres des carre-
fours ; des mosquées qu'on ne voit pas, des bains où
l'on va mystérieusement, une seule masse compacte
et confuse de maçonnerie, bâtie comme un sépulcre,
où la vie se dérobe, où la gaieté craindrait de se faire
entendre : telle est l'étrange cité où vit, où s'éteint
plutôt un peuple qui ne fut jamais aussi grand qu'on
l'a cru, mais qui fut riche, actif, entreprenant. J'ai
parlé de sépulcre, et j'ai dit vrai. L'Arabe croit vivre
dans sa ville blanche ; il s'y enterre, enseveli dans une
inaction qui l'épuise, accablé de ce silence même qui
le charme, enveloppé de réticences et mourant de
langueur.

Tu sais à quoi se réduit ce qu'on aperçoit de sa vie
publique, ce que j'appelle par analogie son industrie
ou son commerce ; la statistique est ici des plus simples : des brodeurs sur étoffes, des cordonniers, des
marchands de chaux, des bijoutiers du dernier ordre,

des grainetiers vendant à la fois des épices et du tabac; des fruitiers approvisionnés, suivant la saison,
d'oranges ou de pastèques, de bananes ou d'artichauts; quelques laiteries, des barbiers surtout, des
boulangeries banales et des cafés. Cette énumération,
qui n'est pas complète, donne au moins la mesure
assez exacte des besoins; elle définit mieux que toutes
les redites les causes matérielles de cette tranquillité
sans exemple où ce peuple se complaît, et c'est la
seule chose qui m'importe en ce récit.

Quant à la vie privée, elle est, comme dans tout
l'Orient, protégée par des murs impénétrables. Il en
est des maisons particulières comme des boutiques;
même apparence discrète et même incurie à l'extérieur. Les portes ne s'ouvrent jamais qu'à demi, et
retombent d'elles-mêmes par leur propre poids. Tout
est ombrageux dans ces constructions singulières, admirablement complices des cachoteries du maître; les
fenêtres ont des barreaux, et toute sorte de précautions sont prises aussi bien contre les indiscrétions
du dehors que contre les curiosités du dedans. Derrière ces clôtures taciturnes, ces portes massives
comme des portes de citadelles, ces guichets barrica-

dés avec du fer, il y a des choses qu'on ignore, il y a
les deux grands mystères de ce pays-ci, la fortune mo-
bilière et les femmes. De l'une et des autres, on ne
connaît presque rien. L'argent circule à peine, les
femmes sortent peu. L'argent ne se montre guère que
pour passer d'une main arabe dans une main arabe,
pour se convertir en petite consommation ou en bijoux. Les femmes ne sortent que voilées, et leur rendez-vous le plus habituel est un lieu d'asile inviolable : ce sont les bains. Des rideaux de mousseline
légère qui se soulèvent au vent de la rue, des fleurs
soignées dans un pot de faïence de forme bizarre,
voilà à peu près tout ce qu'on aperçoit de ces gynécées, qui nous font rêver. On entend sortir de ces re-
traites des bruits qui ne sont plus des bruits, ou des
chuchotements qu'on prendrait pour des soupirs.
Tantôt c'est une voix qui parle à travers une ouverture cachée, ou qui descend de la terrasse et qui
semble voltiger au-dessus de la rue comme la voix
d'un oiseau invisible; tantôt la plainte d'un enfant
qui se lamente dans une langue déjà singulière, et
dont le balbutiement mêlé de pleurs n'a plus de signification pour une oreille étrangère. Ou bien c'est un

son d'instrument, le bruit mat des *darboukas*, qui marque avec lenteur la mesure d'un chant qu'on n'entend pas, et dont la note unique et scandée comme une rime sourde semble accompagner la mélodie d'un rêve. La captivité se console ainsi, en rêvant d'une liberté qu'elle n'a jamais eue et qu'elle ne peut comprendre.

Il y a un proverbe arabe qui dit : *Quand la femme a vu l'hôte, elle ne veut plus de son mari.* Les Arabes ont un livre de la sagesse à leur usage, et toute la politique conjugale est réglée sur ce précepte. Il est donc bien convenu que, délicieuse ou non pour ceux qui l'habitent, luxueuse ou pauvre, une maison d'Arabe est une prison à forte serrure, et fermée comme un coffre-fort. Le maître avare en a la clef ; il y renferme ensemble tous ses secrets, et nul ne sait, nul ne peut dire ce qu'il possède, ni combien, ni quel en est le prix.

Beaucoup plus tolérants que les Arabes, les Juifs et les nègres permettent à leurs femmes de sortir sans voiles. Les Juives sont belles ; à l'inverse des Mauresques, on les voit partout, aux fontaines, sur le seuil des portes, devant les boutiques, ou réunies

autour des boulangeries banales à l'heure où les galettes sont tirées du four. Elles s'en vont alors, soit
avec leur cruche remplie, soit avec leur planche au
pain, traînant leurs pieds nus dans des sandales sans
quartiers, leur long corps serré dans des fourreaux de
soie de couleur sombre, et portant toutes, comme des
veuves, un bandeau noir sur leurs cheveux nattés.
Elles marchent le visage au vent, et ces femmes en
robe collante, aux joues découvertes, aux beaux yeux
fixes, accoutumées aux hardiesses du regard, semblent toutes singulières dans ce monde universelle-
ment voilé. Grandes et bien faites, elles ont le port
languissant, les traits réguliers, peut-être un peu
fades, les bras gros et rouges, assez propres d'ailleurs,
mais avec des talons sales; il faut bien que leurs ad-
mirateurs, qui sont nombreux, pardonnent quelque
chose à cette infirmité des Juifs du bas peuple : heureux encore quand leur malpropreté n'apparaît qu'au
talon, comme l'humanité d'Achille. De petites filles
mal tenues, dans des accoutrements plus somptueux
que choisis, accompagnent ces matrones aux corps
minces, qu'on prendrait pour leurs sœurs aînées. La
peau rose de ces enfants ne blémit pas à l'action de la

chaleur, comme celle des petits Maures; leurs joues
s'empourprent aisément, et, comme une forêt de cheveux roux accompagne ordinairement le teint de ces
visages où le sang fleurit, ces têtes enluminées et coiffées d'une sorte de broussaille ardente sont d'un effet
qu'on imagine malaisément, surtout quand le soleil
les enflamme.

Quant aux négresses, ce sont, comme les nègres,
des êtres à part. Elles arpentent les rues lestement,
d'un pas viril, ne bronchant jamais sous leur charge
et marchant avec l'aplomb propre aux gens dont
l'allure est aisée, le geste libre et le cœur à l'abri
des tristesses. Elles ont beaucoup de gorge, le buste
long, les reins énormes : la nature les a destinées à
leurs doubles fonctions de nourrices et de bêtes de
somme. — *Anesse le jour, femme la nuit,* — dit
un proverbe local, qui s'applique aux négresses aussi
justement qu'à la femme arabe. Leur maintien, composé d'un dandinement difficile à décrire, met encore en relief la robuste opulence de leurs formes, et
leurs haïks quadrillés de blanc flottent, comme un
voile nuptial, autour de ces grands corps immo-
destes.

3

La ville arabe nous offre donc à peu près les mœurs, les habitudes extérieures ou domestiques d'autrefois; c'est à peu près l'Alger des Turcs, réduit seulement, appauvri et n'ayant plus que le simulacre d'un état social. Quand on entre d'emblée dans cette ville, quand on y pénètre, comme je le fais habituellement, par une brèche ouverte à mi-côte et sans passer par les quartiers francs, quand on oublie l'histoire au milieu de la bizarrerie du présent et les ruines pour ne considérer que ce qui survit, on peut encore se procurer des illusions de quelques heures, et ces illusions me suffisent. N'existât-il plus qu'un Arabe, on pourrait, d'après l'individu, retrouver le caractère physique et moral du peuple; ne restât-il qu'une rue de cette ville, originale même en Orient, on pourrait, à la rigueur, reconstituer l'Alger d'Omar et du dey Hussein. L'Alger politique est plus difficile à recomposer : c'est un fantôme turc qui s'est évanoui avec les Turcs, et dont l'existence, trop réelle pourtant, semblait improbable même de leur vivant.

J'ai fait aujourd'hui ma visite ordinaire et presque quotidienne au vieux Alger. En pareil cas, je ne m'occupe ni d'histoire ni d'archéologie. J'y vais très-naïvement, comme au spectacle ; peu m'importe que la pièce soit vieillie, pourvu qu'elle m'intéresse encore et me paraisse nouvelle. D'ailleurs je ne suis pas difficile en fait de nouveautés. Ce que je n'ai pas vu par moi-même est pour moi l'inconnu, et si j'en parle innocemment, comme on parlerait d'une découverte, c'est que à tort ou à raison, j'estime qu'en fait d'art il n'y a pas de redites à craindre. Tout est vieux et tout est nouveau ; les choses changent avec le point de vue ; il n'y a de définitif et d'absolu que les lois du beau. Heureusement pour nous, l'art n'épuise rien : il transforme tout ce qu'il touche, il ajoute aux choses plus encore qu'il ne leur enlève ; il renouvellerait, plutôt que de l'épuiser, la source intarissable des idées. Le jour où paraît une œuvre d'art, fût-elle accomplie, chacun peut dire, avec l'ambition de poursuivre la sienne et la certitude de ne répéter personne, que cette œuvre est à refaire, ce qui est très-encourageant pour l'esprit humain. Il en est de nos problèmes d'art comme de toutes choses : combien de vérités, aussi âgées que le monde, et qui, si Dieu ne nous aide, seront encore à définir dans mille ans!

Voici donc la promenade que j'ai faite aujourd'hui : d'abord je suis parti de ma maison, que tu connais à peine, et j'ai suivi une route, que tu connais mal, en voiturin, selon les usages du pays, car on aurait tort de se refuser un moyen de transport, moins commode, il est vrai, que la promenade à pied, mais de beaucoup plus expéditif et plus gai, surtout quand on voyage en compagnie.

Le voiturin d'Alger est une voiture à claire-voie, faite exprès pour le midi, qui vous abrite à peu près comme un parasol et vous évente avec des rideaux toujours agités. Ces carrioles, aujourd'hui très-nombreuses, surtout dans la banlieue que j'habite, sont aussi peu suspendues que possible, vont horriblement vite, et, chose incroyable, ne versent jamais. Ce sont de petits omnibus au coffre large assis sur des roues grêles, menés par de petites rosses barbes à tous crins, efflanquées, haletantes, ayant la maigreur, la coupe aiguë et la vive allure des hirondelles. On les appelle des *Corricolos*. Jamais nom ne fut plus exact, car elles vont toujours au galop, courant sur un lit de poussière, volant comme un char mythologique au milieu d'un nuage, avec un bruit aérien

tout particulier de grelots, de claquements de vitre
et de coups de fouet. On dirait que chaque voiture
porte un message. Que le cocher soit provençal,
espagnol ou maure, la vitesse est la même; la seule
chose qui varie, ce sont les procédés pour l'obtenir.
Le Provençal aiguillonne son attelage avec des blas-
phèmes, l'Espagnol le harcèle à coups de lanières,
le Maure l'épouvante avec un cri du gosier effrayant.
Lucrative ou non, cette industrie pleine de verve a
pour effet le plus certain de mettre également tous
les voituriers de bonne humeur.

C'était Slimen en personne qui me conduisait dans
son voiturin peint en jaune clair, et appelé la *Ga-
zelle*. Slimen est un jeune Maure qui se civilise. Il
parle français, regarde effrontément les étrangères
et s'arrête aux cabarets pour y boire du vin. Il était
frais rasé, dispos, joyeux, tout habillé des couleurs
de l'aurore, culotte blanche, veste gris-perle, écharpe
rose, et portait, comme une femme au bal, une fleur
de grenadier piquée près de l'oreille. Menant son équipage d'une main, de l'autre il fumait une cigarette,
et chaque fois qu'il ouvrait la bouche pour exciter ses
bêtes, des bouffées odorantes lui sortaient des lèvres.

J'avais pour voisin de droite un vieux Maure à
figure courtoise, qui rentrait honnêtement de son
jardin avec une récolte d'oignons et d'oranges mêlés
confusément dans un cabas de paille. En face de
moi, un nègre maçon, éclaboussé de chaux vive, se
dandinait au cahot des roues, souriant à des idées
joyeuses qui lui remontaient à tout propos dans
l'esprit. Au fond, trois Mauresques de mine évaporée
babillaient sous leurs masques blancs ; elles sentaient
le musc et la pâtisserie, et leurs haïks s'échappaient
par les fenêtres comme de légers pavillons.

Ainsi attelé, ainsi conduit, ainsi accompagné, par
un beau temps, par un beau soleil, l'air matinal entrant à pleines portières, égayé moi-même et comme
enivré par la sensation de la vitesse, emporté dans
un tourbillon mêlé de lumière, de poudre ardente et
de bruit, j'aurais pu me croire entraîné vers la ville
la plus vivante et la plus joyeuse de la terre.

La route est sans ombre, et tout ce qui l'avoisine
est poudré à blanc. Les deux berges sont garnies
d'aloès qui n'ont plus ni forme animée ni couleur,
et d'oliviers plus pâles que des saules ; l'extrémité
se perd dans une perspective noyée de blancheurs et

de brume. Partout où quelque chose remue sur cette longue traînée de poussière, rendue plus subtile encore après six mois de sécheresse, on voit s'élever des nuages, et quand le moindre vent passe sur la campagne, la tête alourdie des vieux arbres semble se dissoudre en fumée.

Quelquefois on côtoie la mer ; plus loin, c'est le faubourg de l'Agha, bordé de restaurants, de buvettes et d'auberges, qui forment depuis le champ de manœuvre jusqu'à Alger, et comme pour scandaliser la ville sobre où l'on buvait de l'eau, une sorte d'avenue sacrilège consacrée surtout à la vendange ; puis des terrains vagues où bivouaquent tout le jour des bataillons d'âniers avec leurs ânes, venus les uns et les autres des tribus, et non pas des plus riches ; enfin un endroit désolé, consumé de soleil, calciné même en plein hiver, pareil, pour la couleur et pour le désordre, à un vaste foyer dont il ne resterait plus que les cendres. Au fond se cache une petite fontaine en maçonnerie blanche, tandis que près de la route, accroupies, quelque temps qu'il fasse, sur un tertre nu, des négresses marchandes de galettes attendent, rangées en ligne et dans une tenue sinistre, la chance impossible d'un ânier qui voudrait manger. A droite, le vieux fort turc, qui sert aujourd'hui de pénitencier militaire, s'élève au milieu d'un fourré d'aloès pareil à des faisceaux de sabres brisés, et tourne du côté de la mer ses embrasures armées.

La mer, qui de distance en distance continue d'apparaître, est splendide, d'un azur doux, moiré de larges raies couleur de nacre. Des chevaux s'y baignent, la queue au vent, la tête haute, les crins abondants et peignés comme des cheveux de femme. Ils entrent dans l'eau jusqu'au ventre, et se cabrent sous leurs palefreniers. A l'horizon, des voiles maltaises découpent leur triangle blanc, pareil aux ailes relevées en ciseaux d'un goëland qui pêche.

Un peu plus loin commence un second faubourg, ou, pour mieux dire, l'Alger moderne, grande rue droite, avec des maisons à six étages, quelque chose comme un tronçon de rue des Batignolles. Un palmier subsiste en cet endroit, tu le connais; il est toujours là, le pied muré dans un bloc de plâtre qui le déshonore et ne l'empêchera pas de mourir. Son large éventail ne reverdit plus, les noires fumées

tourbillonnent autour de sa tête stérile, la pluie
froide des durs hivers crispe son feuillage hérissé ;
il ressemble au peuple qui l'a planté ; comme lui, il
est morne, mais il dure ; peut-être lui survivra-t-il.
Le mouvement augmente et fait pressentir une ville.
Voici le bureau arabe, ancienne maison turque,
toute blanche, très-pittoresque, autour de laquelle
il y a toujours un va-et-vient de cavaliers, de mes-
sagers avec leur gibecière en sautoir, de chaouchs
armés de cannes, de spahis en livrée rouge. En face,
c'est une boucherie, avec de maigres animaux parqués le long du mur et liés par les cornes à des
anneaux. La porte est ouverte et permet d'entendre
des cris d'agonie. Des égorgeurs à mine farouche,
le couteau dans les dents, saisissent des moutons
pantelants, et les emportent avec des gestes de Mé-
dée. Ce sont des Mzabites, car le désert fournit à la
fois les meilleurs moutons et les meilleurs bouchers.
Ils sont très noirs sans être nègres, et leur peau fon-
cée se teignant en violet dans ces rouges ablutions
de l'abattoir, on les dirait barbouillés de lie plutôt
que de sang.

La route ici, presque impossible à décrire, s'en-

3*

combre à ce point qu'on aurait de la peine même à
noter les choses qui passent. Ce sont des promeneurs
à pied, des gens à cheval, des chariots militaires
chargés de fourrage, des fourgons chargés de munitions, marchant sous escorte, des mendiants couvrant
les trottoirs ; une foule paisible, ce sont des Arabes ;
une foule turbulente, ce sont les Européens ; par-ci,
par-là, des chameaux que ce tumulte effraie et qui
regimbent, des processions de femmes allant à la
mer, et des légions d'enfants de toute race dont le
plaisir, ici comme ailleurs, est de circuler dans les
cohues.

Au beau milieu de ce carrefour, et sans se désunir,
défilent à chaque minute des troupeaux de petits ânes
qu'on emploie à charrier du sable, les uns rentrant
en ville avec leurs paniers pleins, les autres revenant
les paniers vides et courant à la sablière. Les con-
ducteurs, Biskris pour la plupart, portent la calotte
de feutre, la jaquette flottante et le tablier de cuir ou
le sarreau des portefaix. C'est une race bonne à connaître, car on la retrouve partout avec des habitudes
qui lui sont propres. Ces âniers ont aussi leur cri,
un cri du gosier, bizarre, aigu, imité des bêtes

fauves, et combiné pour accélérer par la frayeur le pas docile et régulier de leur convoi. Quand les ânes sont chargés, ils suivent à pied, prenant le trot quand ceux-ci trottent; mais au retour ils enfourchent leurs bêtes, et se font impitoyablement porter par ces petites montures de la grosseur d'un grand mouton. Assis tout à fait sur la croupe, leur bâton piqué dans une écorchure de la peau, plaie qu'ils enveniment sans cesse pour la rendre plus sensible, très-fiers et très-droits, comme s'ils maniaient des chevaux de prix, et serrant entre leurs jambes trop longues l'échine endolorie du baudet, ils n'ont qu'à poser leur talon, qui touche à terre, ou à le relever, pour se trouver alternativement à pied ou montés. Ils se délassent ainsi en écrasant sous leur taille le petit animal courageux, et au moindre cri, au moindre signal, toute la bande s'élance à la fois en droite ligne, les oreilles en arrière, avec ce bruit sec et précipité d'un troupeau de moutons qui fuit.

L'entrée d'Alger, ce qui s'appelle encore Bab-Azoun en souvenir de la porte rasée depuis longtemps, se montre enfin très-confusément à travers un nuage de poussière enflammé par le soleil direct

du matin. Arrivé là, on n'a plus qu'à mettre pied à
terre, qu'à régler le prix de sa place, qui est de cinq
sous, monnaie de France, et qu'à monter jusqu'à
l'ancienne Bab-el-Djeddid. On a fait, en quelques
minutes, un long voyage, car aussitôt après on se
trouve à deux cents lieues d'Europe.

Il était dix heures à peu près, quand, ce matin,
j'atteignis le but de mes promenades habituelles.
Le soleil montait, l'ombre insensiblement se retirait
au fond des rues, et l'obscurité qui s'amassait sous
les voûtes, la profondeur assombrie des boutiques,
le pavé noir qui reposait encore, en attendant midi,
dans des douceurs nocturnes, faisaient éclater la
lumière à tous les endroits que le soleil frappait,
tandis qu'au-dessus des couloirs et collé, pour ainsi
dire, à l'angle éblouissant des terrasses, le ciel
s'étendait comme un rideau d'un violet foncé, sans
tache et presque sans transparence. L'heure était
délicieuse. Les ouvriers travaillaient comme les Maures travaillent, paisiblement assis devant leurs établis. Les Mzabites en *gandoura* rayée sommeillaient
à l'abri de leurs voiles; ceux qui n'avaient rien à
faire, et le nombre en est toujours très-grand, fu-

maient au seuil des cafés. On entendait des bruits charmants, des voix d'enfants qui psalmodiaient dans les écoles publiques, des rossignols captifs qui chantaient comme par une matinée de mai, des fontaines qui ruisselaient dans des vases aux parois sonores. Je cheminais lentement dans ce dédale, allant d'une impasse à l'autre et m'arrêtant de préférence à certains lieux où règne un silence encore plus inquiétant qu'ailleurs. — Pardonne-moi une fois pour toutes ce mot de silence, qui reviendra dans ces lettres beaucoup plus souvent que je ne voudrais. Il n'y a malheureusement qu'un seul mot dans notre langue pour exprimer à tous les degrés imaginables le fait très-complexe et tout à fait local de la douceur, de la faiblesse et de l'absence totale des bruits.

Entre onze heures et midi, c'est-à-dire à l'heure où je suis à peu près certain d'y trouver mes amis réunis, je parle ici de mes amis algériens, j'arrivais au carrefour de Si-Mohammed-el-Schériff. C'est un lieu que je t'ai fait connaître à ton dernier voyage, et c'est là, mon ami, que je veux encore te conduire.

Te souviens-tu du carrefour de Si-Mohammed-el-Schériff? Nous y avons passé ce que j'appelle une matinée arabe. Te souviens-tu aussi du marchand d'habits, sorte de fripier-commissaire-priseur, qui vendait aux enchères tout un assortiment de choses d'occasion, et remplissait la rue de son étalage? Il portait à lui seul la dépouille de vingt femmes, des burnouss, des vestes de brocart et des tapis. Ses épaules et ses bras étaient chargés de *sarouels*, de damas à ramages, de corsets plaqués de métal, de ceintures passementées d'or et de mouchoirs de satin. Une profusion de pendants d'oreilles, d'anneaux de jambes, de bracelets, étincelaient à ses doigts maigres, recourbés comme des crochets. Ses mains, pleines de bijoux, ressemblaient à des écrins. Perdu sous cette montagne de hardes, n'ayant de libre que le visage, il arriva, la bouche grande ouverte, criant avec véhémence le prix du premier objet mis à l'encan. Il allait et venait, montant et descendant la rue entre deux haies d'acheteurs, ne s'arrêtant guère et n'adjugeant que de loin en loin.

Le carrefour occupe à peu près le centre de l'ancienne ville, à peu de distance de la Kasbah. C'est ici le dernier refuge de la vie arabe, le cœur du vieux Alger, et je ne connais pas de lieu de conversation plus retiré, ni plus frais, ni mieux disposé. Un côté du carrefour est abattu, celui qui regarde le midi, de sorte qu'on a tout près de soi, pour égayer l'ombre, une assez vaste clairière remplie de soleil, et pour horizon la vue de la mer. Le charme de la vie arabe se compose invariablement de ces deux contrastes : un nid sombre entouré de lumière, un endroit clos d'où la vue peut s'étendre, un séjour étroit avec le plaisir de respirer l'air du large et de regarder loin. Pour rendre ce séjour plus habitable, et pour qu'on puisse au besoin s'y passer du reste du monde, il y a une mosquée, des barbiers et des cafés, les trois choses les plus nécessaires à un peuple amateur de nouvelles, ayant du temps à perdre, et dévot. On y passe, on y vient, on s'y arrête. Beaucoup de gens n'en sortent jamais ni le jour ni la nuit, ceux qui n'ont pas d'autre chambre à coucher que ce dortoir public, et pas d'autre lit que la banquette des échoppes ou le dur pavé de la rue. Enfin j'y rencontre une bonne partie des désœuvrés de la ville, et c'est peut-être à leur exemple que je m'y complais.

Tu sais où nous prenions notre café; c'était près de l'extrémité de la rue, à côté d'une boutique tenue par un Syrien : — au sommet de la rue, car elle est en pente, une école; à l'angle du carrefour un grainetier; à droite, à gauche, un peu partout, des bancs garnis de nattes où des gens fumaient, buvaient et jouaient aux dames; précisément en face de nous, la porte basse de la mosquée de Mohammed-el-Scheriff et la fontaine aux ablutions; au milieu de tout cela, un certain murmure de foule en mouvement qui n'était ni du bruit ni du silence. Le seul bruit véritable et continu qu'on entendît de seconde en seconde, c'était la voix du marchand crieur public, qui répétait son éternelle arithmétique : *Tleta douro, arba douro, khamsa douro,* trois douros, quatre douros, cinq douros. Les choses n'ont pas changé, et tu pourras d'autant plus aisément te reconnaître au milieu du petit monde où je te ramène.

La maison d'école est encore là; elle y demeurera tant que vivra le maître, elle y sera sans doute après lui, et pourquoi non? Si l'on raisonne à l'arabe, il n'y a pas de motif en effet pour que ce qui a été cesse d'être, puisque la stabilité des habitudes n'a pour limite que la fin même des choses, la ruine et la destruction par le temps. Pour nous, vivre, c'est nous modifier ; pour les Arabes, exister, c'est durer. N'y eût-il entre les deux peuples que cette différence, c'en serait assez pour les empêcher de se comprendre. Depuis que tu l'as vu, le maître d'école a vieilli de deux ans ; quant aux enfants, les plus âgés sont partis, d'autres plus jeunes les ont remplacés ; voilà tout le changement : la naturelle évolution de l'âge et des années, rien de plus. Les écoliers continuent d'être placés sur trois rangs, le premier assis par terre, les deux autres étagés contre le mur, sur des banquettes légères, superposées sans plus de façon que les rayons d'un magasin. Par la disposition du lieu, c'est une boutique ; pour le bruit et pour la gaieté de ses habitants, on dirait une volière. Le magister, toujours au centre de la classe, administre, instruit, surveille ; il met de trois à cinq années scolaires à enseigner trois choses : le Koran, un peu d'écriture et la discipline ; des yeux, il suit les versets du livre, la main posée sur une longue gaule, flexible comme un fouet, qui lui permet, sans quitter sa place, de maintenir l'ordre aux quatre coins de la classe.

Le café, je parle de celui qui fut le nôtre et qui est resté le mien, a comme autrefois pour *kaouadji* ce bel homme pâle et sérieux comme un juge sous ses voiles blancs et dans ses habits de drap noir. Tout le jour il est assis près de l'entrée, fumant lui-même autant que pas un de ses clients, le coude appuyé sur le coffre vert, percé en forme de tirelire, qui reçoit, sou par sou, la recette du jour. Le service est fait par deux jeunes enfants. L'un est un petit garçon de sept ou huit ans, fort maigre, chétif et grimaçant, car il n'y voit que d'un œil. Quand il n'est pas en fonctions, c'est-à-dire occupé à porter les tasses et à présenter la pince à feu, on le trouve paisiblement assis aux pieds de son patron sur un escabeau trop haut pour sa taille, et qui l'oblige à ramener ses jambes à la manière des singes. Il s'appelle Abd-el-Kader, nom grandiose et difficile à porter comme celui de César, qui semble une ironie infligée à cette nature souffreteuse d'où ne sortira jamais un homme. L'autre est le type élégant et mou des enfants maures. Le

long sarrau bleu, qui est sa livrée de travail, l'habille avec des plis tombants comme une robe, et dans
notre monde, où les sexes sont mieux définis, il
pourrait passer pour une jolie fille.

Tel est le centre de mes habitudes, et je dirai
volontiers mon cercle. J'y suis connu et j'y connais
à peu près tous les visages. On me réserve, à titre
d'habitué, ma place sur la banquette où l'on sait que
je viendrai m'asseoir, et dans cette compagnie fort
mêlée de gens de toute classe et de tout état, je prends
à la fois des leçons de langue et de savoir-vivre.
Quant aux amis algériens dont j'ai parlé, et qui
pour la plupart sont des connaissances de carrefour,
je désire que tu saches ce que la destinée a fait de
quelques-uns d'entre eux pendant mon absence. Il
en est qui n'existent plus, je le crains, et, jusqu'à
plus amples informations, mon vieux ami le brodeur
est du nombre des individus disparus.

Celui-ci, le plus vieux par l'âge et le plus ancien
par la date, s'appelait, en raison de son origine tuni-
sienne, Si-Brahim-el-Tounsi. C'était un Maure de
bonne souche, brodeur de son état, qui vivait en pa-
triarche, moins les enfants, dans une petite échoppe

isolée. Notre rencontre, qui date, hélas! d'une époque éloignée de plusieurs années, a pris pour moi le charme des souvenirs d'un autre âge ; voilà pourquoi je t'en parle avec un double regret, aujourd'hui que probablement ce brave homme est mort.

C'était le soir même de mon débarquement, en pleine nuit. Je m'étais égaré dans ce haut quartier, encore moins bien éclairé qu'il ne l'est aujourd'hui, c'est-à-dire absolument obscur, excepté pendant les nuits de lune. Tout était clos, muet et éteint. Il n'y avait, pour me guider dans la rue déserte, qu'une petite lueur venant d'une échoppe encore ouverte, et où veillait seul, brodant avec des fils d'or un fond de bourse arabe, un vieillard blême aux mains blanches, la tête enveloppée de mousseline, et rendu plus vénérable encore par la longueur et la blancheur de sa barbe. Une lampe éclairait son travail de nuit ; une très-petite fleur d'un blanc pur, ayant la forme d'un lis, trempait dans un vase à long goulot posé devant lui pour égayer la veillée de ce solitaire.

Il entendit mon pas, me salua en m'indiquant par un geste poli que je pouvais m'asseoir, m'offrit sa pipe, et se remit au travail avec la sérénité d'un esprit en paix avec les hommes comme avec sa conscience. Il était onze heures. La ville dormait, et j'entendais dans le fond du port la mer se soulever par un mouvement calme et régulier comparable à la respiration d'une poitrine humaine. Je trouvai ce tableau si simple et si complet, d'une mélancolie si mâle et d'une harmonie si parfaite, que ce souvenir me parut être de ceux qu'on n'oublie pas.

Quand je me levai pour le saluer, le brodeur prit sa fleur, en essuya la tige, et me l'offrit. Cette fleur, que je ne connaissais pas, que je n'ai jamais revue nulle part depuis, s'appelle d'un nom que j'hésite à transcrire, tant je suis peu certain de l'exactitude et de l'orthographe. J'ai cru comprendre qu'il l'avait nommée *miskrômi*. Tel qu'il est, imaginaire ou réel, ce nom me plut, et je n'ai même pas songé à vérifier depuis s'il figure dans la nomenclature arabe. Aujourd'hui la boutique de Si-Brahim est occupée par un tourneur, qui fabrique des bouquins de pipe en ivoire à la place où j'avais vu le *miskrômi*.

En revanche, Si-Hadj-Abdallah est vivant, bien vivant, toujours dans son pittoresque carrefour, au fond de sa même boutique approvisionnée comme un bazar; un peu maigri peut-être, ce qui fait que la peau de ses joues devient trop large, mais aimable, courtois, mis avec le soin d'un homme bien né, plein de bonhomie comme un homme heureux, et toujours pilant son poivre dans son éclat de bombe anglaise. Ce morceau de bombe historique, conservé depuis le bombardement de lord Exmouth, rappelle une date mémorable dans la vie de ce vieillard malicieux, type accompli de la petite bourgeoisie algérienne.

Quant à Nâman, il fume encore un peu plus de *haschisch* que jamais. Grâce à ce régime meurtrier, il devient d'autant plus contemplatif qu'il existe moins. Sa pâleur est effrayante, et sa maigreur ne saurait surprendre quand on sait qu'il ne se nourrit plus que de fumée. Je pourrais bien le voir s'éteindre, ou, s'il traîne jusqu'à mon départ, je lui dirai alors avec certitude adieu pour l'éternité. Il passera doucement de ce monde dans l'autre au milieu d'un rêve qu'aucune agonie, j'espère, ne viendra briser. Il n'a plus de la vie que le sommeil, quand il dort et s'il dort, ce qui n'est pas probable. Déjà il appartient à la mort par l'immuable repos de l'esprit et par la légèreté d'une âme dont les liens terrestres sont aux trois

quarts détachés. Ce sage aura donc résolu le pro-
blème de mourir sans cesser de vivre, ou plutôt de
continuer de vivre sans mourir.

Il m'a reconnu; peut-être m'a-t-il pris pour un habitué de ses rêves, car il m'a souri sans surprise
d'un sourire familier et comme s'il m'avait vu la
veille. Il m'a cependant demandé d'où je venais. Je
lui ai répondu : — De France.

— Tu aimes donc les voyages ?

— Beaucoup.

— Et moi aussi. Vivre, c'est quelque chose pour
apprendre, ajouta-t-il; mais voyager, c'est mieux.

Toujours étendu sur la même banquette, au fond
du même café où je l'avais laissé, il fumait encore la
même petite pipe à tuyau mince enjolivé d'un fourreau d'argent. Toute sa barbe est tombée; son visage
est celui d'un enfant mourant. Certains fumeurs éva-
luent la distance qu'ils ont à parcourir d'après la durée d'un cigare. On peut calculer dès aujourd'hui à
combien de pipes Nâman est du cimetière Sid-Abd-el-
Kader, où je l'attends.

15 novembre.

Voici ce qui m'est arrivé hier pendant ma visite à
Sid-Abdallah. Je note entre parenthèses cet incident
de peu de valeur du reste, et qui sort du cadre habituel de mes idées et de mes récits. Il s'agit d'une
rencontre de femme arabe, et l'aventure est d'autant
plus simple qu'elle se compose uniquement d'une
impression musicale.

Sid-Abdallah me montrait ses papiers de famille.
Il les avait tirés d'un petit coffre colorié, à serrure de
cuivre, qui contenait une montre ancienne et quelques bijoux de prix. C'étaient des feuilles de parche-
min, couvertes de la plus belle écriture, rehaussées
de larges sceaux de cire et d'arabesques bleu et or.
Notre ami m'apprenait ses origines, qui le font descendre d'une famille de marabouts. Il m'avait entre-
tenu déjà de ses titres de noblesse; mais il m'en
donnait pour la première fois la preuve officielle.
Voulait-il par là relever son importance et mieux
mériter mon estime? prétendait-il s'assurer une
déférence, qui lui était si bien garantie d'ailleurs par
son âge, par ce que je savais de sa personne, et par

la dignité parfaite de ses manières, témoignages, à mon avis, de beaucoup supérieurs au certificat de ses parchemins? Il m'en coûtait de croire à un calcul de vanité bourgeoise, dans un esprit qui jusque-là m'avait paru exempt de petitesses. Toutefois rien n'est indifférent dans la conduite des Arabes, et une confidence, quelle qu'elle soit, devient, quand on connaît leurs habitudes, un fait inusité sur lequel il y a toujours sujet de réfléchir.

On venait d'annoncer la prière d'une heure après midi sur la galerie de la mosquée voisine. Les femmes descendaient des hauts quartiers pour se rendre au bain. Il en passait un grand nombre, accompagnées de négresses, portant sur leur tête le paquet volumineux des vêtements de rechange. Une femme seule, sans domestique et sans enfant, s'arrêta brusquement devant la boutique et vint s'y accouder. Son salut fut dit dans la formule du *selam*, d'une voix très-douce, un peu voilée à cause du masque de mousseline qui couvrait son visage. Abdallah la vit sans la regarder, entendit son salut, y répondit par un *selam* bourru, continua de feuilleter ses parchemins, et ne leva pas la tête.

4

— *Ouach enta?* — comment te portes-tu? — reprit la voix sur un ton plus ferme, mais toujours un peu roucoulant.

— Bien, répondit Abdallah d'un ton brusque, comme il aurait dit : Passe ton chemin.

Cependant une ou deux interrogations rapides lui firent enfin suspendre sa lecture; il étendit la main vers le coffre, y rangea lentement les précieux feuillets, puis il leva vers la femme un regard direct. Une imperceptible rougeur parut sur son visage éteint, et pour la première fois je vis s'animer ses yeux toujours remplis d'ombre.

La conversation s'engagea d'une façon très-vive, quoique le plus souvent à demi-voix. Il m'était impossible d'en suivre le sens, les mots se croisaient; je distinguais seulement le nom souvent répété d'Amar, et tous les gestes d'Abdallah semblaient indiquer un refus. Tantôt il prenait sa barbe à deux mains et secouait la tête avec défiance, tantôt il allongeait sous son menton le revers de sa main droite et la relevait, par ce geste emphatique dont les Arabes accompagnent leur *la-la* (non). La femme au contraire attaquait sans se décourager, accumulant les prières,

adjurant, pressant, menaçant, le tout avec une volu-
bilité de phrases, une souplesse d'accent qui eussent
rendu cette harangue si passionnée irrésistible pour
tout autre que pour le vieux Abdallah.

Ce que j'admirais le plus dans cette escrime très-
curieuse de la grâce avec le sang-froid, du pathétique
avec la ruse, c'était le charme de la voix si nette, si
acérée et si constamment musicale de cette femme
suppliante. Quoi qu'elle dît, elle adoucissait les gut-
turales les plus rudes, et, qu'elle le voulût ou non,
ses emportements les plus vifs s'enveloppaient de
mélodie. Même en éclatant, même en s'élevant aux
intonations de la colère, son gosier parfait ne rencontrait pas une note fausse. J'écoutais comme on
écoute un virtuose, d'abord étonné, puis ravi, et ne
me lassant pas d'entendre ce rare instrument. Quelle
était cette voix d'oiseau? Quels étaient l'âge et la condition de cette femme? A moins d'un miracle de nature, il y avait déjà de l'art, et beaucoup d'art, dans son
langage ; j'estimais donc qu'elle avait passé vingt ans.
De sa personne, entièrement masquée de la tête aux
pieds, je n'entrevis rien. Elle était tout enveloppée
de blanc, et ne laissait paraître que l'extrémité d'un

poignet délicat tatoué de marques bleues et orné d'un double bracelet d'or. La main, fine et blême, indiquait une femme oisive et soigneuse d'elle-même.

L'entretien finit sans résultat. La Mauresque choisit à l'étalage un sachet de *sbed* et une paire de pantoufles brodées dont elle prit la mesure en les approchant de son pied, mit le tout dans son haïk, sans en demander le prix, puis, rajustant ses voiles, elle salua Sid-Abdallah d'un signe de tête. Sans trop y penser, je m'inclinai et dis bonjour en arabe. — Au revoir! me dit-elle, avec le plus pur accent français. A ce moment, je pus apercevoir ses yeux, qu'elle dirigea de mon côté. Ce qu'ils exprimaient, je l'ignore; mais je sentis que le regard en était des plus vifs, car je le vis partir et m'arriver comme un trait.

— Tu connais cette femme? demandai-je à Sid-Abdallah, quand elle nous eut quittés.

Il avait repris son calme. Posément il me répondit:
— Non.

— Sais-tu si elle habite Alger?

— Je ne sais pas.

— Et que te demandait-elle?

La question était trop directe. Le vieillard hésita,

puis, comme il arrive fréquemment en pareil cas, il me répondit par un proverbe : « Une tête sans ruse, une citrouille vaut mieux. » En même temps il se leva, mit ses chaussures, et me quitta pour aller, suivant sa coutume, faire sa prière à la mosquée.

Je connais assez Abdallah, ou du moins je crois le connaître assez, pour savoir que toute allusion à cet incident aurait à l'avenir le double inconvénient de le désobliger et de rester sans réponse. Je jugeai donc que le mieux était de me taire absolument, et je me le promis. Il me reste à consigner dans mon journal que, pour la première fois peut-être de ma vie, j'ai entendu une admirable voix de femme, chose assez rare en tout pays.

16 novembre.

Je suis retourné chez Abdallah aujourd'hui. Je m'y trouvais un peu avant une heure, toujours avec le plus ferme propos de demeurer discret, quoi qu'il arrivât. Et cependant n'était-ce pas déjà comme un aveu de curiosité que de mettre dans cette visite du lendemain l'exactitude apparente d'un rendez-vous ?

Nous causions depuis cinq minutes à peine, quand

4

une femme, suivie d'une négresse en haïk rouge, ce
qui n'est pas de mode à Alger, apparut au sommet de
la rue. Je la vis entrer dans l'ombre de la voûte et s'y
arrêter un moment pour rajuster son voile, de sorte
qu'au lieu de la suivre, sa servante la précéda. Son
costume était irréprochable de blancheur, mais je fus
surpris de ne lui voir ni pantalons de ville, ni bas.
Deux lourds anneaux d'or emprisonnaient ses che-
villes un peu maigres, et son pied nu se dessinait
dans des souliers de maroquin noir à hauts quartiers.
Elle passa, frappant à chaque pas ses deux anneaux
de jambes l'un contre l'autre, comme pour relever sa
démarche en la rendant sonore, sans faire un geste, la
tête haute et raidie par les plis de sa guimpe, les
mains cachées sous ses habits blancs; seulement je
m'aperçus que ses yeux égyptiens s'allongeaient pour
me regarder de côté, et le mouvement de la mousseline appliquée sur ses joues comme un moule me fit
comprendre qu'elle riait.

C'était bien ma Mauresque d'hier; j'en fus prévenu
par je ne sais quel vague avertissement, plus significatif encore que son regard oblique et son sourire.
Dois-je avouer, mon ami, que mon premier élan fut

de la suivre? Mais il n'y parut pas, car pour rien au
monde je n'aurais voulu me trahir devant mon vieil
ami par une imprudence capable de me déconsidérer
à tout jamais. Elle tourna l'angle de la rue; j'entendis
pendant un moment le bruit de ses anneaux de métal, et l'entretien commencé reprit son cours avec le
plus grand naturel. Cependant je fis la remarque que
Sid-Abdallah ne me quitta pas pour aller à la prière,
et que par extraordinaire il parut s'oublier dans des
bavardages.

J'éprouve pour cet homme simple, excellent, mais
évidemment très-perspicace, une estime aujourd'hui
mêlée de quelque embarras. Aussi, pour éviter une
troisième rencontre, qui pourrait nous compromettre
tous les deux, mon hôte et moi, dès demain je chan-
gerai mes heures de visite.

Abdallah ne m'a jamais parlé ni de sa maison, ni
de son ménage, ni de ce petit monde ordinairement
nombreux et compliqué, car les alliances s'y font de
bonne heure et sont fécondes, qui constitue la famille
arabe. Par lui, je ne sais que ce qui concerne exactement sa vie publique, je veux dire sa naissance, la
qualité de ses ancêtres, un ou deux voyages hors de

la régence, puis sa carrière de marchand, et tout cela peut se raconter en quelques mots.

A son retour de La Mecque, car il est *hadji* (pèlerin), il s'établit dans cette même boutique qu'il habite, et que tu connais. C'était vers 1814; il avait alors vingt ans. Il ne dit point s'il était marié, mais on doit le croire, car vingt ans c'est déjà bien tard pour un jeune homme de race, surtout quand ce jeune homme a vu La Mecque. Il était d'abord grainetier, et pas autre chose. Depuis, son commerce s'est agrandi, et s'il consacre encore un petit coin de son magasin au trafic des graines, c'est probablement en souvenir de ses années de jeunesse.

Tu sais ce qu'un Maure aisé, de bonne souche et de principes honnêtes, entend par faire le commerce : c'est tout simplement avoir sur la voie publique, le seul rendez-vous des hommes pendant le jour, un endroit dont il soit propriétaire et qu'il puisse habiter sans désœuvrement. Il y reçoit des visites; sans descendre de son divan, il participe au mouvement de la rue, apprend les nouvelles qu'on lui apporte, se tient au courant des choses du quartier, et, si l'on pouvait employer un mot dénué de sens quand on l'applique à la société arabe, je dirais qu'il continue de vivre dans le monde sans sortir de chez lui. Quant au négoce, c'est une occupation accessoire. Les clients sont des gens qu'il oblige en leur fournissant les objets dont ils ont besoin. Il n'y a jamais avec lui de prix à débattre. — Combien? — Tant. — Prenez ou laissez. La seule chose qui puisse être désagréable au marchand, c'est d'être occupé quelques minutes de trop d'une affaire dont il n'a souci. Il n'y comptait pas : pourquoi regretterait-il un argent qui, venant par hasard, s'en va par hasard?

Le véritable sens d'un commerce ainsi compris, c'est d'occuper des loisirs dont on ne saurait que faire. « Écoute, me disait Abdallah, un jour qu'il m'expliquait toute la moralité de la vie marchande en Orient, l'oisiveté engendre le besoin du *kief* et les mauvaises mœurs. N'est-ce pas comme cela dans ton pays? Aller au café ne convient point à des hommes de race, encore moins aux vieillards; à peine est-ce une habitude excusable chez un jeune homme. Les cafés sont, comme les hôtelleries, des lieux faits pour les voyageurs. Hormis ceux-là, qu'il est aisé de reconnaître, chaque homme qu'on y voit peut être pris pour un vagabond ou pour un mendiant. Toute coutume est mauvaise qui peut ainsi compromettre un honnête homme et donner à penser de lui des choses qui ne sont pas. Le travail des mains est encore le préférable, car il rend à la fois l'esprit calme et diligent; mais j'appartiens à une famille où l'on a toujours mieux manié un chapelet qu'une aiguille. » Il y a du bon dans ces doctrines, surtout quand soi-même on les met strictement en pratique. Enfin, Sid-Abdallah ne fume pas, ne prend pas de café, et ne porte jamais que des vêtements de drap ou de soie, de la simplicité la plus sévère.

A tous ces renseignements sur lui-même, que j'ai recueillis dans nos entretiens et que j'ai dû beaucoup abréger, j'ajouterai ce que je sais par d'autres. Sid-Abdallah a de l'aisance, mais pas de fortune; dans sa jeunesse, il eut trois femmes, mais avec l'âge il réduisit son luxe. Sa dernière femme, aujourd'hui unique, est jeune; elle demeure à peu de distance, dans une maison que je connais, mais qu'il ne m'a jamais montrée, bien entendu, et où probablement je n'entrerai jamais. J'oubliais de te dire que l'autre jour j'ai vu dans sa boutique un charmant enfant de douze ans, qu'il m'a présenté comme son fils. L'enfant m'a pris la main avec une bonne grâce exquise, puis a porté la sienne à ses lèvres et m'a souri. Je crus qu'il allait me parler français, mais à ma grande surprise, je sus qu'on ne lui avait pas fait apprendre le premier mot de notre langue.

J'étais resté plus de deux heures avec Abdallah, après le passage de la Mauresque. Lorsque je pris congé de lui, mon vieil ami me regarda d'une façon particulière, et me retint la main avec une familiarité qui ne lui était pas habituelle, puis il me dit, en appuyant sur chaque mot : « Sidi, je te parle en homme qui sait bien des choses, prends garde à la Kabyle ! »

Voici, mon ami, qui m'embarrasse plus que tout le reste. Je ne parle pas du danger que j'aurais pu courir en me conduisant en étourdi, danger qui existe, puisque Abdallah croit devoir m'en avertir ; je parle du sens vrai de cette phrase qui se prête à plusieurs interprétations. Cette femme est-elle Kabyle ? ou bien est-ce un terme injurieux choisi pour la qualifier ? Abdallah, en méthodiste fervent et pétri d'intolérance, déteste et méprise tout ce qui est Kabyles et Juifs. Il emploie ces noms comme autant de blas-

phèmes: *Kbaïl* et *Youdi,* — *Kbaïl-ben-Kbaïl,* c'est-à-
dire Kabyle, fils de Kabyle, voilà les seuls termes violents qu'il se soit permis devant moi; mais il y met
un accent d'incroyable aversion, et cela équivaut tout
à fait à la formule de *chien, fils de chien.* Donc, si
c'est là ce qu'il entend par Kabyle, je sais à quoi m'en
tenir sur la qualité de la femme. Dans le cas contraire, je ne saurais lui faire un crime d'être née dans
la montagne, et cela m'explique, en l'excusant,
comment elle oublie de mettre des bas quand elle va
au bain.

Décembre.

Toujours du beau temps. On ne croirait jamais que
l'année s'achève. Moi qui vis en plein air, me levant
avec le jour, ne rentrant qu'à la nuit; moi qui
assiste, minute par minute, au déclin de cette saison
riante, c'est à peine si je m'aperçois qu'un jour succède à l'autre. Aussi j'ignore les dates, et je ne
cherche point à recouvrer encore le sentiment de la
durée que j'ai perdu, grâce à des illusions trop rares.
L'impression du moment répète avec une telle exactitude les souvenirs de la veille, que je ne les distingue

plus. C'est un long bien-être, inconnu de ceux qui vivent livrés aux oscillations de nos climats variables. La nuit le suspend sans l'interrompre, et j'oublie que mes sensations se renouvellent, en les voyant chaque matin renaître toujours pareilles et précisément aussi vives. Ici comme ailleurs, l'état du ciel règle d'une manière infaillible celui de mon esprit. L'un et l'autre, depuis un mois, sont, si je puis le dire, au beau fixe.

Voici ma vie en deux mots : je produis peu, je ne suis pas certain d'apprendre quelque chose, je regarde et j'écoute. Je me livre corps et âme à la merci de cette nature extérieure que j'aime, qui toujours a disposé de moi, et qui me récompense aujourd'hui par un grand calme des troubles, connus de moi seul, qu'elle m'a fait subir. J'essaie les cordes les plus sensibles et les plus fatiguées de mon cerveau pour savoir si rien n'y est brisé et si le clavier en est toujours d'accord. Je suis heureux de l'entendre résonner juste ; j'en conclus que ma jeunesse n'est pas finie, et que je puis encore donner quelques semaines de grâce au plaisir indéterminé de me sentir vivre. Peu de gens s'accommoderaient d'un sem-

5

blable régime, et je ne proposerai jamais mes promenades champêtres pour exemple aux voyageurs de
profession. A mon sens, la vie que je mène n'en a pas
moins des côtés assez sérieux ; peut-être seras-tu de
mon avis. Quelle autre choisir, au surplus, sans être
inconséquent? Pourquoi donc s'agiter autant lorsque
tout repose ? Pourquoi se précipiter à plaisir dans les
nouveautés du lendemain, tandis que la vie universelle
coule à pleins bords, si paisiblement et d'un cours
presque insensible, dans le lit régulier des habitudes ?

Il est d'usage, mon ami, de mal parler des habitudes, sans doute parce qu'on part d'une idée fausse
pour les juger. Pour moi, je n'ai jamais compris
qu'on mît son amour-propre à s'en garantir ou bien
ses efforts à s'en débarrasser, ni qu'on se crût moins
libre pour avoir une méthode, ni qu'on donnât le
nom d'esclavage à ce qui est une loi divine, ni enfin
qu'on s'imaginât être beaucoup plus maître de son
chemin parce qu'on n'a pas laissé derrière soi de
point de repère. On s'abuse d'abord, et l'on se calomnie. On s'abuse, parce que, sans habitudes, un
jour ne tiendrait plus à l'autre, et les souvenirs
n'auraient plus d'attache, pas plus qu'un chapelet

qui n'a pas de fil. On se calomnie, car heureusement un homme est impossible à supposer sans habitudes. Celui qui dit n'en pas avoir est tout simplement un esprit à mémoire courte, qui oublie ce qu'il a fait, pensé, senti la veille, pour n'en avoir pas tenu registre, ou un ingrat qui fait fi des jours qu'il a vécus et les abandonne à l'oubli, n'estimant pas que ce soit un trésor à conserver.

Si tu m'en crois, adorons les habitudes ; ce n'est pas autre chose que la conscience de notre être déployée derrière nous dans le sens de l'espace et de la durée. Faisons comme le petit Poucet, qui sema des cailloux depuis la porte de sa maison jusqu'à la forêt ; marquons nos traces par des habitudes, servons-nous-en pour allonger notre existence de toute la portée de nos souvenirs, qu'il faudrait tâcher de rendre excellents. Transportons cette existence de droite et de gauche, si la destinée le commande ; mais qu'elle ne soit au fond qu'une longue identité de nous-mêmes ! C'est le moyen de nous retrouver partout et de ne pas perdre en chemin le plus utile et le plus précieux du bagage : je veux parler du sentiment de ce que nous sommes.

Quel doux pays que celui qui permet avec régularité des loisirs pareils! Pas un nuage et pas un souffle, c'est-à-dire que la paix est dans le ciel. Le corps se baigne dans une atmosphère que rien n'agite, et dont la température devient insensible à force d'être égale. De six heures du matin à six heures du soir, le soleil traverse imperturbablement une étendue sans tache, dont la vraie couleur est l'azur. Il descend dans un ciel clair et disparaît, ne laissant après lui, pour indiquer la porte du couchant, qu'un point vermeil pareil à une feuille de rose. Puis une faible humidité se forme au pied des coteaux, et répand une brume légère sur les plans éloignés de l'horizon, comme afin de ménager un passage harmonieux entre la lumière et l'ombre et d'accoutumer les yeux à la nuit par la douceur des couleurs grises. Alors les étoiles s'allument au-dessus de la campagne blémissante et de ce grand pays devenu vague. D'abord on les compte; bientôt le ciel en est illuminé. La nuit s'éclaire à mesure que toute trace du soleil disparaît, et le jour tout à fait clos est remplacé seulement par des demi-ténèbres. Cependant la mer dort, comme jamais je ne l'avais vue dormir, d'un sommeil que depuis un mois rien n'a troublé, toujours limpide et plate, assoupie, à peine rayée par le rare passage des navires, avec la transparence, l'éclat et l'immobilité d'un miroir.

Pourtant ce n'est plus l'été; c'est encore moins l'hiver. On voit peu d'insectes, on n'entend pas les bourdonnements du printemps. Les mauves sauvages sont courtes, et le gazon reverdit sans s'élever. D'ailleurs ce grand calme n'appartient qu'aux saisons qui se reposent. Dans nos campagnes de France, à l'automne, quand vient le moment des calmes plats, nos paysans disent que *le temps s'écoute*, métaphore ingénue qui rend l'idée de je ne sais quelle méditation vague, et fait comprendre ce qu'il y a de recueilli dans un pareil silence. Nous ne sommes plus dans la jeunesse de l'année, on le sent. Quelque chose a souffert qui se rétablit, et ce repos succède à des accès violents. On dirait une convalescence sereine après l'accablement maladif d'un long été.

Il est neuf heures du matin; je suis dans un endroit charmant, à mi-pente des collines et en vue de la mer, cadre grandiose dont ce paysage maritime ne peut se passer sans perdre beaucoup de son effet,

de son caractère et de son étendue. Le lieu est désert, quoique entouré de maisons de plaisance et de
vergers; la solitude y règne comme dans toutes les
campagnes de ce pays. Pour seul bruit, j'entends des
norias dont le moulin tourne et fait ruisseler l'eau
dans les auges, et le roulement presque continu des
corricolos courant sur la route de Mustapha. Devant
moi, j'ai deux maisons turques se groupant à des
plans différents pour composer un joli tableau sans
aucun style, mais d'une agréable tournure orientale. J'y vois l'accompagnement obligé de toute construction turque : chacune est flanquée de cyprès.
Les maisons sont d'un blanc à éblouir et coupées
d'ombres fines, rayées comme au burin; les cyprès
ne sont ni verts ni roux; on ne se tromperait guère
en les voyant absolument noirs. Cette tache extraordinaire de vigueur s'enlève à l'emporte-pièce sur un
ciel vif, et découpe avec une précision dure à l'œil
la fine nervure de leurs rameaux, leur feuillage compacte et leur branchage singulier en forme de can-
délabres. Des pentes boisées descendent en mou-
tonnant vers le bas de la vallée, et l'extrémité des
coteaux enferme dans des lignes souples et un peu

resserrées cet élégant morceau de paysage intime. Tout ceci est peu connu, du moins je ne me rappelle rien dans la peinture moderne qui en reproduise l'aspect clair et séduisant, et qui surtout rentre avec naïveté dans la simplicité de ces trois couleurs dominantes dont je t'ai parlé déjà, le blanc, le vert et le bleu. Tout le paysage du Sahel se réduit presque à ces trois notes. Ajoutes-y la couleur violente et brune des terrains oxydés de fer, fais monter comme un arbre chimérique au milieu des massifs verts la haute tige d'un peuplier blanc tout pailleté comme un travail d'orfévrerie ; rétablis par la ligne horizontale et bleue de la mer l'équilibre de ce tableau un peu cahoté, et tu auras une fois pour toutes la formule du paysage algérien, de ce qu'on appelait le *fhas*, avant que nous ne l'eussions nommé la banlieue.

Je suis à l'ombre d'un caroubier magnifique, renommé dans le voisinage et âgé, dit-on, de trois siècles. Son ombre circulaire mesure à peu près quarante pieds de diamètre. L'arbre a fini de grandir, mais il s'étend, se ramifie, se noue, et, par un effort continu de la séve, il se compose une couronne inextricable de branchages si serrés, si bien liés et tressés

de si près, qu'un jour il portera plus de rameaux que
de feuilles. Aucun oiseau n'habite ce dôme austère,
de couleur sombre, hérissé de bois aride, que sa solidité rend immobile et qu'on prendrait pour un arbre
de bronze. Rien qu'à le voir, on le sent indestruc-
tible. De temps en temps, une feuille verte encore,
mais dont le point d'attache est flétri, tombe au pied
de l'arbre; une autre la remplace, et le feuillage dure.
Tu sais que le caroubier vit aussi longtemps au
moins que l'olivier. J'en ai vu de plus vastes, mais je
n'en ai pas vu de mieux construits, ni dont la longé-
vité soit plus probable. Je te l'ai déjà dit, rien ne
mesure ici la durée; pas de soleil qui pâlit, ni de
campagnes qui s'attristent, ni de feuilles qui tombent,
ni d'arbres couverts de moisissures funèbres, et qui
tristement font semblant de mourir. Il est permis
d'oublier que la vie décroît dans cette Hespéride en-
chantée qui jamais ne parle de déclin, heureux, mon
ami, si cette permanence de tout ce que je vois nous
faisait croire à la perpétuité possible des choses et des
êtres qui nous sont chers !

A deux pas de moi est un cimetière. Il est consacré par la dépouille d'un marabout célèbre, Sid-Abd-

el-Kader, qui y repose depuis deux siècles dans un petit monument qui porte son nom. Le pavé de la cour recouvre en outre plusieurs sépultures dont la place est marquée par des dalles de marbre fort usées, grâce au piétinement des dévots. L'intérieur du marabout, fermé de portes étroites et hautes, peintes en vert, ne s'aperçoit pas du dehors; les pèlerins s'y glissent si furtivement, que les portes retombent sur leurs talons. J'ai cru y voir de petites lampes allumées, mais rien de plus. Ces marabouts sont des monuments en miniature; tout est petit, la cour, les constructions, les coupoles, qui ressemblent à des calottes blanches. Un vieux Maure, avec sa famille, garde ce lieu, doublement consacré par la mort et par la piété de ses hôtes. Il y a des enfants et des femmes, épouses ou servantes, qui vont et viennent dans l'enclos, foulant avec indifférence les inscriptions mortuaires. Des pelures d'oranges, mêlées aux balayures des repas, sont semées çà et là sur les tombes, et des pigeons domestiques roucoulent au soleil sur l'étroit escalier des chapelles. Si je n'avais un respect infini pour ces lieux-là, je pourrais d'une enjambée m'introduire aisément sur la terrasse. Le plus

5*

souvent, elle n'a pour gardiens que deux chats en-
graissés dans la fainéantise, qui dorment pelotonnés
à l'ombre des *koubas*.

De temps en temps, le gardien lui-même vient
examiner l'état des murailles. Avec un petit balai, un
pinceau et un pot rempli de chaux liquide, il en fait
disparaître les moindres salissures, peignant plutôt
qu'il ne badigeonne, et se complaisant à faire revivre
sous sa main cette blancheur immaculée qui, pour
les Maures, est le seul luxe extérieur de leur logis.
Il y met un soin extrême, comme s'il s'agissait du
travail le plus délicat. C'est un gros homme un peu
ventru, toujours propre, au visage plein d'aménité,
et dont la verte vieillesse est due sans doute aux loisirs heureux de sa charge. Quand il m'aperçoit, ce
qui n'arrive que rarement, tant il est occupé par ces
soins de propreté, nous nous saluons poliment d'une
formule courte, et jusqu'à présent je ne connais pas
autrement ce vieux homme, moitié fossoyeur et moitié sacristain, que pour lui avoir dit : « Bonjour,
sidi, que le salut de Dieu soit sur toi! que ta maison
soit prospère, et que la mort de tes semblables t'ex-
horte à bien vivre! »

Ce monument bizarre, moitié maison de campagne et moitié tombeau, cette existence de famille au milieu des sépultures, ces enfants qui naissent et grandissent sur cette couche de cendres humaines, ce voisinage inusité de la vie et de la mort, enfin ces jolis oiseaux, voués aux plus gracieux emblèmes, dont le doux chant ressemble à l'entretien posthume de tant de cœurs inanimés, de tant de sentiments pour toujours éteints, tout cela, mon ami, sans aucune espèce de poésie, crois-moi, m'intéresse beaucoup, et m'entraîne à des rêveries que tu peux comprendre.

A côté du mausolée, et communiquant par une porte avec l'enclos réservé, s'étend le cimetière public. Il porte le nom du marabout : on l'appelle aussi le cimetière de Bab-Azoun, pour le distinguer du cimetière de l'ouest, situé près de Bab-el-Oued. Il est petit, même pour la moitié d'une aussi grande ville. Aussi l'étroit terrain est-il constamment remué, fouillé dans sa profondeur, et partout où des tombes de pierre ne font pas respecter la propriété du mort, je présume qu'on s'occupe assez peu de l'être inconnu qui fut déposé là, et que, n'importe comment, on fait

faire place au nouvel arrivant. La terre, pétrie de
matière humaine, fait pousser des plantes énormes.
Les mauves, les cactus, des aloès monstrueux y pros-
pèrent en toute liberté. Un âne se promène en paix
dans ce pâturage riche en engrais.

Les tombes arabes sont très-simples, même les
plus opulentes, et se ressemblent toutes, ce qui,
philosophiquement, est d'un grand goût. C'est un
bloc en maçonnerie, d'un carré long, peu élevé au-
dessus du sol, portant à ses deux extrémités soit
un turban grossièrement sculpté sur un petit fût de
colonne, et rappelant assez exactement la forme d'un
champignon de couche sur sa tige, soit un morceau
d'ardoise triangulaire posé debout comme le style
d'un méridien. La dalle de pierre ou de marbre est
couverte de quelques inscriptions arabes : noms du
mort et préceptes du Koran. Quelquefois cette dalle
est taillée en forme d'auge et remplie de terre végé-
tale. On y voit alors un peu de gazon et quelques
fleurs, soit qu'on les y ait plantées, soit que le vent
lui-même en ait apporté les semences. Quelquefois
encore l'on prend soin de creuser aux deux extrémités de la pierre deux petits trous, en forme de

coupe ou de godet, où la pluie se dépose et fait un réservoir d'eau. « D'après une coutume des Maures, on a creusé au milieu de cette pierre un léger enfoncement avec le ciseau. L'eau de la pluie se rassemble au fond de cette coupe funèbre, et sert, dans un climat brûlant, à désaltérer l'oiseau du ciel. » Je n'ai pas vu d'oiseau voler vers ces tombes arides, ni boire aux coupes taries ; mais je pense au *Dernier Abencerrage* chaque fois à peu près que j'entre dans le cimetière de Sid-Abd-el-Kader.

Cependant on se tromperait beaucoup si l'on croyait que tout y est édifiant. Il y a dans le génie du peuple arabe un mélange de fictions charmantes et de réalités absurdes, de réserve et d'inconvenances, de délicatesse et de brutalités, qui le rendent très-difficile à définir d'une façon absolue. Une définition ne suffit pas, il faut des nuances. On l'admire, et aussitôt on croit s'être trompé, tant les démentis sont fréquents dans le caractère de la race, et tant il y a de désaccord entre son génie naturel, qui est subtil, et son éducation, qui toujours est des plus grossières. L'Arabe a dans l'esprit quelque chose d'ailé, et nul parmi les peuples civilisés n'est plus profondément engagé dans la matière. On peut donc, sans se contredire, penser de lui les choses les plus contraires, suivant qu'on l'étudie dans son esprit ou qu'on l'observe dans ses habitudes.

Il y a un jour par semaine, ce doit être le vendredi, où, sous prétexte de rendre hommage aux morts, les femmes d'Alger se font conduire en foule au cimetière, à peu près comme à Constantinople on se réunit aux *Eaux-Douces*. C'est tout simplement un rendez-vous de plaisir, une partie de campagne autorisée par les maris pour celles qui sont mariées, et j'ai des raisons de croire que c'est le plus petit nombre. D'ailleurs ce rendez-vous se renouvelle à peu près tous les jours, et il est rare que, dans l'après-midi, le champ de Sid-Abd-el-Kader ne soit pas égayé, autant qu'il peut l'être, par les conversations et les rires. On fait plus que d'y converser; on y mange, on s'installe sur les tombes; on y étend des haïks en guise de nappe; la pierre tumulaire sert à la fois de siége et de table à manger, et l'on s'y régale, par petits groupes, de pâtisseries et d'œufs au sucre et au safran. Les grands voiles, qui sont de trop quand nul indiscret ne se montre dans le

voisinage, flottent suspendus aux cactus ; on laisse
voir les toilettes de dessous fort brillantes, quelques-
unes splendides, car c'est une occasion de vider ses
coffres, de faire faste de ses parures, de se couvrir
de bijoux, de s'en mettre au cou, aux bras, aux
doigts, aux pieds, au corsage, à la ceinture, à la tête,
de se peindre avec des couleurs plus vives les sourcils et le bord des yeux, et de s'inonder des odeurs
les plus violentes. Qui pourrait dire, mon ami, ce
qui se passe alors pendant ces quelques heures d'indépendance entre toutes ces femmes échappées aux
sévérités du logis fermé ? Qui sait ce qu'elles racon-
tent de médisances, d'histoires de quartier, de com-
mérages, d'indiscrétions domestiques, d'intrigues et
de petits complots ? Plus libres ici qu'elles ne le sont
au bain, elles n'ont pour confidents et pour témoins
que des gens fort discrets, ceux qui dorment sous
leurs pieds. J'assiste assez souvent à ce spectacle
d'un peu loin, caché dans un observatoire ombreux
que j'ai choisi exprès. Je vois tout, mais n'entends
rien qu'un chuchotement général mêlé de notes gut-
turales ou sur-aiguës, une sorte de ramage comparable à celui d'une grande troupe d'oiseaux bavards.

Les rangs s'éclaircissent à mesure que le soir approche. Des omnibus qui stationnent à peu de distance du cimetière, comme nos fiacres à la porte des lieux de plaisir, emportent par charretées ces dévotes mondaines vers Alger. Et les morts n'ont de repos que lorsque la nuit est de nouveau descendue sur eux.

Un peu plus loin que le cimetière, en suivant la route, on trouve un endroit très-vanté, très-souvent reproduit, dont tu dois connaître déjà dix tableaux au moins, ce qui me dispensera, j'espère, de faire aussi le mien : je veux parler du *café des platanes.* Le lieu assurément est fort joli. Le café, construit en dôme, avec ses galeries basses, ses arceaux d'un bon style et ses piliers écrasés, s'abrite au pied d'immenses platanes d'un port, d'une venue, d'une hauteur et d'une ampleur magnifiques. Au delà, et tenant au café, se prolonge, par une courbe fort originale, une fontaine arabe, c'est-à-dire un long mur dentelé vers le haut, rayé de briques, avec une auge et des robinets primitifs dont on entend constamment le murmure, le tout très-écaillé par le temps, un peu délabré, brûlé de soleil, verdi par l'humidité, en somme un agréable échantillon de couleur qui fait penser à Decamps. Une longue série de degrés bas et larges, dallés de briques posées de champ et sertis de pierres émoussées, mènent par une pente douce de la route à l'abreuvoir. On y voit des troupeaux d'ânes trottinant d'un pied sonore, ou des convois de chameaux qui y montent avec lenteur et viennent plonger vers l'eau leurs longs cous hérissés, avec un geste qui peut, suivant qu'on le saisit bien ou mal, devenir ou très-difforme ou très-beau.

En face s'ouvre, par une grille française flanquée de pilastres et précédée de tristes acacias, la grande allée pleine de roses encore fleuries du *Jardin d'essai*. J'y vais quelquefois, mon ami, mais je n'en parlerai pas, n'étant pas botaniste et n'étudiant au surplus que les choses arabes.

Même date, le soir.

J'ai achevé ma journée, parmi les arbres, à regarder des maisons turques. Il y a toute une partie des collines où ces constructions élégantes sont en très-grand nombre. On les voit poindre çà et là par-dessus les feuillages, à très-petite distance les unes des autres, et si bien entourées que chacune d'elles a l'air d'avoir

son parc. Toutes sont bâties dans une situation pittoresque, sur un échelon de pentes boisées, et toutes
regardent la mer. En s'élevant soi-même sur ce vaste
amphithéâtre, disposé régulièrement en terrasse, on
peut imaginer la belle et grande vue dont jouissent les
habitants de ces jolies demeures. Aujourd'hui, sans
exception, elles appartiennent à des Européens. Aussi
le grand mystère qu'elles recélaient s'est évanoui, et
beaucoup de leur charme a disparu. L'architecture de
ces maisons n'a plus grand sens appliquée aux habitudes européennes. Il faut donc les prendre pour l'a-
grément de leur aspect extérieur et les étudier comme
autant de monuments gracieux d'une civilisation
exilée.

Habitées par le peuple qui les avait bâties et je
pourrais dire rêvées, ces demeures étaient une créa-
tion à la fois des plus poétiques et des plus spirituelles.
Ce peuple avait su faire des prisons qui fussent des
lieux de délices et cloîtrer ses femmes dans des cou-
vents impénétrables aux regards et transparents. Pour
jour, une multitude de petites ouvertures, des jardins tendus de jasmins et de vignes; pour la nuit,
des terrasses : quoi de plus malicieux et en même

temps de plus prévoyant pour la distraction des pri-
sonnières? Ces maisons si bien fermées n'ont, pour
ainsi dire, pas de clôture. La campagne y pénètre en
quelque sorte et les envahit. Le sommet des arbres
touche aux fenêtres ; on peut, en étendant le bras,
cueillir des feuilles et des fleurs ; l'odeur des orangers
les enveloppe, et l'intérieur en est tout parfumé.

Les jardins ressemblent à des joujoux d'art destinés à l'amusement de la femme arabe, cet être singulier dont la vie longue ou courte n'est jamais autre
chose qu'une enfance. On n'y voit que petites allées
sablées, petits compartiments de marbres creusés de
rigoles, où l'eau serpente et dessine en courant des
arabesques mobiles. Quant aux bains, c'est encore un
séjour imaginé par un mari poëte et jaloux. Figure-toi
de vastes citernes où l'eau n'a pas plus d'un mètre de
niveau, dallées du plus beau marbre blanc et ouvertes
par des arceaux sur un horizon vide. Pas un arbre
n'atteint à cette hauteur ; quand on est assis dans ces
baignoires aériennes, on ne voit que le ciel et la mer,
et l'on n'est vu que par les oiseaux qui passent.

Nous ne comprenons rien, nous autres, aux mystères d'une pareille existence. Nous jouissons de la

campagne en nous y promenant : rentrons-nous dans nos maisons, c'est pour nous enfermer ; mais cette vie recluse près d'une fenêtre ouverte, l'immobilité devant un si grand espace, ce luxe intérieur, cette mollesse du climat, le long écoulement des heures, l'oisiveté des habitudes, devant soi, autour de soi, partout, un ciel unique, un pays radieux, la perspective infinie de la mer, tout cela devait développer des rêveries étranges, déranger les forces vitales, en changer le cours, mêler je ne sais quoi d'ineffable au sentiment douloureux d'être captif. Ainsi naissait au fond de ces délicieuses prisons tout un ordre de voluptés d'esprit qui sont à peine imaginables. Au surplus, mon ami, ne me trompé-je pas en prêtant des sensations très-littéraires à des êtres qui assurément ne les ont jamais eues ?

Mustapha, fin décembre.

J'ai passé la nuit dernière à entendre aboyer des chiens. La campagne était en rumeur, et je ne crois pas qu'il y eût aux environs un seul de ces animaux, soit errant, soit à l'attache, qui ne criât, et dont je ne pusse entendre la voix. Comme la nuit était humide,

l'air tranquille et sonore, je calculais, d'après la dé-
croissance indéfinie des bruits, que les plus faibles
devaient m'être apportés de plus d'une lieue.

D'abord je craignis un incendie, mais je n'aperçus
pas la plus petite lumière ni à terre, ni dans la baie;
hormis ces bêtes glapissantes, tout dormait dans une
sécurité profonde et sous le paisible regard des étoiles.
Les chiens criaient pour se répondre, comme ils ont
l'habitude de le faire, parce que quelque part un des
leurs avait d'abord élevé la voix. L'éveil une fois
donné dans les chenils, l'alarme avait dû gagner de
proche en proche, et par des nuits calmes comme
celle-ci il n'était pas impossible que ce long aboiement
se répandît de l'autre côté du Sahel, et de gourbi en
gourbi, de ferme en ferme, de village en village, se
prolongeât par un écho continu jusqu'au fond de la
plaine.

Je ne me suis endormi qu'aux approches du jour,
et cependant, dois-je avouer de pareils enfantillages?
cette nuit singulière m'a paru courte.

Ce que j'ai récapitulé de souvenirs, le nombre des
lieux que j'ai revus, le nombre aussi des années écou-
lées qu'il m'a semblé revivre, je ne saurai l'écrire, car je

n'aurais pu les noter même au passage. C'étaient des
visions instantanées, rapides, mais d'une vivacité qui
m'allait au cœur comme un aiguillon. Elles se succédaient aussi précipitamment que les bruits, et chose
bizarre, au milieu de tous ces aboiements à peu près
pareils, je distinguais des notes très-diverses et des
tonalités particulières dont chacune avait pour ma
mémoire une signification précise et correspondait à
des réminiscences. Les unes représentaient telle province de France, les autres telle époque ou telle aventure de ma vie que je croyais oubliée, et qui ne l'était
pas, ma vie de campagne surtout et mes années de
voyages, les deux périodes où je m'intéressai aux
bruits champêtres et vécus le plus activement. Que
de coins de pays dans l'ouest, vers la Manche ou vers
le Midi, que de petits villages dont je n'ai pas gardé
le nom, et que j'ai pour ainsi dire habités cette nuit
pendant quelques secondes, grâce à ce mécanisme
prodigieux de la mémoire appliquée aux sons!

D'autres voix plus farouches ou plus rauques, ressemblant davantage à des miaulements, me remé-
moraient mes séjours en Afrique. Pour la plupart, je
les reconnaissais, à les entendre se répéter à la même

distance, dans une direction fixe et à des intervalles toujours égaux. Il m'est arrivé d'attendre avec anxiété la voix correspondante à tel souvenir, soit pour me pénétrer mieux du plaisir que j'en éprouvais, soit pour le continuer si d'autres l'avaient interrompu.

Ce matin, presque toutes ces visions ont disparu, à l'exception de quelques-unes dont l'impression demeure Je me souviens surtout d'avoir pensé long-temps, en écoutant la voix très-reconnaissable d'un chien bédouin, à une nuit d'hiver aigre et glacée, passée dans un petit douar, vers l'extrémité du *tell* de Constantine. C'était en pleine montagne, hors des routes et dans un pays des plus âpres. Il y a de cela plusieurs années. J'étais arrivé le soir après une longue étape; à peine avais-je eu quelques minutes de jour pour nettoyer la place où je campais et faire établir ma tente au centre du douar et sous sa garde. Autour, il n'y avait qu'un terrain pétri de boue, d'ordures et de débris; la gelée, qui reprenait avec le soir, avait heureusement tout durci. Le sol était en outre couvert de carcasses d'animaux ou tués pour la boucherie, ou plutôt morts de misère. L'hiver, qui était dur, en faisait partout périr un grand nom-

bre, et parmi les petits douars du *tell* la détresse
était affreuse.

Toute la nuit, les chèvres et les petits moutons
parqués dans l'enceinte et réfugiés le plus près possible des tentes bêlèrent de souffrance et toussèrent.
Les enfants, percés de froid et ne pouvant dormir,
geignaient sous le pauvre abri des ménages, et les
femmes gémissaient en les berçant, sans parvenir à
chasser ni le froid, ni l'insomnie. Les chiens hurlaient
en s'agitant dans le douar. Inquiétés par le feu de
ma lanterne, ils entouraient ma tente. J'en avais mis
toutes les boucles et fortement assujetti les piquets.
Dès que ma lumière fut éteinte, leur cercle se rétrécit encore, et jusqu'au matin je pus les entendre
gratter la terre, passer leur museau sous la toile en
reniflant, et je sentis sur ma figure leur haleine de
bêtes-fauves. Cette nuit fut lamentable, et je ne fermai pas l'œil. Au point du jour, je quittai le douar,
et n'y suis jamais revenu.

Ce souvenir est un des mille que j'aurais à citer. Il
est bref, voilà pourquoi je l'ai noté. — L'histoire
entière de ma vie se déroula devant moi durant ces
quelques heures de veillée. — Il faisait assez clair

dans ma chambre aux murs blancs, et ce demi-jour transparent me tenait mystérieusement compagnie. Vers cinq heures du matin, les aboiements diminuè- rent, et je m'endormis.

4 janvier.

J'ai été averti par un changement de date que nous avons passé d'une année dans une autre. Il n'y a pas de jour, me diras-tu, qui ne soit marqué par un anniversaire et qui ne puisse être pris pour point de départ d'une année nouvelle. Cependant, si cette date de janvier est adoptée par des préjugés de mœurs ou d'habitudes sociales, elle est inscrite aussi dans ce que j'appellerai les préjugés de la conscience, et c'est un calendrier qu'il est toujours bon d'em- porter avec soi, même en voyage. Je me suis sou- venu tout à coup que le temps fuyait pour tout, pour tous et pour moi-même. Au lieu du bercement si plein d'oublis que j'éprouvais ces jours derniers, je me suis senti soulevé par les eaux courantes. Alors je me suis dit qu'il n'est jamais prudent de laisser couler des mois sans en faire le compte, que le temps qui fuit inaperçu est celui dont on ne peut mesurer

6

l'emploi, et que c'est assez souvent mauvais signe quand on peut dire d'une année : « Comme elle a été courte! »

Cette calme existence sous un ciel plein de caresses, dans un pays qui plaît, ce quelque chose qui ressemble à la vie pour en avoir pris l'indépendance et les loisirs, et qui n'en a retenu aucun des liens, ni les embarras, ni les servitudes, ni les soucis, ni l'émulation, ni presque les devoirs, cet abandon de soi-même joint à l'abandon de tant de choses, tout cela a-t-il bien en soi sa raison d'être? Il y a dans l'extrême jeunesse des années entières, de longues années, dont toute la cendre, hélas! tiendrait dans un médaillon de femme; mais ce sont les années légères. Les nôtres ont une autre mesure, un poids différent, et doivent laisser après elles quelque chose de mieux que des cendres et des parfums.

J'étais un jour dans un village du sud au coucher du soleil, et par une soirée si belle qu'elle en devenait dangereuse pour un esprit trop naturellement sensible au repos. C'était au bord d'un étang, sous des dattiers. Baigné d'air chaud, pénétré de silence et sous l'empire de sensations extraordinairement douces et perfides, je disais à mon compagnon : « Pourquoi donc s'en aller ailleurs, si loin du soleil et du bien-être, si loin de la paix, si loin du beau, si loin de la sagesse ? » Mon compagnon, qui n'était pas un philosophe, mais simplement un homme actif, me répondit : « Retournez vite aux pays froids, car vous avez besoin d'être aiguillonné par le vent du nord. Vous y trouverez moins de soleil, moins de bien-être, beaucoup moins de paix surtout; mais vous y verrez des hommes, et sage ou non, vous y vivrez, ce qui est la loi. L'Orient, c'est un lit de repos trop commode, où l'on s'étend, où l'on est bien, où l'on ne s'ennuie jamais, parce que l'on y sommeille, où l'on croit penser, où l'on dort; beaucoup y semblent vivre qui n'existent plus depuis longtemps. Voyez les Arabes, voyez les Européens qui se font Arabes, pour avoir un moyen lent, commode et détourné d'en finir avec la vie par un voluptueux suicide... »

Je ne retournerai pas aux pays du Nord avant le moment que j'ai marqué; mais je me souviendrai plus assidûment du conseil qui me fut donné, et puisque tel est le premier tort de la solitude, puisque tel est, sur moi du moins, l'effet du silence, du ciel bleu, des sentiers déserts, à partir d'aujourd'hui je rentre dans le monde des vivants.

Mustapha d'Alger, janvier.

Jusqu'à présent, je ne t'ai fait des Algériens qu'un portrait général. J'ai parlé de gravité, de discrétion, de dignité naturelle dans le port, dans le langage, dans les habitudes, voulant indiquer par des traits d'ensemble ce qui frappe au premier abord tout nouveau venu qui débarque d'un pays d'Europe où ces qualités extérieures sont précisément les plus rares. N'oublions pas cependant qu'il y a deux peuples ici, pleins de ressemblance si nous les comparons à nous, absolument divers dès qu'on définit chacun d'eux. Nous avons vu les similitudes ; aujourd'hui voyons les diversités. Restituons à chacun le nom dont il est jaloux ; laissons l'Arabe où il est, dans la campagne, fixé dans les villages ou promenant ses tentes, et pendant que j'habite Alger, parlons des Maures. Peut-être leur portrait perdra-t-il quelque chose à devenir en effet plus ressemblant ; il pourrait arriver que la précision, au lieu de grandir leurs traits, les diminuât.

Alger est une ville arabe habitée par des *Maures*;
les Maures forment les trois quarts au moins de sa
population indigène. Le reste est mêlé de nègres,
d'émigrants biskris ou mzabites, de Juifs parlant la
langue commune et restés toujours les mêmes depuis
leur transportation sous Titus et sous Adrien, enfin
de quelques Arabes, mais en si petit nombre qu'on
peut dire avec certitude qu'il n'y a pas d'Arabes dans
Alger. Cette ville n'était au surplus leur capitale et
leur citadelle que par fiction : c'était le chef-lieu
d'un gouvernement qu'ils n'aimaient pas et le centre
administratif d'une administration à laquelle ils obéis-
saient mal. Ils y tenaient pour l'honneur du croissant,
mais nullement par intérêt pour leur dernier pacha.
Ils n'avaient jamais lié leur cause à la sienne, et telle
était leur indifférence à l'égard de la moderne Carthage qu'ils l'ont laissée tomber sans lui porter secours,
et sans prévoir qu'ils se perdaient eux-mêmes en
l'abandonnant. Ils n'avaient mis là qu'une petite part
de leur orgueil, en dépôt sous la garde des Turcs, et
comme les Sahariens font pour leurs grains dans des
silos étrangers. Leurs vraies destinées étaient ailleurs.
Ils se réservaient de les défendre sur leur propre ter-

6*

ritoire et pied à pied, et cette longue guerre numide, qui finit à peine, a prouvé comment ils entendaient la politique et comment ils pratiquaient la guerre.

Les historiens ont beaucoup écrit sur les Maures. D'où viennent-ils? qui sont-ils? A quelle famille orientale les rattacher? Sont-ils de la race aborigène? Viennent-ils des Maures d'Espagne refoulés le long des États barbaresques? Sont-ils, comme on l'a dit encore, les descendants directs d'une invasion arabe antérieure à celle des kalifes? Y doit-on voir, au contraire, un produit fort mélangé de toutes les invasions, et n'y aurait-il pas dans les veines de ce peuple aux traits charmants, mais indécis, un composé de sang barbare et de sang gréco-romain? Voilà la moindre partie des hypothèses. La question reste douteuse, et la filiation des Maures est encore à prouver.

Quelle que soit la parenté des Arabes et des Maures, qu'on puisse ou non les rapprocher à leur point d'origine, il est impossible aujourd'hui de les confondre; eux-mêmes ne veulent pas être confondus. Peut-être n'y a-t-il pas là deux races, mais il y a deux branches, et bien nettement deux familles, qui n'ont en réalité rien de commun que la langue et la religion,

qui ne se ressemblent ni par le type, ni par les habitudes, ni par la façon de vivre, ni par le tempérament, ni par le caractère, ni par le costume, et pas
plus par les qualités que par les vices, qui ne s'aiment ni ne s'estiment, dont les intérêts mêmes sont
opposés, et qui vivraient peut-être en ennemies si
nous n'étions pas là, n'ayant plus alors, pour faire
amitié contre nous, le lien commun des antipathies et
la fraternité des rancunes. L'une est un peuple encore
féodal, de campagnards, de voyageurs et de soldats,
nombreux, plein de ressources, très-grand de toutes
manières, par ses origines, par son histoire et par ses
mœurs; héroïque à la façon d'Alexandre, aventureux
comme lui, comme lui faisant de la guerre un voyage
armé; père d'une religion qui a failli couvrir le
monde; répandu jusqu'aux extrémités de l'Orient,
sans être à proprement parler maître nulle part;
vivant ainsi dans des pays incomparables, et toujours
portant sur son visage, comme un air de noblesse,
la beauté même de sa destinée. — L'autre est un petit
peuple d'artisans, de boutiquiers, de rentiers et de
scribes, très-bourgeois, un peu mesquin dans ses
mœurs, comme il est étriqué dans son costume;

élégant, mais sans grandeur, joli plutôt que beau, tout juste aisé, jamais pauvre, et qui n'atteint au splendide ni par le luxe ni par les misères. Chacun d'eux d'ailleurs a son orgueil, et ce serait leur faire une injure égale que de se tromper de nom, comme avec deux individus consanguins.

Ce qui manque à ce dernier peuple, c'est précisément ce que le premier possède en excès, ce quelque chose que j'appellerai la grandeur, ou, pour parler en peintre, le style. Les Maures n'ont aucun style; cela tient beaucoup à leur personne, beaucoup aussi au milieu dans lequel on les voit. Tout autour d'eux est petit et contribue à les diminuer : leurs rues étroites, leurs boutiques à peine habitables, leur vie sédentaire, et leur habitude d'être assis à la turque plutôt qu'étendus à l'arabe. Leur costume les habille avec grâce et ne les drape pas ; il est étroit, il manque d'abondance et de plis, n'ajoute rien à l'importance de l'homme, et amoindrirait au contraire celle qu'on lui suppose. Un vêtement plus ample fait, je ne sais pourquoi, présumer des passions plus fortes, une âme plus grande. C'est un préjugé d'ordre *artistique*, si tu veux ; mais ici, bien entendu, je parle en artiste.

Avec leur veste collant à la taille, leur culotte en forme de jupe, et leur ceinture, que beaucoup portent lâche, il est aussi difficile aux vieillards de paraître majestueux qu'aux jeunes gens de ne pas avoir l'air efféminé.

Efféminé, voilà, je crois, le mot qui convient, car il définit leurs caractères, s'adapte à leurs goûts, précise exactement leurs aptitudes, les résume au physique comme au moral, et les juge. N'est-ce pas le propre des pays de gynécées de produire une sorte de confusion dans les sexes et d'affaiblir l'un dans la mesure même où l'autre est dégradé? Chose bizarre, en même temps qu'elle disparaît de la vie publique, la femme aussitôt se manifeste dans le tempérament de la race; moins on lui reconnaît d'importance extérieure, plus elle en acquiert par le sang. On la méprise en raison de l'abus qu'on fait d'elle : elle est cloîtrée, oisive, on l'assimile aux objets de luxe ou de plaisir; mais l'homme alors la remplace, et en vient à lui ressembler par des substitutions d'emploi qui le font descendre. C'est par là que la femme se venge, en abaissant l'espèce, et l'espèce est punie du tort de la société.

Il en résulte ce que nous voyons : un peuple quasi-féminin, — des garçons presque filles, des jeunes gens qu'on prendrait pour des femmes, un visage imberbe, des formes rondes, de beaux traits, mais un peu mous, rien de fort ni de résolu ; une beauté incertaine et jamais virile, jusqu'à l'âge où la jeunesse elle-même est effacée par la gravité des années. A l'inverse des Arabes, chez qui la fainéantise est le droit du mâle, ici c'est le mari qui travaille, je veux dire qui manie l'aiguille. Il prépare les laines, il les teint, il fabrique les étoffes, il coud, il fait non-seulement ses propres habits, mais ceux des femmes et des enfants, leurs chaussures avec les siennes, leurs toilettes aussi bien que leurs bijoux. Lui seul a l'art des passementeries et des broderies ; il sait comment assortir les couleurs, comment la soie se croise avec les fils d'or ; il a ses métiers, ses dévidoirs, ses écheveaux, ses pelotons, ses bobines, ses ciseaux, tout un petit arsenal d'instruments qui paraît bizarre entre ses mains, et qui le rend méprisable aux yeux de ses voisins manieurs de sabre. Si la force lui manque, il hérite au moins des contraires de la force : il a l'adresse, l'habileté des doigts, la délicatesse et la grâce. Il est intelligent, souple et docile; il calcule, et si le commerce ne lui convient qu'à demi, loin de le déclarer indigne, il l'estime. Son activité d'ailleurs n'est jamais bien grande. Aussi indolent à son établi qu'il est insouciant dans sa boutique, aussi peu diligent à coudre qu'il est peu pressé de vendre, il considère le commerce aussi bien que l'industrie comme des passe-temps, et le travail est plutôt fait pour remplir ses loisirs que pour occuper sa vie. A vrai dire, c'est un moyen de se distraire et de se désennuyer du repos.

Les Maures n'aiment pas les chevaux, n'en possèdent guère, et les manient mal. Leur tournure un peu grêle jure avec le lourd équipement des chevaux arabes, car il faut une tenue de cavalier et l'attirail de guerre pour occuper dignement la selle à haut dossier et pour chausser les étriers turcs. Ils ont la sandale de cuir noir des gens qui vont à pied et marchent peu; des demi-bas pendant l'hiver, et jamais de bottes. Un éperon traînant rendrait leur marche impossible. Le soir, on rencontre certains d'entre eux, les plus riches, qui partent pour leurs jardins, mais portés alors par des mules, assis de

côté sur une selle large et plate, matelassée comme
une litière, et menant leur tranquille monture à coups
de houssine, sans se servir de la bride ni du talon.
Leur équitation ne va jamais plus loin. Chose encore
plus inconnue des Arabes et plus superflue pour ces
yeux infatigables, beaucoup de vieillards portent
des bésicles. Ce sont les compteurs d'argent, les
scribes, les maîtres d'école, en un mot les *tolbas*,
ceux qu'on voit écrire avec un roseau sur de petits
carrés de papier posés sans autre appui dans leur
main gauche, et dont la longue écritoire de cuivre
est engaînée dans un pli de leur ceinture, à cette place
au-dessous du cœur où les gens de guerre portent le
poignard.

L'écritoire, le stylet de roseau, quelques feuillets de
papier, plus un vieux Koran manuscrit que peu de
gens lisent et qu'un très-petit nombre comprend, voilà
au reste tout ce qui rappelle les lettres, et cela suffit
pour distinguer les Maures des Arabes, beaucoup plus
illettrés encore. Le vrai peuple cependant lit peu et
n'écrit guère. Celui-là fume, rêve, regarde et cause
en travaillant des doigts. Il passe à l'ombre et dans
l'azur froid des bazars les longues journées que les

gens de même race sont tenus à dépenser hors de leurs maisons. Le bazar lui tient lieu de *forum*. Il représente à la fois la chambre de travail et la place publique, et chacun s'y trouve chez tout le monde et chez soi.

Il y a là des cafés, des essences, des fleurs et des oiseaux. Des rossignols chantent dans de petites cages en pointes de porc-épic suspendues à l'auvent des boutiques. Au-dessous des cages, et sur des tréteaux, on voit des jeunes gens assis côte à côte, avec des broderies sur leurs genoux, des écheveaux de fils d'or ou de soie passés derrière l'oreille ; propres, bien mis et le visage un peu plus clair que de l'ambre pâle, peu vêtus, car ils ont le cou, les jambes et les bras nus, avec des vestes de couleurs bien choisies, des ceintures qui varient du rouge au rose vif, et des culottes blanches à mille plis qui s'évasent autour d'eux quand ils sont assis ; des attitudes élégantes, soit au repos, soit au travail ; beaucoup de langueur dans les yeux, et, pour achever de n'être plus des hommes, quelquefois les paupières peintes, presque toujours des fleurs posées près de la joue. Ils fument du tabac odorant, les voluptueux, du *tekrouri*, c'est-à-dire de la feuille

7

de chanvre réduite en poussière, ou, pour employer le terme connu, du *haschisch;* c'est ce qu'ils appellent faire le *kief.* Le *kief* est proprement le repos plein de bien-être, et poussé jusqu'à l'ivresse, produit par toute boisson ou par toute fumée stupéfiante. Il signifie l'effet du sorbet ou de la pipe. Par abus de mots, on l'applique à l'objet lui-même; il m'est arrivé de demander du *kief* et d'être compris des marchands de *tekrouri.*

Le goût du *haschisch* ne vient jamais sans la passion des oiseaux. A Constantine surtout, mais aussi à Alger, chaque fumeur de *haschisch* possède un rossignol, et je ne connais que Nâman qui, par indigence ou par oubli des choses extérieures de la vie, n'ait pas le sien. Le rossignol est, faut-il le dire? un oiseau très-positif et gourmand, dont la voix devient d'autant plus claire et le chant plus robuste qu'il est mieux nourri. On lui donne à manger de la viande crue, hachée menu et pétrie avec du beurre. Remis en belle humeur par cette nourriture active, l'oiseau recouvre son haleine et se met à chanter, — Dieu sait quoi!.,. peut-être les satisfactions d'un estomac repu, — mais sur un mode si tendre, avec un tel sentiment du rhythme, et d'un élan si passionné, qu'on oublie l'oiseau pour n'entendre plus que le musicien. Quel étrange poëte que cet oiseau! Qui n'a-t-il pas bercé et enchanté depuis qu'il existe, et que, libre ou prisonnier, il habite au milieu de nous? N'est-ce pas l'âme éloquente des choses tendres, la musique même des sentiments humains? Il a l'air d'exprimer ce que chacun de nous éprouve. L'amoureux retrouve en lui ses tendresses, celui qui souffre ses amertumes, la mère affligée ses désespoirs. « Chantre des nuits heureuses! » a dit de lui un des plus inconsolables rêveurs de ce siècle. « Déjà, s'écrie le jeune Albano, le rossignol frappait du bec à la porte triomphale du printemps. » Le fumeur stupide écoute à sa manière cette chanson sans paroles qui le pénètre tant bien que mal à travers l'épaisseur de ses rêves. Me comprendrait-il, mon ami, si je lui disais qu'elle a fait pleurer un homme qui s'appelait Obermann du regret d'être seul au bord d'un lac, de se sentir grand et faible, et de n'avoir pas vécu?

Janvier.

Je suis entré l'autre jour au tribunal du kadi. J'ai vu comment est rendue la justice; c'est une chose si facile, si intime et si familière, qu'on ne saurait imaginer de formalités plus attrayantes ni plus capables de faire excuser les procès

Le tribunal est situé rue de la Marine, dans la cour de la mosquée. La même porte mène au prétoire et à l'église, la même enceinte enferme la justice et la religion; le justiciable et le juge sont de la sorte aussi près que possible de l'œil de Dieu. La cour est dallée et fermée de balustrades à l'extrémité qui donne sur la mer. Au centre et faisant vestibule à la mosquée, parmi des arbustes, des rosiers, de grande bananiers constamment verts, s'élèvent une fontaine et deux pavillons. Le plus petit, le moins fréquenté, appartient au muphti, qui représente la cour d'appel; l'autre, reconstruit il y a peu d'années, et par les soins de l'administration française, dans un style approximativement arabe, est la chambre de première instance, occupée par le kadi. L'auvent, très-saillant et de forme asiatique, protége un large perron de deux

marches, où les clients déposent leurs savates et s'as-
seoient à l'ombre en attendant l'appel de leur cause.
Une grande porte ouverte à deux battants permet au
public d'assister de l'extérieur aux débats, et éclaire
en même temps la salle, qui n'a pas d'autre ouverture. Cette salle, petite, carrée, blanchie seulement à
la chaux, est disposée et meublée de la manière la
plus simple : de chaque côté, une rangée de banquettes appuyées au mur, derrière une rangée de
tables-bureaux, où se tiennent les scribes ou gref-
fiers, assesseurs du kadi. A l'entrée, un tabouret de
bois pour l'huissier ou *chaouch;* par terre, des
nattes où les clients s'accroupissent. Au fond, faisant
face à la porte, se trouve la place du kadi,— ce qu'en
France on appelle proprement le tribunal, — c'est-à-
dire une estrade avec un bureau, un canapé bas à
dossier de drap vert, et des coussins. Rien au mur
que de fausses fenêtres formant niches, de petites ar-
moires fermées, servant d'archives et contenant quelques livres et des papiers ; enfin, au-dessus du juge,
une légende écrite en gros caractères, et tirée d'un
verset du Koran.

La fonction des scribes (*adouls*) est de suivre les

interrogatoires, d'examiner les actes, et de dresser les jugements. On les reconnaît à leur singulière coiffure de cotonnade blanche en forme de citrouille, à leur pelisse de soie, qui cache entièrement la culotte, à leur air plus grave et plus digne, qui les fait distinguer du commun des hommes et révèle en eux des magistrats. N'oublie pas que l'*adel*, le scribe, est à la fois un homme de loi et un homme d'église, qu'il préside aux cérémonies du culte, aux enterrements, comme il assiste aux démêlés judiciaires, et qu'il touche ainsi, par ce double ministère, aux plus graves intérêts de la vie présente et de la vie future.

Quant au kadi, sa charge fait de lui un personnage important, même à côté de notre juridiction française; celui-ci est personnellement le type le plus accompli que je connaisse de la haute bougeoisie d'Alger. Il est grand, maigre, avec une barbe noire et peu fournie; il a l'œil sagace et doux, beaucoup de distinction dans tout son air, la parole un peu voilée, le geste lent et la pâleur maladive d'un homme à santé délicate. Il est vêtu de blanc, de gris et de noir. Une longue écharpe de mousseline plissée

sur son vaste turban sphéroïde le coiffe à la mânière
des marabouts et le drape abondamment jusqu'à la
ceinture. Il parle peu, interroge à voix basse, et ne
regarde directement les clients que si la question
paraît mériter son attention. Autrement il écoute un
peu négligemment, le coude appuyé parmi des coussins, les yeux à demi fermés, moitié méditant, moitié distrait, et dans la tenue d'un homme à qui l'on
ferait des confidences de peu de valeur.

Quatre ou cinq scribes, un huissier armé d'une
baguette, un juge à figure belle et douce, qui représente en sa personne le conseil et l'autorité, la juris-
prudence et la loi : voilà toute la magistrature. Pas
d'avoués ni d'avocats, ni de ministère public, ni
délais, ni procédure à suivre, ni complications, ni
lenteurs. On entre avec son adversaire, on s'assied
par terre à côté de lui ; chacun à son tour expose
son affaire ; le débat contradictoire compose à la fois
l'enquête et les plaidoyers. Rien n'est plus sommaire.
C'est à peu près la justice de paix, c'est-à-dire la
juridiction la plus logique, la plus humaine et la
mieux nommée, s'il est vrai que le premier but de la
justice doive être de concilier. Si l'accord est impos-

sible, alors le kadi juge, dans sa sagesse et dans sa conscience, comme Salomon.

Les femmes n'entrent pas dans l'enceinte. Il y a pour elles, attenant à la salle d'audience, deux galeries ouvertes, communiquant avec le prétoire par une fenêtre grillée, à hauteur d'appui. La femme, qui reste voilée et qui plaide par l'étroite ouverture, peut tout au plus passer les doigts à travers le grillage de barreaux quadrillés et s'aider d'une courte pantomime pour animer l'exposé de sa cause.

Le jour où je fis connaissance avec les mœurs judiciaires dont je te parle, il y avait précisément une affaire pendante entre une femme et son mari. Il s'agissait d'une demande en divorce. Retranchée derrière la lucarne, et absolument invisible sous ses voiles, la plaignante articulait avec d'autant plus d'aisance des griefs à peine avouables, et racontait sans sourciller l'histoire impossible à traduire ici de sa vie conjugale. Le mari, que le kadi venait d'interroger, écoutait ingénument ce qui se disait de lui. C'étaient des choses qui faisaient sourire. Le kadi ne jugea pas cependant le mariage aussi désespéré que le prétendait l'épouse impatiente, et ne voulut pas rompre; au contraire, il lui conseilla de faire meilleur ménage, et remit la cause à l'année prochaine.

Au-dessus de ce premier degré de juridiction, il y a, comme je te l'ai dit, le muphti, qui prononce en dernier réssort. C'est un vieillard fort âgé, que je rencontre se promenant dans les bazars, vêtu d'un kaftan rougeâtre, d'une pelisse verte, avec des babouches jaunes, et la tête enveloppée d'un voile de soie de couleur pourpre. Le petit pavillon qu'il habite à côté du kadi est une sorte de marabout de forme sépulcrale, fort petit, très-silencieux, et presque pas éclairé. Il m'a semblé que le plus religieux respect entourait ce sanctuaire de la haute justice. Le vieillard y sommeillait, retiré sous la coupole comme un mage, et dans une attitude que son grand âge et la gravité du lieu faisaient paraître auguste. Lorsqu'un plaideur a perdu sa cause, il n'a que la cour à traverser pour passer de première instance en appel. Les deux juridictions épuisées, tout n'est pas fini. A ceux que la loi humaine a mécontentés, il reste un dernier recours : c'est d'en appeler à la justice céleste et d'aller à la mosquée se pourvoir en cassation devant Dieu.

7*

12 janvier.

Voici la pluie. Elle a commencé ce soir à trois heures par quelques gouttes larges et rares. J'achevais ma promenade au moment où ce signal d'espérance imploré par tout le pays s'échappa comme avec effort d'un ciel orageux, mais obstinément aride. Je n'en fus pas surpris, car j'étais sorti pour l'attendre. Il y avait huit jours que le temps se préparait à un changement; l'air était devenu trop sonore pour rester longtemps serein, et le ciel, d'un bleu particulier, ne permettait plus de croire à la durée des beaux jours. Ce sont des nuances, mais qu'on distingue avec un peu d'habitude. Intérieurement aussi, je sentais approcher la pluie par un pressentiment qui n'a rien d'imaginaire.

J'arrivais près d'un champ qu'un laboureur arabe en tunique courte était en train d'ensemencer d'orge; il achevait d'en recouvrir les derniers sillons, y poussant à fleur du sol une petite charrue primitive attelée de deux vaches maigres. En voyant le temps si bien disposé pour les semailles, il aiguillonnait les animaux, et se hâtait de manière à terminer son tra-

vail avant la nuit, calculant sans doute avec certitude
que demain il serait trop tard. A l'extrémité du
champ déjà labouré, deux enfants, aussi de race
arabe, faisaient brûler de grands tas d'herbes nui-
sibles, d'où s'échappaient d'épais tourbillons de fumée d'une odeur âcre. Je reconnus avec quelque surprise en pareil lieu l'odeur si commune en France des
champs brûlés; ce faible indice était le premier qui
sensiblement m'eût indiqué l'automne.

Je m'assis et regardai ce champ rayé de sillons
bruns, où je voyais deux choses assez rares dans ce
pays d'insouciance : une charrue arabe en travail,
des enfants indigènes partageant avec leur père les
soins donnés au labourage. Les petites vaches, non
pas accouplées sous un joug, mais attelées par le poi-
trail et tirant des épaules à la manière des chevaux,
soufflaient d'épuisement, quoique le travail ne fût pas
rude, car la terre était à peine entamée.

A ce moment, je remarquai que les fumées, lourdes
jusque-là, tournèrent. Un vent léger, mais frais,
arriva de l'ouest, et suivit le pied des coteaux, en faisant sur son passage le bruit d'un oiseau de grande
envergure. La campagne en fut comme étonnée, et

les uns après les autres, par un mouvement brusque, tous les arbres de la plaine en frissonnèrent. Ce ne fut qu'un instant. Le souffle passé, tout rentra dans un calme plat. C'est alors que les premières gouttes de pluie tombèrent.

Rien n'était plus reconnaissable, ni Alger, qui ne formait alors qu'un amphithéâtre sans couleur, ni les maisons turques d'un blanc de linge, et qui perdaient leur forme en n'ayant plus d'ombre, ni la mer, devenue livide, ni les bois du *Sahel*, d'un vert éteint. Quoique l'air fût encore tiède, on y sentait courir des fraîcheurs humides. En même temps, dans les villages, dans les fermes, quelques cheminées se mirent à fumer, comme si chacun profitait du même avis pour faire aussitôt ses dispositions d'hiver. Les pigeons répandus dans la campagne regagnaient deux par deux les colombiers. Les poules rentraient avec émoi. Il y avait au contraire des compagnies d'oies qui sortaient en hâte des basses-cours, et les canards domestiques battaient joyeusement des ailes en recevant la pluie, et poussaient leurs clameurs de mauvais augure au bord des réservoirs desséchés. Les merles volaient d'un arbre à l'autre, s'appelant par leur cri du soir, et, quoique le soleil n'eût pas quitté l'horizon, se couchaient déjà, par prévoyance, au plus épais des taillis. J'entendis chanter des grives, les premières peut-être que l'hiver eût chargées de ses messages, et des volées d'étourneaux, venues des prairies, arrivaient par légions serrées pour s'assurer d'un abri sous les collines.

C'était bien l'été qui finissait. Il s'achevait sans violence, sous un ciel morne et doux, sans orage, et seulement par des ondées propices. Était-ce un dernier adieu de la saison maintenant passée? était-ce le premier présent d'un hiver qui voulait qu'on fêtât son arrivée, et la signalait par des bienfaits?

Même date, onze heures du soir.

Il pleut à torrents. Le vent est faible, mais il souffle directement de l'ouest, mauvais signe à pareille époque. La mer s'émeut. Je l'entends qui gronde au large, sous une nuit sans lune, sans étoiles, écrasée de nuages, et rendue plus épaisse encore par les flots de la pluie. C'est plutôt un murmure intérieur que l'agitation même des vagues. On dirait que la pro-

fondeur des eaux est remuée par un orage qui remon-
terait du fond des abîmes à la surface. Il n'y a pas le
plus faible bruit dans la campagne, qui paraît morte
ou frappée d'un sommeil de plomb. Les feux sont
éteints depuis longtemps partout, même dans la partie
du faubourg que j'aperçois de ma fenêtre. Adieu le
ciel bleu, adieu le soleil, adieu tout ce qui semblait
inaltérable!

13 janvier.

La pluie continue. Le vent, qui n'a fait que s'ac-
croître d'heure en heure en se fixant à son point d'hiver, commence à labourer profondément les eaux de
la baie. La côte a disparu dans les remous, et n'est
plus marquée que par le jet rapide et blanchâtre des
embruns. A chaque instant, le grain, qui redouble,
rétrécit l'horizon en le fermant d'une nappe continue
presque impénétrable, et tendue de haut en bas
comme un rideau. La campagne, aussi déserte que la
mer, est inondée, car la terre, surprise par ce brusque
arrosement, n'a pu s'imbiber assez vite; l'eau court
dans les chemins changés en ruisseaux, ou séjourne
à la surface des prairies; le Hamma n'est plus qu'un

long marécage. On voit des oiseaux épouvantés qui traversent comme des ombres le ciel couleur de boue. Incapables de gouverner au vent ni de soutenir un vol de quelque durée, ils plongent au premier buisson venu comme des oiseaux morts. Quant aux oliviers, ils font pitié sous cette pluie qui les rend semblables à des arbres du Nord et sous le vent glacé qui déchire leur maigre feuillage, en les frappant comme avec des lanières. Toute circulation semble interrompue ; personne encore n'a paru sur les routes. Chacun attend, pour reprendre ses habitudes, ou que la bourrasque ait cédé, ou que la saison se soit fait reconnaître par des rigueurs plus décisives.

J'ai visité mon jardin, qui forme un petit étang, puis la basse-cour, où le chien dort dans sa niche, où les chevaux dorment sur leur litière, où les pigeons ramagent doucement, retirés au plus profond de leur colombier à claire-voie. J'ai revu mon voisin, M. Adam, debout au seuil de sa maison en ruines. Les poulets de son poulailler se consolaient de leur mieux en becquetant des grains oubliés sur l'appui délabré des fenêtres ; M. Adam fumait sa pipe allemande. Tristement il attend que la pluie cesse, et l'exil aussi. J'ai fermé les moindres ouvertures de mon logis, et, pour inaugurer la saison qui commence, j'ai allumé un grand feu de bois odorant. Me voici donc comme en France, les pieds devant la flamme, très-étonné du changement qui s'est produit autour de moi depuis vingt-quatre heures, et bien averti que je vais avoir à payer de quelques ennuis des satisfactions qui furent très-vives. Au surplus, mon emprisonnement, car c'en est un, ne durera qu'autant qu'il me plaira de le prolonger : cela dépendra du poids de la solitude.

18 janvier.

Depuis cinq jours, j'assiste à quelque chose de moins redoutable, mais d'aussi désespéré qu'un déluge : un ciel noir, des eaux noires, presque pas de jour, un fracas monotone et assoupissant comme le silence, de la pluie, toujours de la pluie, qui tombe dans un marais, d'immenses cataractes qui vont descendre sur la mer. Le tonnerre a grondé la nuit dernière ; je l'entendais à peine au milieu du tumulte de l'air. Les volets de mes fenêtres, qui ne sont pas construites pour de pareils assauts, menaçaient d'éclater à chaque nouvel effort du vent; les vitres pliaient, tout près de se rompre, et ma maison tremblait comme un arbre déraciné; mais la chose effrayante à entendre et à voir, quand on parvient à la voir, c'est la mer.

Fin janvier.

Le soleil n'a pas reparu, le ciel est terne; des couleurs chagrines ont défiguré ce beau pays, revêtu de feuillage en dépit de l'hiver : heureux pays, dont la seule expression naturelle est le sourire! Le vent continue de souffler, la mer de remuer des eaux mornes en exhalant des soupirs irrités.

Sais-tu ce qu'il y a de plus pénible pour l'esprit dans ce sombre tableau, si confusément composé de pluie qui tombe, de flots qui roulent, d'écumes qui jaillissent, de nuages en mouvement? C'est de ne trouver d'équilibre nulle part, et de regarder indéfiniment des choses vagues qui vont et viennent, se balancent, se troublent, dans la perpétuelle oscillation d'un roulis qui semble ne pouvoir plus s'apaiser. Rien pour arrêter la vue, ni qui la repose, ni qui la satisfasse en la fixant sur des points d'appui : une étendue flottante, une perspective indécise de formes insaisissables ; à terre, pas un objet qui ne soit agité ; en mer, pas une ligne de nuages ou d'eau qui ne soit mobile, pas un trait qui ne s'évanouisse aussitôt formé. Ce petit supplice est un de ceux que j'ignorais.

S'il devait durer, je quitterais Mustapha, où la mer est insupportable à voir quand elle n'est plus calme. En attendant, je ne la regarde plus, je tâche de ne plus l'entendre, et je fais mon possible pour l'oublier. Je travaille ; je me console avec des couleurs claires, des formes rigides, de grandes lignes bien nettes. Ce n'est pas la gaieté qui me plaît dans la lumière ; ce qui me ravit, c'est la précision qu'elle donne aux contours, et de tous les attributs propres à la grandeur, le plus beau, selon moi, c'est l'immobilité. En d'autres termes, je n'ai de goût sérieux que pour les choses durables, et je ne considère avec un sentiment passionné que les choses qui sont fixes.

4 février.

Je ne sais pas si l'hiver est fini, mais il fait très-beau.

Le paysage est transfiguré, et toute la campagne est redevenue verte. J'avais donc calomnié l'hiver, qui témoigne aujourd'hui de sa bienfaisance. Grâce à la prodigieuse quantité des pluies tombées, voici les sources remplies, les sillons ranimés, les arbres gonflés de sève, et les plus petites veines de la terre approvisionnées d'eau pour une année. Il n'y a pas de terrain si maigre qui n'ait recouvré l'abondante fertilité des prairies, ni de lande abandonnée où ne poussent à foison des herbages utiles, et cette immense étendue couleur d'espérance se prolonge ainsi par-dessus les villages, les fermes et les grands chemins, depuis le mur d'Alger jusqu'aux montagnes kabyles, où s'est amassée la réserve des neiges pour l'époque des premières chaleurs. Les moissons disparaissent au milieu de cette steppe uniforme, où le blé n'apparaîtra plus qu'en jaunissant. Il y a des moutons mis en pacage dans l'hippodrome, où la cavalerie ne manœuvre plus. Les amandiers sont en fleurs; le long des fossés humides, des chameaux gardés dévorent les boutons naissants des jeunes frênes.

Ce pays déjà printanier n'attendait plus qu'une

journée pareille pour se trouver en harmonie parfaite avec le climat ; mais ici le printemps n'est jamais bien loin. La saison change avec le vent : sitôt qu'il remonte au nord, l'hiver, qui n'a que la mer à traverser, peut accourir en quelques heures ; pour peu qu'il descende, la saison nouvelle arrive en quelques minutes, avec la chaude exhalaison du Sahara. Le vent est si faible aujourd'hui que les fumées les plus légères en sont à peine inclinées ; mais au premier souffle qu'on respire, on devine et d'où il vient et ce qu'il promet. Il apporte la première nouvelle du printemps, et j'affirme qu'il n'y a pas un brin d'herbe de ce pays qui n'en soit averti depuis le lever du jour.

J'ai profité de ce court moment de miséricorde, peut-être sans lendemain pour faire une promenade de convalescent. N'ayant pas de but, je l'ai faite au hasard, par le premier chemin venu, à pied, lentement et doucement, à l'exemple des valétudinaires, dont le retour à la santé se manifeste d'abord par la surprise de tout ce qu'ils voient et par la joie silencieuse de vivre. J'ai vu des choses très-simples qui m'ont ravi ; mais le véritable événement de ma journée, c'est le beau temps.

Connais-tu, mon ami, les effets incalculables pro-
duits par un baromètre qui monte ou qui descend, et
t'es-tu jamais aperçu à quel point ce petit instrument
nous gouverne? Peut-être vivons-nous, tous tant que
nous sommes, sous la dépendance de certains agents
occultes dont nous subissons l'action sans l'avouer ni
la définir ; peut-être y a-t-il au fond de la destinée de
chacun de nous de petits secrets misérables dont nous
ne parlons pas, de peur de confesser notre servitude
et d'humilier devant la matière une âme humaine qui
se prétend libre. Quant à moi, après ce long emprisonnement, après un mois de tête-à-tête avec mon
ombre, le moindre ébranlement d'esprit devient une
aventure, une sensation reçue vaut une anecdote, et
ne t'étonne pas si j'arrive à ce résultat de considérer
comme un plaisir inusité le plaisir même de me sentir ému !

J'ai suivi le chemin qui côtoie la mer; plus tard, il
deviendra une grande voie commerciale, car il mène
en Kabylie. Pour le moment, c'est un des plus déserts. On n'y rencontre que de rares piétons arabes
revenant du marché avec de pauvres convois d'animaux, les *tellis* (sacs de voyage) vides, les bâts sans

charges, et des paquets de cordes lâches flottant autour des harnais ruinés, ou bien, chose plus rare encore, quelques rôdeurs maltais, moitié paysans, moitié matelots, qui vont, après chaque bourrasque, ra-
vager le bord de la mer et recueillir les épaves. Il n'y
avait personne dans les champs, où les cultivateurs
n'ont plus rien à faire après les semailles, la pluie
d'abord et puis le soleil se chargeant du reste. Le
temps était gris, très-calme, et clair jusqu'aux plus
lointains horizons. C'était ce que les habitants de
mon pays et du tien, où le hâle est dur, appellent un
temps de demoiselle.

A mi-chemin de la *Maison-Carrée*, je me suis assis
sur un petit promontoire écarté. S'il n'y avait eu là
beaucoup de cactus et d'aloès, j'aurais pu me croire à
quatre cents lieues d'Afrique, sur une côte élevée
aussi et toujours déserte d'où se voit une mer qui
n'est pas celle-ci. L'impression était la même, la
grandeur égale. Aujourd'hui la Méditerranée ressemblait à l'Océan; elle était pâle et ne roulait plus qu'à
de longs intervalles de grands flots tristes, sans force,
et dont le bruit diminuait d'heure en heure, à mesure que le calme de l'air s'emparait d'eux. A peine

entendait-on vers Matifou le murmure encore sensible d'un orage retenu sans doute au large par le vent contraire.

A mes pieds, et si près du flot qu'on eût dit à chaque instant qu'il allait les engloutir, piétinaient des oiseaux de rivage tout à fait semblables à nos oiseaux de France, avec un plumage gris et des ailes pointues. Comme tous les habitants des sables, ils marchent sur des échasses; leur bec, aiguisé comme un épieu, pique incessamment le sol spongieux des grèves, et leur cri, composé d'un petit soupir aussi ténu que peut l'être un bruit, leur semble donné pour mesurer par sa faiblesse l'énormité des bruits de la mer. Rien n'est plus mélancolique ni plus frappant que ce petit oiseau, vivant, courant, chantant à deux pouces du flot, ne s'en écartant jamais, ni pour habiter la terre, ni pour se hasarder dans de longs voyages, traversant au plus, quand il est chassé, les baies étroites, et ne s'éloignant pas de cette mince lisière de sable humide où sa vie se passe. Quand une vague approche, il ouvre ses ailes et l'évite. Où se cache-t-il pendant la tempête? Il n'est plus là, mais il en est témoin. Il laisse s'apaiser les grandes violences, et sitôt que le rivage devient habitable, il reprend ses familiarités avec la mer.

Je suis rentré vers la nuit, par des chemins sombres, et tout enveloppé de l'abondante humidité qui tombait. Je ne distinguais plus la mer, je l'entendais. Alger s'étoilait de lumières, et partout où se cachait une habitation, la campagne obscure était piquée d'un feu rouge. En arrivant au champ de manœuvres, j'aperçus vaguement le contour de ma maison, et je vis ma lampe allumée qui brillait par ma fenêtre ouverte.

7 février.

Je reçois aujourd'hui même la lettre que voici :

« On m'apprend que vous êtes revenu. Je suis à Blidah depuis trois jours, et je compte y séjourner une semaine ou deux pour y restaurer mon vieux cheval qui n'en peut plus. Si rien ne vous retient où vous êtes, je vous attends. J'ai vu ce matin même, près des orangeries, une petite maison selon vos goûts et les miens.

» En souvenir du passé qui nous a faits compagnons de route et par précaution pour l'avenir, je vous serre affectueusement la main.

BOU-DJABA.

» Mon adresse : rue des Koulouglis, chez Bou-Dhiaf. »

Une autre fois je te rappellerai, si tu l'as oublié, ce que c'est que mon ami Bou-Djaba, en français Louis Vandell. Pour le moment, je prépare à la hâte mon bagage de route, en vue d'une absence indéterminée, et je ferme, avec un peu de confusion de le trouver si vide, mon *journal* de Mustapha. Bonsoir, je pars demain par la diligence de sept heures.

———————

II

BLIDAH

Blidah, 8 février.

Me voici à Blidah, logé, installé et t'écrivant. J'ai fait la route à grande vitesse, dans une diligence où tout le monde, excepté moi, parlait provençal, ce qui m'a permis de ne pas dire un seul mot pendant un trajet de cinq heures. Cette faculté de se taire est la première liberté que je réclame en voyage, et je voudrais qu'il fût écrit dans un article spécial du droit des gens que chacun est tenu de la respecter chez les autres.

A peine ai-je eu le temps d'entrevoir Bir-Mandréis tandis que l'attelage en traversait au galop les pentes ravinées; mais les chevaux, toujours épuisés après avoir escaladé, puis descendu la route en colimaçon du Sahel, soufflent ordinairement trois minutes devant

la jolie fontaine arabe de Bir-Kradem. Elle est restau-
rée, recrépie, mais sans que le style en soit altéré, et
j'ai pu, en examinant comme une ancienne connaissance cette élégante façade de marbre dorée par le
soleil, rappeler à moi de vieux souvenirs africains qui
datent de notre premier voyage.

La matinée était fraîche, l'air très-vif, le ciel admirablement limpide et d'un bleu ferme. Je pouvais
apercevoir et mesurer d'un coup d'œil le périmètre de
cette plaine magnifique, qui fut avec la Sicile le gre-
nier d'abondance des Romains, et qui deviendra le
nôtre quand elle aura ses légions de laboureurs.
J'aime les plaines, et celle-ci est une des plus gran-
dioses, sinon des plus vastes, que j'aie vues de ma
vie. On a beau la parcourir à la française sur une
longue chaussée civilisée par des ornières, y trouver
des relais, des villages, et de loin en loin des fermes
habitées : c'est encore une vaste étendue solitaire où
le travail de l'homme est imperceptible, où les plus
grands arbres disparaissent sous le niveau des lignes,
très-mystérieuse comme tous les horizons plats, et
dont on ne découvre distinctement que les extrêmes
limites : à droite, la ligne abaissée du Sahel; au fond,

les montagnes de Milianah, perdues dans des bleus
légers; à gauche, le haut escarpement de l'Atlas,
tendu d'un vert sombre avec des neiges partout sur
les sommets. Il n'y avait pas un nuage autour de cette
arête étincelante; à peine y voyait-on, mais à mi-côte,
un reste de brouillards qui s'évaporaient des ravins,
et se roulaient en flocons blancs comme la fumée
d'un coup de canon. La partie basse de la plaine est
cachée sous l'eau; beaucoup de fermes ont l'air d'être
bâties sur un étang, et le marais d'Oued-el-Laleg, à
peine humide pendant l'été, inonde en ce moment
deux lieues de pays.

J'ai revu Bouffarick en pleine prospérité. Plus de
malades, plus de fiévreux. Les Européens s'y portent
aujourd'hui mieux qu'ailleurs, et c'est là de préférence que les convalescents des environs vont purger
leurs fièvres d'Afrique. Pendant que tant d'hommes y
mouraient empoisonnés par la double exhalaison des
eaux stagnantes et des terres remuées, les arbres, qui
vivent de ce qui nous tue, y poussaient violemment
comme dans du fumier. Imagine à présent un verger
normand, planté de peupliers, de trembles et de
saules, soigné, fertile, abondant en fruits, rempli

8*

d'odeurs d'étable et d'activité champêtre, la vraie
campagne et de vrais campagnards. Le passé de ce
petit pays en exploitation définitive de sa richesse,
nous n'y pensons plus. Nous oublions qu'il a fallu,
pour se l'approprier, dix années de guerre avec les
Arabes, et vingt années de lutte avec un climat beaucoup plus meurtrier que la guerre. Le voyageur s'en
souvient seulement en passant près des cimetières, ou
quand il s'arrête à *Beni-Mered*, au pied de la colonne
du sergent Blandan. La véritable histoire de la colonie est, ici comme partout, déposée dans les sépultures. Que d'héroïsmes, mon ami, connus ou inconnus, presque tous oubliés déjà, et dont pas un
cependant n'a été inutile !

A onze heures, j'étais à Blidah. J'ai trouvé là
Vandell, qui, depuis l'envoi de sa lettre, m'attendait
à chaque arrivée des voitures. Je l'ai reconnu de loin
à sa casquette jaunâtre, la même qu'il portait il y a
quatre ans ; il fumait sa petite pipe courte à tuyau de
cerisier sans bouquin, et toute sa personne a conservé
ce même air un peu bizarre, qu'il est également
impossible de définir et d'oublier.

J'ai loué la maison proposée par Vandell, et il a été

convenu que nous y camperions ensemble. Cette maison est située à l'extrémité de la ville, sur une place déserte, plantée d'orangers, et séparée seulement des grandes orangeries extérieures par le mur fortifié du rempart. Nous avons d'un côté la vue de la plaine, de l'autre celle de la montagne, que nous croirions toucher de la main, tant elle est proche et domine de haut la ville assise à ses pieds. Quoique la terrasse, en mauvais état, ait laissé couler la pluie dans toutes les chambres, ce logis paraît très habitable. Un ruisseau qui passe au-dessous de la maison même, sort de terre à ma porte, et fait entendre parmi les cailloux le petit gargouillement continu d'une eau courante. A six pas de là pousse un grand cyprès à feuillage en pointe, à tronc unique. Il reçoit le soleil toute la journée et dans toute sa hauteur. Son ombre, qui fait autour du tronc sa révolution complète, dessine sur le terrain plat un cadran parfaitement régulier : j'en marquerai les divisions par des cailloux, et ce sera mon horloge.

Blidah, février.

Vandell n'a pas plus changé d'habitudes qu'il n'a
changé de physionomie et de costume. Il ne ressemble à personne, mais il ressemble et ressemblera toujours à lui-même ; il est singulier, mais inaltérable.
Il y a bien quelques fils gris mêlés à sa chevelure, qu'il
porte coupée ras, et dans sa barbe, qu'il laisse au
contraire croître à volonté; mais ces légers changements sont presque invisibles. Quant à son visage, il
est de ceux qui n'ont plus rien à perdre ni en fraîcheur ni en embonpoint. Aussi brun qu'un homme
blanc peut l'être, aussi maigre que peut l'être un
homme en santé, le voyageur est maintenant à
l'épreuve de la fatigue, du soleil et des années, et dans
un état à les braver avec sécurité. Il ne paraît plus
qu'il ait été jeune; on ne verra jamais dans quelle
mesure il vieillit; je défie dorénavant qu'on lui donne
un âge. Toujours bien portant, d'autant mieux qu'il
est plus sec, alerte et maître de ses jambes comme un
excellent piéton devenu, par nécessité, cavalier médiocre, Vandell ne prend d'autres soins de ce qu'il
appelle son enveloppe que ceux qui consistent à

la rendre utile aux services qu'il attend d'elle, et tu peux imaginer s'ils sont excessifs. Son unique souci, c'est de diminuer le dedans et d'épaissir le dessus; en d'autres termes, de réduire ses muscles et d'endurcir sa peau. Il a sur ce sujet une philosophie pratique qui lui est propre. « N'est-il pas pitoyable, me disait-il un jour, qu'un méchant drap comme celui que je porte, soit plus solide qu'une peau d'homme fabriquée par des époux robustes? Soyez tranquille, je saurai me rendre imperméable, insensible, inusable et résistant comme un cuir de bœuf. » A en juger par son visage et par ses mains, il a réussi. — Je lui disais aujourd'hui : « Je crois, mon ami, que c'est vous qui userez le temps. La vie vous mord, mais comme le serpent qui mord la lime. — Cela n'empêche pas, m'a-t-il répondu avec inquiétude, que le mécanisme est fatigué. » Ce que Vandell appelle le mécanisme, c'est son cerveau et les ressorts de sa vie morale. Il fait ainsi des abus de mots par je ne sais quel respect pudique pour les idées, car il est au fond très-spiritualiste, comme tous les solitaires.

T'ai-je dit comment j'ai connu Vandell? C'était à mon second voyage, et dans une excursion que je fai-

sais vers le sud. Nous traversions en caravane un
pays montueux et boisé, avec un convoi composé de
mulets au lieu de chameaux. Toute cette nombreuse
cavalcade aux sabots durs avait, pendant un long
jour de printemps, foulé les petits sentiers caillouteux
de la montagne; il pouvait être cinq heures, et nous
approchions du bivouac. La caravane entière débouchait alors sur des plateaux couverts de taillis bas et
de buissons, sans routes, mais sillonnés de percées
étroites, où nous nous aventurions isolément, chacun
comptant sur son cheval pour suivre d'instinct la
piste odorante des cavaliers qui tenaient la tête. Je
marchais à l'arrière-garde, et mon cheval était de
ceux qu'en pareil cas on n'a pas besoin de diriger. Il
se mit à hennir, puis à s'agiter, et je vis au-dessus
des broussailles paraître un cavalier que je ne reconnus point pour un des nôtres. Le nouveau-venu, grand
jeune homme en tenue de voyageur, montait une
bête fort maigre, mal harnachée à l'arabe, et d'un
blanc sale. Maigre lui-même, efflanqué, brûlé comme
un Saharien, le seul détail significatif qui rachetât
la pauvreté manifeste de son équipage et rappelât
l'homme à peu près civilisé, c'est qu'au lieu d'armes

il portait en bandoulière quelque chose comme un long baromètre contenu dans un fourreau de cuir et un volumineux cylindre en fer-blanc.

— Pardon, monsieur! me dit-il en gardant sa distance. Votre cheval prend-il feu pour les juments?

— Beaucoup, monsieur, lui répondis-je, et constamment.

— En ce cas, je vous précède.

Et, sans plus attendre, il donna un coup de houssine à sa monture, et la mit au trot. Il se tenait à l'anglaise, ne quittant pas la selle et se soulevant seulement, par un mouvement cadencé des genoux, sur ses larges étriers arabes. Je le vis disparaître, emboîté jusqu'au dessus de la taille, dans le dossier profond de sa selle, après quoi je continuai d'entendre pendant une ou deux minutes le bruit régulier de son baromètre frappant contre son herbier.

En arrivant au bivouac, je retrouvai le personnage fumant sa pipe et causant. On nous présenta l'un à l'autre, et l'on nomma M. Louis Vandell. J'avais beaucoup entendu parler de lui. Partout on me l'avait cité pour ses courses aventureuses et pour la singularité de sa vie; je pus donc lui dire sincèrement le

prix que j'attachais à cette rencontre. Notre connaissance se fit au bivouac et le soir même. Ce fut moi
qui le logeai, comme ayant le moins de bagage et le
plus de place à donner dans ma tente. Il y déposa son
porte-manteau, je veux dire un *burnouss* noir roulé
et ficelé de courroies, sa selle arabe et ses instruments; il en composa son lit, sa couverture et son
oreiller. La nuit fut magnifique, je la passai presque
tout entière à l'écouter. — Voyez-vous, me disait-il,
ce pays est le mien : il m'a adopté; je lui dois une indépendance sans exemple, une vie sans pareille. Voilà
des bienfaits que je payerai, si je le puis, par un petit
travail que sera l'œuvre de mon repos. Communé-
ment, on croit que je flâne; mais peut-être prouve-
rai-je un jour que je n'ai pas tout à fait perdu mon
temps, et ce baromètre, qui m'a valu mon nom arabe
(*Bou-Djâba*, l'homme au canon de fusil), me paraît
plus utile entre mes mains qu'un vrai fusil.

Il était sur pied au jour levant, appelant sa jument,
qu'il avait lâchée sans autre précaution dans le bivouac. Il la sella, la sangla lui-même, après l'avoir
fait déjeuner d'un peu d'orge qui restait dans un des
compartiments de sa *djebira* (sacoche); les autres

étaient pleins d'échantillons de pierres. Nous par-
tîmes, et Vandell nous accompagna jusqu'à la grande
halte. De temps en temps il mettait pied à terre, lorsqu'il rencontrait un point d'appui vertical qui lui
convînt ; il y suspendait son baromètre, notait une
observation sur un vieux cahier en lambeaux, puis il
activait le pas de sa bête, qui jamais ne trottait bien
vite, et rejoignait la queue du convoi.

— Je vous quitte ici, me dit-il quand on se remit
à cheval pour l'étape du soir ; je dois coucher là-bas,
où vous voyez cette montagne en bec d'aigle. — Puis
il me tendit la main et me dit : — Je voudrais vous
offrir quelque chose en souvenir de moi. — Et il tira
de sa poche un bâton de sucre de réglisse noir, qu'il
rompit en deux, plus une pelote de ficelle, dont il me
donna la moitié.

— Voici pour vous désaltérer quand vous aurez
trop soif, ajouta-t-il, et pour réparer votre équipage, si la chaleur fait casser vos sangles. Cela
peut vous rendre un petit service à l'occasion. Maintenant au revoir, car, à moins que vous ne quit-
tiez le pays bientôt, il est probable que nous nous
reverrons.

9

—Au revoir! lui dis-je, et je lui serrai cordialement la main.

Nos chevaux, qui pendant ce temps-là fraternisaient, obéirent à l'éperon et nous séparèrent. Nous étions en-plaine, et je pus apercevoir pendant une grande heure la croupe blanche de son cheval et son herbier, qui brillait au soleil comme un miroir.

Ainsi qu'il l'avait prévu, je l'ai rencontré deux fois depuis, dans ce même voyage : la première, au bord d'une source où, tout seul, il faisait sa grande halte; la seconde, dans un *douar* où nous campions, et où lui-même arriva vers minuit. J'entendis un grand tumulte parmi les chiens et le pas d'un cheval qui s'arrêtait. Deux minutes après, quelqu'un souleva la toile de ma tente, et je vis paraître Vandell. Il éclaircissait alors un point d'histoire peu connu sur le séjour de la troisième légion romaine dans la province, et depuis un mois il rôdait dans les environs.

Aujourd'hui comme alors, il continue de battre le pays, toujours loin des villes, en dehors des chemins fréquentés, toujours seul et ne ralliant les *douars* que pour le coucher. La saison lui est indifférente, d'abord, je te l'ai dit, parce qu'il est aussi peu sensible à l'extrême froid qu'à l'extrême chaleur, et puis parce qu'il a organisé son travail de manière à employer le printemps et l'automne à de longues expéditions, l'été à de petites promenades circulaires, l'hiver à ce qu'il appelle son œuvre de cabinet. Cela veut dire que pendant les grandes pluies il s'enferme dans le premier *douar* venu ; il y reste huit jours, quinze jours, s'il le faut, roulé dans son *burnouss* et écrivant. De temps en temps il rassemble ses matériaux, très-compliqués, très-divers, quelquefois très-abondants, et les dépose, au poste le plus proche, entre les mains d'un ami sûr. Il a dispersé de la sorte son trésor aux quatre coins de l'Algérie, et le jour où il se décidera peut-être à le réunir, il lui faudra entreprendre un dernier voyage, qui ne sera pas le moins long de tous.

Vandell est allé partout où peut aller un voyageur intrépide et inoffensif : il a vu tout ce qui mérite d'être vu ; il sait sur les trois provinces tout ce qu'une mémoire encyclopédique est capable de retenir. Grâce à la variété de ses connaissances, à l'étendue des services qu'il est en mesure de rendre, mais d'abord grâce à la bizarrerie de ses allures et à l'étrangeté de

sa vie, il est aussi bien accueilli des Arabes que doit
l'être un *derviche* doublé d'un *tbeb* (médecin). Aussi
se montre-t-il impunément là où ne passerait pas un
bataillon, n'ayant rien à craindre ni jour ni nuit, si
ce n'est la distraction d'un coupeur de route. Son dé-
nûment fait sa sauvegarde.

— Le plus sûr, me disait-il à ce propos, est de ne
tenter personne. « *Mille cavaliers ne sauraient dé-*
pouiller un homme nu. »

Il campait à peu de lieues de Taguin quand la colonne du duc d'Aumale y surprit la *smala*. Il a suivi,
sans y prendre part autrement qu'en spectateur, le
long siége de Zaatcha. Depuis et tout récemment, il
apprit, un jour qu'il cheminait chez les Ouled-Nayl,
entre Djelfa et Chareff, qu'une armée se rassemblait
devant El-Aghouat. Aussitôt il doubla les étapes, de
peur d'arriver trop tard, et il atteignait le sommet des
collines au moment où partaient les premiers coups
de canon du siége. Alors, c'est lui qui me l'a raconté,
il mit pied à terre, et du haut de son observatoire il
assista aussi commodément que possible à la bataille. J'ai vu dans son portefeuille les croquis faits
pendant cette journée. Il a commencé par établir le

plan de la ville et le cadre panoramique de l'action ;
puis, au fur et à mesure des manœuvres, qu'il dis-
cernait très-bien, il indiquait, au moyen de lignes
pleines ou d'un pointillé de crayon noir, le mouvement des corps en marche ou la position momentanée
des bataillons d'attaque. A l'instant même où chaque
coup de canon tiré, soit de la ville, soit des batteries
françaises, produisait au-dessus du champ de bataille un flot de fumée distinct et plus large, le dessi-
nateur en exprimait le jet rapide et la forme exacte à
l'aide d'un léger frottis de crayon blanc. La ville
prise, il plia bagage. Il y pénétra aussitôt qu'il le put
faire, armé cette fois d'un fusil qu'on lui prêta ; puis,
quand il eut vu ce qu'il voulait voir et noté ce qui lui
parut instructif, il partit, se remit en course vers le
nord, et fit une pointe audacieuse, à travers les Ouled-Nayl, jusqu'à Bouçada.

— A propos, lui demandai-je aujourd'hui, par quel
hasard vous trouvez-vous donc à Blidah ?

— Par hasard, mon cher ami, me dit-il. A dix
lieues d'ici dans la montagne, pendant que je som-
meillais apparemment, ma jument, qui de loin flai-
rait une écurie, a tourné à gauche, au lieu de tourner

à droite, et m'a conduit à la porte du ravin. En définitive, je n'en suis pas fâché, ajouta-t-il avec amabi-
lité, ni la pauvre bête non plus.

Blidah, février.

L'étranger t'appelle une *petite ville (Blidah)*,
Et moi, Blidien, je t'appelle une *petite rose (ourida)*.

Voilà tout ce qui reste de Blidah, un distique de
forme amoureuse, un nom charmant qui rime avec
rose. La ville n'existe plus, le nom résonne encore
sur les lèvres des Arabes, comme un souvenir tendre
et regretté d'anciennes délices.

Blidah était en effet la ville par excellence des roses,
des jasmins et des femmes. Du bord de la plaine où
l'on apercevait ses tours et ses maisons blanches, cachées à demi dans des forêts d'arbres aux fruits d'or,
elle apparaissait précisément en face de *Koleah la
Sainte*, comme une image anticipée des joies permises et promises du paradis. Il y avait là des jardins constamment verts, des rues tapissées de feuillage et plus ombreuses que des allées de bois, de
grands cafés pleins de musique, de petites maisons

habitées par des plaisirs délicats, des eaux partout
et des eaux exquises; puis, pour achever par les
odeurs, le bien-être de ce peuple sensuel, la conti-
nuelle exhalaison des orangeries en fleurs y faisait
de l'atmosphère tout entière un parfum. On y fabri-
quait des essences, on y vendait des bijoux. Les gens
de guerre venaient s'y délasser, les jeunes gens s'y
corrompre. Les marabouts, dont ce n'était pas la
place, habitaient à l'écart dans la montagne. Les
mosquées n'y figuraient que pour mémoire, et comme
un chapelet dans la main des débauchés.

Blidah ressemble aujourd'hui, trait pour trait, à
une Mauresque que je vois se promener dans la ville,
qui a été belle et qui, ne l'étant plus, s'habille à la
française avec un chapeau de mauvais goût, une robe
mal faite et des gants fanés : plus d'ombre dans les
rues, plus de cafés; les trois quarts des maisons
détruites et remplacées par des bâtisses européennes;
d'immenses casernes, des rues de colonies; au lieu de
la vie arabe, la vie des camps, la moins mystérieuse
de toutes, surtout dans la recherche de ses plaisirs. Ce
que la guerre a commencé, la paix l'achève. Le jour
où Blidah n'aura plus rien d'arabe, elle redeviendra

une très-jolie ville ; la nouvelle Blidah fera peut-être oublier l'ancienne le jour où ceux qui la regrettent auront eux-mêmes disparu.

D'ailleurs il lui restera tant de choses pour l'embellir et pour la faire prospérer : — sa situation d'abord, si parfaite qu'on y rebâtirait encore, si un nouveau tremblement de terre démolissait la ville actuelle ; — un sol fertile, de belles eaux, mieux distribuées que jamais, que l'industrie française utilise, où les Arabes n'ont vu qu'un agrément, où nous trouverons des fortunes ; — à la porte de la ville, une plaine admirable, et la montagne au-dessus d'elle ; — un climat très-doux, juste assez d'hiver pour aider les cultures européennes, un été qui semble propice aux tropicales ; un air salubre, peu de vents du désert, tous ceux de la mer et venant sans obstacle, depuis l'est jusqu'à l'ouest, en passant par le nord plein ; — pour horizon, trois cent mille hectares de terre attendant la charrue ; — enfin, luxe assez rare, des orangeries fort amoindries, dit-on, mais qui font encore de cet ancien jardin des Hespérides le premier pays des oranges. Ce qu'il y avait de délicieux dans ce lieu de plaisance étant évanoui, il faut bien se consoler par le spectacle de l'utile. L'avenir effacera le passé, je le répète; mais surtout il excusera le présent, qui, cela soit dit sans injustice, a besoin d'être excusé.

En attendant, j'erre au milieu de la ville informe, ne voyant pas encore ce qu'elle sera, cherchant ce qu'elle a cessé d'être, et ne l'imaginant plus qu'avec effort. Je m'assieds chez les barbiers, je cause avec les marchands d'herbes, je vais au marché français voir les premières fleurs, au marché arabe regarder les négresses, les gens des tribus et les montagnards qui descendent tous les matins, poussant devant eux des troupeaux d'ânes chargés de bois mort et de charbon. Il y a là des cafés encore, mais modernes, et quels cafés! Ce que leur clientèle offre en général de plus choisi, ce sont les agents de la police indigène. Ils sont vêtus à la turque et fort propres; ils portent, comme dans tous les pays du monde, les deux insignes de la loi répressive, le bâton et le poignard, qui vaut l'épée.

Quelquefois un magistrat à longue pelisse, kadi ou autre, y vient débonnairement prendre son café. Il a toujours entre les doigts trois choses qui ne le quittent pas : sa pipe en jasmin, son chapelet et un mou-

9*

choir de Tunis. Il reçoit au passage quelques accolades, et le *kaouadji* lui baise l'épaule. Quand il arrive que par hasard la société soit nombreuse et de qualité, alors le *kaouadji* paraît avec un flacon d'eau de rose, de jasmin ou de benjoin, fermé comme une poivrière par un bouchon de métal percé de trous. Il fait le tour de l'assemblée, et très-gravement, comme s'il s'agissait d'une cérémonie, il asperge les visages et les habits d'une fine pluie d'essence. Cette galanterie coûte d'ordinaire quelque menue monnaie, offerte sous forme de remercîment.

De temps en temps je me donne le plaisir de sortir par Bab-el-Sebt, et tout à coup, comme si c'était la première fois que je la visse, je regarde la plaine. L'horizon est admirable d'étendue, de grandeur et de gravité ; le voyageur y reste attaché, même après avoir contemplé des tableaux plus rares : — en face de Blidah, le *tombeau de la chrétienne* (*Kubber-er-Roumia*), posé entre le lac Haloûla, qui dort à ses pieds, et la masse écrasée du Chenoûa ; le Mazafran, la rivière *aux eaux jaunes*, qui débouche à travers le Sahel par une étroite ouverture où la mer paraît ; Koleah, toute blanche, et qui le soir forme des pétillements singuliers sur les coteaux bruns ; à gauche, la ligne profonde des montagnes de Milianah, étagées par triples assises et fermant la plaine énorme d'un rideau d'azur sombre moiré d'argent : tout cela composé avec de belles lignes et consacré par des noms qui plaisent. C'est ici, mon ami, qu'autrefois, dans la joie de la première arrivée, reconnaissant enfin la vraie terre arabe après l'avoir longtemps imaginée, nous disions : *O Palestine !*

Il y a une heure que je préfère aux heures lumineuses dans cette ville en ruines, et qui me réconcilie même avec son présent : c'est le soir, à la tombée de la nuit, le court moment d'incertitude qui suit immédiatement la fin du jour et précède l'obscurité. L'ombre descend, accompagnée, dans cette saison, d'un épais brouillard qui rend douteuse et bleuit l'extrémité des rues les plus courtes. Le pavé se mouille et le pied glisse un peu dans ces demi-ténèbres, car cette partie de la ville est mal éclairée. Le côté du couchant nage alors dans des lueurs violettes ; les architectures deviennent singulières, et le ciel, qui peu à peu se décolore, semble, l'une après l'autre, les faire évaporer. On n'aperçoit plus que vaguement tout ce peuple étranger qui regagne les rues qu'il habite, s'y amasse confusément et les rétrécit. On entend autour de soi parler dans une langue rauque et un peu bizarre; on distingue la voix des femmes à leur parler plus doux, et celle des enfants à des intonations criardes. Des petites filles passent, portant sur leur tête la planche aux pains et se glissent parmi la foule en disant : *Balek!* On frôle, sans définir aucune attitude, des femmes voilées, que la blancheur de leurs vêtements fait reconnaître et qui semblent se dérober. Alors, pour peu qu'on ait le goût des rêves et des conjectures, il est possible de recomposer toute une société morte, et permis de supposer beaucoup de choses qui n'existent plus, en fait d'art comme en fait de galanterie.

24 février.

Je ne m'attendais guère à ce qui m'arrive. J'ai retrouvé ma Mauresque inconnue du carrefour de Si-Mohammed-el-Scheriff; elle habite Blidah, et, pour dire les choses à la française, je suis autorisé à me présenter chez elle demain à midi.

On tambourinait aujourd'hui, vers deux heures,

dans une petite rue du voisinage. Outre le bruit des crochets de bois frappant sur les peaux tendues, un cliquetis de castagnettes de fer et des voix de chanteurs nous arrivaient par-dessus les terrasses. — Venez-vous entendre un peu de musique? me dit Vandell. — Volontiers, lui dis-je, et puisque nous voilà réduits aux concerts nègres, allons. — Je dois noter ici que mon ami Vandell, très-indulgent d'ailleurs pour les Arabes, leur pardonne difficilement de n'être pas musiciens. — Vous connaissez leur prétention, me disait-il chemin faisant; ils ont la vanité de supposer que les fleurs de certaines plantes, en particulier du bouillon et de l'armoise, tombent de leur tige lorsqu'ils jouent de leur *mizmoune*. C'est une vieille imagination latine dont ils ont hérité je ne sais comment :

Ilicibus glandes, cantataque vitibus uva
Decidit.....

La maison d'où venait le bruit avait un mur démoli sur la rue, de sorte que, par une grande brèche ouverte à hauteur d'appui, nous pouvions voir ce

qui se passait à l'intérieur à peu près aussi bien que
si nous y fussions entrés. C'était une petite fête de
famille où chacun faisait sa partie. On formait cercle
devant le seuil d'une chambre basse où se tenait
assise, présidant la réunion, qui sans doute avait lieu
pour elle, une jeune et jolie négresse, ayant la gorge
découverte et allaitant un nourrisson complétement
nu. Deux Mauresques accroupies sur des tapis tenaient chacune une paire d'énormes castagnettes de
fer, beaucoup trop lourdes pour leurs mains menues.
Deux nègres frappaient en chantant sur des tambourins; un troisième, debout à quelques pas de la nourrice, à moitié déshabillé, nu-tête et la ceinture au
vent, exécutait des danses furieuses en l'honneur du
nouveau-né. La cour était petite et presque entièrement plafonnée par un vaste figuier sans feuilles,
mais tellement noueux et si branchu que la multi-
plicité de ses rameaux formait une ombre sur le pavé.
Le pied de l'arbre trempait dans une flaque d'eau
croupissante où s'agitaient des canards; et des poules
attachées deux à deux par la patte, comme des prison-
niers dont on se défie, se promenaient autour d'un fumier, très-embarrassées de leur entrave, chacune ti-

rant le fil à soi sans parvenir à marcher d'accord.
C'était, comme tu le vois, une scène à la flamande on
ne peut plus intime. Je ne composerais point le tableau ainsi ; mais je te rapporte exactement ce qu'on
y voyait.

Un jeune enfant, qui n'était point occupé dans ce
concert, nous aperçut, vint ouvrir la porte et nous
introduisit. On se salua du geste et brièvement, afin
de ne pas suspendre la fête une seule minute : le danseur activa sa danse, en précipita la mesure, frappa
ses castagnettes avec d'autant plus d'entrain et de
gaieté qu'il avait maintenant deux étrangers pour
spectateurs. Il était hors de lui, inondé de sueur et
tout semblable à du bronze qu'on vient d'arroser.

Les Mauresques avaient le visage découvert : elles
étaient jolies et bien mises, en tenue d'hiver, avec le
kaftan à manches par-dessus le corset. Leur habille-
ment se composait d'un ramage de soie à fleurs et de
dorures, et toute leur personne, imbibée d'eau de sen-
teur, exhalait une intolérable odeur d'ambre. Pas un
de nous ne dit mot pendant une heure. Le nouveau-
né, qui geignait en harcelant le sein magnifique de
sa nourrice, était le seul dont on entendît la voix.

Enfin le nègre se lassa naturellement le premier ; la musique aussitôt s'interrompit, et la fête finit comme finissent les fêtes de ce genre, où, chose incompréhensible, la lassitude vient toujours avant l'ennui. Nous prîmes congé des gens de la maison, et les Mauresques, qui n'étaient aussi que des invitées, firent, comme nous, leurs dispositions de départ.

Quand elles eurent repris leurs *haïks*, remis leurs masques de cotonnade blanche, et comme elles passaient devant nous aussi noblement voilées que dans la rue, Vandell les salua en arabe, et je l'imitai. — *Au revoir, monsieur*, me dit en français la plus petite et la plus mince des deux femmes. Je reconnus le *au revoir, monsieur*, du carrefour d'Alger. Cette fois le vieux Abdallah n'était plus là, et sans prendre le temps de délibérer, je les suivis.

— Vous savez à qui vous avez affaire? me dit Vandell.

— Je m'en doute, lui répondis-je, mais j'ai des raisons que je vous dirai pour m'intéresser à celle des deux qui m'a dit : Au revoir.

Les deux femmes se séparèrent au bout de la rue. Je laissai s'éloigner la grande amie, et j'accompagnai l'autre. Elle ne tourna pas la tête une seule fois, du moins je ne le vis pas. Après quelques circuits, elle arriva chez elle ; le quartier était désert, la rue arabe, la maison arabe. Elle poussa la lourde porte en s'y appuyant de tout le corps et disparut. J'arrivais sur ses pas, et je vis la porte qui retombait par son propre poids et tremblait encore sur ses gonds ; on n'avait pas mis l'arc-boutant, et quelque chose comme un courant d'air la faisait encore et par intervalle faiblement s'entr'ouvrir. J'attendis une demi-minute, incertain de ce que j'allais faire ; la porte se rouvrit : la femme était devant moi qui me regardait par l'échancrure de son masque, avec des yeux dont je ne voyais qu'un point fixe et lumineux comme un diamant.

— N'entrez pas, me dit-elle en *sabir*, c'est-à-dire en italien barbare ; mais venez demain, à midi.

Te l'avouerai-je, mon ami ? Je fus pris au dépourvu par une cordialité si prompte, et je répétai seulement : Demain, à midi.

Vandell faisait sentinelle au bout de la rue. — Eh bien ? me dit-il. — Eh bien ! j'irai demain.

Je le mis en deux mots au courant de notre première rencontre. Il connaît Sid-Abdallah ; qui ne connaît-il pas? Le marchand est un homme de bien à la loyauté de qui l'on peut se fier, et l'avis qu'il m'a donné de *prendre garde* vaut un conseil. — Quant à la femme, ajouta Vandell, pour peu que vous teniez à savoir son histoire, nous irons trouver le barbier Hassan, et nous le ferons causer, s'il est en humeur d'être indiscret.

L'enquête est-elle bien utile dans une affaire de si médiocre intérêt?

26 février.

Vandell m'a conduit hier soir chez le barbier Hassan.

Hassan veut dire cheval; mais proprement ce mot signifie *le plus bel animal* et *le plus beau.* C'est un nom fier, qui ne va pas toujours bien à ceux qui le portent; pour notre ami le barbier de Blidah, on pourrait dire que ses parents l'ont baptisé d'après la belle opinion qu'il devait avoir de lui-même Hassan est un homme entre deux âges, ni beau, ni laid, prétentieux dans sa mise et trop familier pour un Arabe; c'est l'état qui le veut apparemment. Il voit et reçoit toute sorte de gens; j'entends que les habitués pren-

nent sa boutique comme un endroit public et s'y
donnent rendez-vous sans plus de façons que dans la
rue.

Suivant sa coutume, il avait nombreuse compagnie.
C'était quelque chose comme une soirée bourgeoise.
On jouait aux dames et aux échecs; on fumait dans
les pipes du maître de la maison (le râtelier aux pipes
de Hassan est le plus richement pourvu du quartier),
et le *kaouadji* d'à côté apportait le café, que chacun
payait.

Au moment où nous entrions, un long jeune
homme au visage maigre achevait une partie de
dames, et disait à son adversaire en lui poussant son
dernier pion : — « Si tout ce qu'on désire arrivait,
le mendiant deviendrait bey. » — C'est un proverbe
connu, fit observer Vandell, qui, le prenant aussitôt
par la main et l'amenant à moi, me dit : Mon cher, je
vous présente l'homme le plus spirituel et le plus
lettré des trois provinces, *taleb* à la *zaouïa* [1] de....,
mon ami *Ben-Hamida* le vaudevilliste. Vous pour-
rez ensemble causer de Paris, car monsieur l'habite,

[1] École religieuse.

ajouta-t-il en me désignant, et Si-ben-Hamida y a vécu.

Si-ben-Hamida, je l'appris de lui-même, est un élève du collège Saint-Louis. Il y passa, faisant ses classes et suivant les cours élémentaires d'histoire et de géographie, les quatre ou cinq années que dura son séjour en France. Le véritable motif de cette éducation parisienne, je ne l'ai pas su, et probablement ne le saurai point. Il y a telles existences, dans ce pays des sous-entendus, dont l'origine est assurée de rester douteuse. — J'ai presque tout oublié, me disait-il en cherchant ses mots, et je finirai par ne plus pouvoir parler français.

C'est un esprit prompt, vif, enjoué, plein de reparties, quand on s'y prête, et qui doit être singulièrement délié. Son éducation, commencée parmi nous, semble avoir développé certaines aptitudes on ne peut plus rares chez le peuple arabe, même des hautes classes. Il a la démarche ouverte, la parole expansive, le geste démonstratif, la voix goguenarde, et toujours comme un sourire irrésistible dans le regard. De son passage au milieu de nos universités, il n'a gardé que ce qu'il a voulu : l'amour des lettres et le goût facétieux des proverbes et des calembours. C'est à cause de cette légèreté quasi-française et de cet atticisme littéraire que Vandell l'a surnommé le *vaudevilliste*. Sa mise était celle des Maures, et comme il portait le turban d'hiver, il avait le cou, la tête et le visage élégamment enveloppés d'une écharpe de mousseline à petits pois roses.

Son adversaire, celui contre lequel il avait perdu, était un Arabe de la plaine, un peu court, un peu gros, barbu, très-basané, en *burnouss*, en *haïk*, et par-dessous habillé, comme les cavaliers, de la veste et des gilets brodés de soie; un mince cordonnet de soie grise, à glands d'or, accompagnait autour de sa tête le *khrit*, ou corde en poil de chameau noir; un chapelet lui pendait au cou, et deux ou trois amulettes étaient attachées dans sa coiffure.

— Regardez-bien celui-ci, me dit Vandell, c'est un homme de sabre : je vous dirai comment il s'en sert à l'occasion.

La réunion se composait en outre de bourgeois du voisinage, moitié marchands d'épices et de tabac, moitié rentiers, gens âgés, grisonnants, parlant à voix basse, fumant lentement, prudemment couverts

de *burnouss* de chambre qui les habillaient comme
des douillettes, avec des turbans aux plis méthodi-
ques, des gilets fermés et des bas de laine écrue qui
les chaussaient jusqu'aux mollets. Les savates étaient
alignées par terre, devant les banquettes, et chacun
d'eux avait à portée de la main soit la courte bougie
rose, soit la lanterne de papier peint, qui devait
l'éclairer au retour, car la nuit était fort obscure.

Je voudrais te faire comprendre à peu près de quoi
l'on causa, car des gens de vie casanière ne prendraient pas rendez-vous, à pareille heure du soir, chez
un barbier, dans l'unique intention d'y former cercle
et de se taire. Or la conversation arabe ressemble à
toutes les conversations oiseuses, où l'inutilité des
choses dites ne s'explique que par une contagieuse
démangeaison de la langue, mais avec des modes
particuliers que la pantomime traduirait plus aisément que la parole écrite.

Ce sont d'abord les salutations de l'arrivée, qui
reviennent à temps égaux, comme des retours voulus
de politesse, et qui marquent le rhythme du discours,
en fixent les repos, en signalent les reprises : — poli-
tesses sur tout, questions sur tout, bénédictions sur

tout, excepté sur la femme, dont jamais on ne doit s'informer; — puis des curiosités comme les nôtres, mais qui ne sont plus les nôtres; un commérage en sourdine, et tout à fait local, sur la politique, sur les affaires françaises, sur des intérêts minimes de municipalité, de ville, ou de tribu;—puis encore des anecdotes d'un autre monde et de l'autre monde, vieilleries à dormir debout, qui depuis leur origine ont conservé le don d'émouvoir, de rendre attentifs, ou de faire rire avec satisfaction ceux des auditeurs qui les connaissent le mieux. Chacun les sait par cœur, et chacun cependant se donne tour à tour le plaisir naïf de les entendre ou de les réciter. Tout cela est entremêlé de jeux de mots, la plupart combinés pour l'oreille, reposant sur des assonances, et par cela même intraduisibles, puis de maximes, de *concetti*, de proverbes, et sous ce rapport le scribe Ben-Hamida est bien l'expression fleurie et littéraire du génie primordial arabe.

Vandell raconta dans le style obligé, c'est-à-dire avec les onomatopées les plus figuratives, le siége récent dont il avait été témoin. Il reproduisit le bruit du canon par un mouvement des lèvres très-imitatif, et, voulant donner l'idée d'une bataille acharnée, il répéta le plus longuement et le plus fréquemment qu'il put les *ba, ba, ba* interminables par lesquels un Arabe accompagne ordinairement le récit d'une aventure où la poudre a beaucoup parlé. Il fut ensuite question des *djerad* (sauterelles), qui, dit-on, fourmillent dans le sud, et qui bientôt vont se mettre en voyage. On a pris des mesures, commandé des corvées, organisé des battues pour les détruire : échapperont-elles? Et à ce propos un ancien Blidien, le marchand Ben–Saïd, raconta, d'après son père, qui le tenait de son père, lequel avait assisté très-vieux déjà, mais de sa personne, à ce grand désastre, l'invasion sans pareille de 1724 à 1725; comment ce fut une plaie comparable à celles décrites dans les histoires juives, comment les *djerad* avaient tout détruit, mais surtout les vignes, mangeant les pampres, puis le sarment, puis dévorant jusqu'au cep lui-même. Le feu n'aurait pas été plus prompt ni plus funeste : jamais depuis les vignes n'ont produit, et le vin de Blidah, fameux jadis, n'existe plus depuis cette époque. On en extermina des milliards de milliards, sans que le nombre en parût diminué; le ciel en était obscurci, la ville encombrée, l'eau des sources empoisonnée. On se vengea comme on put de ce fléau maudit, on en fit des fritures, des confitures, des salaisons et du fumier; enfin un fort vent du sud s'étant élevé, emporta vers la mer cette armée de bêtes enragées, et les y noya.

— Après quoi elles se changèrent en crevettes, et les gens du Fhas les y pêchèrent, ajouta Ben-Hamida, qui paraît s'égayer beaucoup des superstitions de son pays.

Là-dessus, on disserta des monstres : depuis le dragon des Hespérides jusqu'au *Niam-niam*, l'Afrique a toujours passé pour en produire.—« L'Afrique produit toujours quelque chose de nouveau, » dit Vandell, qui fit à son tour l'érudit; ceci est une maxime ancienne. Et après avoir cité Aristote, il en donna, d'après Pline, le commentaire savant que voici : « La rareté de l'eau obligeant les animaux à s'assembler pêle-mêle près d'un petit nombre de rivières, les petits ont toute sorte de formes étranges, vu que les mâles, soit de gré ou de force, s'accouplent indistinctement avec les femelles de toute espèce. » Le barbier Hassan opina que la chose était évidente, les vieillards furent de l'avis de Hassan; Ben-Hamida seul n'admit pas cette explication comme le dernier mot de la science européenne et sourit.

Dernière histoire : on parla de Si-Mustapha-ben-Roumi, autrement dit le commandant X..., et de sa fameuse aventure avec Béchir. L'anecdote est chevaleresque : ce fut l'Arabe en *burnouss*, Hadjout, qui la raconta, non pas, bien entendu, comme une histoire nouvelle, car elle court les rues, mais comme un récit qu'un homme de sa race ne peut jamais répéter trop souvent. La voici, du moins très-abrégée :

Le commandant X... arriva tout jeune à Alger vers la deuxième année qui suivit la prise. A cette époque, Alger n'avait pas de collége, et la première éducation de l'écolier se fit sur la place publique avec les enfants du peuple indigène. Il apprit là diverses choses qu'à pareil âge on apprend sans maître, entre autres la langue du pays et les plaisirs de l'indépendance; mais on ne trouva pas que cela valût des leçons de famille, on le corrigea. La correction lui déplut, et comme il n'aimait pas la contrainte, il quitta sa famille et s'enfuit. Arrivé dans le Sahel d'Alger, au moment de descendre vers la plaine et peut-être de réfléchir aux hasards de son entreprise, il rencontra deux cavaliers arabes qui voyageaient ou maraudaient. — Qui es-tu ? — Un tel, fils d'un tel. — Où vas-tu ? — Devant moi. — Veux-tu venir chez les Hadjout ? — Les Hadjout alors étaient un grand sujet d'effroi. Bravement l'enfant répondit : — Je veux bien. Un des maraudeurs le prit en croupe, et le soir même on le conduisait tout droit à la tente du kalifat Béchir. — C'est un otage, dirent les cavaliers. — Non pas, dit Béchir, c'est un enfant. — Et ce sera le mien, dit la femme de Béchir, qui l'adopta comme un présent du hasard, le fit circoncire et le nomma *Mustapha*, c'est-à-dire *le purifié*. Mustapha grandit sous la tente, il brunit au soleil, tout de suite il mania des sabres ; élevé par des centaures, il devint ce qu'il est, un extraordinaire cavalier. Quand il eut quinze ans, on lui donna un cheval et des armes. Quand il en eut dix-huit, un beau jour l'ennui de la tente le prit, comme l'avait pris déjà l'ennui de la maison. La guerre était partout ; il avait à choisir entre deux patries, l'une natale et l'autre adoptive : il se décida pour la première. Il quitta le *douar*, non pas la nuit, mais en plein jour ; il dit à Béchir : — Je m'en vais, — et courut à Blidah s'enrôler dans les spahis. De Blidah il passa à Koleah ; de libre qu'il était, il devint soldat, mais toujours plutôt Arabe que Français. Deux ans plus tard, une *razzia* fut organisée contre les Hadjout. Il fallait un guide pour diriger la colonne, un guide sûr, qui connût le pays, la langue et surtout les habitudes de l'ennemi ; Mustapha fut désigné. L'affaire eut lieu, on se battit. Vers la fin de l'action, deux cavaliers se rencontrèrent, échangèrent le feu croisé de leurs pistolets, puis se chargèrent, pour s'aborder, le plus jeune avec le sabre, le plus âgé avec la lance. Au moment où les chevaux allaient se toucher, les combattants se reconnurent :— C'est toi, Mustapha ! — C'est toi, Béchir ! — Béchir, au dire des Arabes, était un héros, beau, intrépide et montant des chevaux admirables. Il s'arrêta tout droit devant le jeune homme, fit seulement le geste de lui effleurer l'épaule afin de ne déchirer que les *burnouss*, et lui jeta sa lance. — Prends-la, dit-il, va la porter au général *** et dis-lui que tu as enlevé la lance de Béchir. — Puis, désarmé, les deux mains vides, il tourna bride et disparut.

Ainsi finit la soirée, par une légende héroïque. Nous nous séparâmes vers dix heures, au moment

où le clairon de la caserne des Turcs sonnait le couvre-feu. Chacun alors alluma sa lanterne, chaussa ses
babouches, releva le capuchon de son *burnouss*,
et nous sortîmes tous ensemble, excepté l'Hadjout,
qui resta chez le barbier et parut devoir y passer la
nuit ; ce fut dans la rue qu'eurent lieu les *salam-
aleikoum* et les *aleikoum-salam* du départ.

— Ce n'est pas peu de chose qu'un ami, nous dit
Hamida, en prenant chaleureusement les mains de
Vandell et les miennes, et ce n'est pas trop de mille.

Puis, sur ce dernier proverbe, dit de la façon la
plus aimable, le jeune *taleb* de *zaouïa*, ex-collégien
de Saint-Louis, s'en alla en chantonnant par les rues
tranquilles.

— Charmant, mais hypocrite, me dit Vandell
quand nous fûmes seuls, — *homme à la langue
douce et qui saura téter les lionnes*. — Quant à
l'Arabe, continua-t-il, celui que nous laissons chez
Hassan, il a sur la conscience un petit péché qui le
rend un peu taciturne, car il sait que la justice a les
yeux sur lui. Un soir qu'il rentrait au *douar* avec un
cousin dont il avait, dit-il, à se plaindre, tous les
deux à cheval et par des chemins écartés, il laissa

10*

son compagnon passer devant, prit un pistolet et le lui déchargea dans les reins. Le cheval, sans cavalier, regagna le *douar*. Le cadavre ne fut découvert que quelques jours après, parce qu'on vit beaucoup de corbeaux et de milans tourner en cercle au-dessus des broussailles. La blessure était impossible à reconnaître sur un corps mis en lambeaux par les bêtes de proie. Cependant on soupçonna la vérité, et Amar-ben-Arif fut interrogé ; mais l'affaire en resta là faute de preuves. C'était une querelle de famille, une rancune de jalousie, je crois. Le fait du coup de pistolet est positif : c'est Amar-ben-Harif lui-même qui me l'a conté.

— Pour ce qui vous regarde, ajouta Vandell, voici quelques détails. La femme est à Blidah depuis un mois. Elle y vit seule, avec sa domestique Assra, la négresse qui faisait aujourd'hui ses relevailles. Il n'y a dans sa maison, dont vous connaissez la porte, que son petit ménage et des Juifs. Elle s'appelle Haoûa ; son amie s'appelle Aïchouna. On fêtait aujourd'hui la naissance du premier enfant d'Assra ; le mari était ce nègre beau danseur qui s'est tant fatigué pour exprimer la joie qu'il avait d'être père. Avez-

vous remarqué que l'enfant n'est presque pas noir?
C'est un miracle! m'a dit le malicieux barbier. De
mauvais plaisants en ont déjà fait la remarque. Il
paraît que le père a répondu : *Chouïa-chouïa, sara
negro* (patience, patience, il deviendra nègre). En
attendant, il fait auprès de son fils le métier de cory-
bante et l'élève, ni plus ni moins qu'un jeune Jupiter,
au bruit des danses et des boucliers d'airain. Nous
retournerons au bureau de renseignements quand il
faudra ; mais ménageons Hassan, et puisque Ben-
Hamida nous a donné le goût des proverbes, souvenez-vous de cette maxime pour votre gouverne : —
*Il y a cinq degrés pour arriver à être sage, se taire,
écouter, se rappeler, agir, étudier.* Ceci est de la
sagesse arabe, c'est-à-dire de la politique. —

   Il est dix heures du matin, mon ami, et dans deux
heures j'irai voir si l'appartement d'Haoûa ressemble
à l'admirable tableau de Delacroix : *Les femmes
d'Alger.*

Même date, au soir.

   Oui, mon ami, c'est tout semblable. C'est aussi
charmant, ce n'est pas plus beau. Dans la nature, la

vie est plus multiple, le détail plus imprévu; les nuances sont infinies. Il y a le bruit, les odeurs, le silence, la succession du geste et la durée. Dans le tableau, le caractère est définitif, le moment déterminé, le choix parfait, la scène fixée pour toujours et absolue. C'est la formule des choses, ce qui doit être vu plutôt que ce qui est, la vraisemblance du vrai plutôt que le vrai. Il n'y a guère, que je sache, d'autre réel en fait d'art que cette vérité d'élection, et il serait inutile d'être un excellent esprit et un grand peintre, si l'on ne mettait dans son œuvre quelque chose que la réalité n'a pas. C'est en quoi l'homme est plus intelligent que le soleil, et j'en remercie Dieu.

A midi précis, je frappai à la porte d'Haoûa. J'entendis à l'intérieur plusieurs voix qui crièrent à la fois : *Minhou?* qui est là? — Et au-dessus de ma tête, dans une chambre formant étage, une autre voix facile à reconnaître qui répétait : *Ache Koune?* qui est-ce? — Puis un volet fermé fit du bruit, et la même voix dit aussitôt : *Ya Assra, heull el bab* (Assra, ouvre la porte). La négresse vint ouvrir.

Je traversai la cour, où j'aperçus, dans quatre chambres, quatre ménages juifs, des femmes qui savonnaient des langes, beaucoup d'enfants jouant fraternellement au seuil des portes, et des nouveau-nés que leurs mères balançaient dans des berceaux mobiles en forme de hamacs. L'étage était en galerie; j'en fis le tour avec Assra, qui me précédait, traînant ses talons nus sur les carreaux de faïence, les reins pris, comme par un sarrau, dans son étroit *fouta* d'étoffe orange et bleue. Arrivée devant la chambre de sa maîtresse, la noire servante tourna la tête à demi de mon côté, et fit exactement le geste que tu peux voir dans le tableau de Delacroix, pour écarter le rideau de mousseline à fleurs.

Je vis, en entrant, Haoùa qui m'attendait, couchée de côté sur un long divan bas et large, au milieu d'une quantité de petits coussins, dont l'arrangement prouvait qu'elle avait dormi.

— Bonjour, me dit-elle, asseyez-vous. — Je m'assis, non pas à côté d'elle, mais à ses pieds et pas trop près, de manière à la bien voir.

Un narghilé brûlait au milieu de la chambre; elle en tenait l'extrémité entre ses doigts chargés de bagues, et regardait voler la fumée qui s'échappait en filet tremblant par l'orifice du bouquin d'ambre. Le long tuyau, annelé de brun et d'or, s'enroulait autour de sa jambe fine, nerveuse, jaune comme du vieux ivoire, et semblait la presser d'un nœud vivant, comme le serpent de Cléopâtre. Elle était pâle, immobile, à demi souriante, et la vie dont était animé ce corps tranquille soulevait paisiblement son étroit corsage. Rien ne manquait à sa toilette pour la rendre aussi accomplie que possible; elle avait pris des soins exquis pour se parer, se parfumer et se peindre. Coiffée de foulards noirs et bleus et peut-être un peu moins déshabillée que ne l'est une femme mauresque dans son intérieur, elle portait un corset de drap bleu richement doré sous un caftan bleu sans manche, et contre l'usage du pays, une sorte de ceinturon d'or à fermoir massif retenait autour de sa taille un peu grêle un *fouta* très-ample de couleur écarlate. Son costume, ainsi composé de trois couleurs, mais où le rouge ardent écrasait tout, exagérait encore, par ce contact extrêmement vif, la pâleur morne de sa peau. Elle avait les yeux bordés d'antimoine, les mains enluminées de *henné*, les pieds aussi; ses talons rougis par la teinture « ressemblaient à deux oranges, »

— Comment t'appelles-tu?—demandai-je.—*Ouech-esmek?*

Elle aspira une dernière bouffée de *tombak*, et, par un joli geste, me tendit le bouquin du narghilé, dont le souple tuyau resta roulé sur sa jambe. — *Ouech-entekfi?* dit-elle en l'approchant tout près de mes lèvres; qu'est-ce que cela te fait?

— Pour savoir si ton nom est aussi doux que ta voix.

Et comme je la regardais sans rien ajouter, elle répondit aussitôt : — Je m'appelle Haoùa.

— Tu es la bien nommée, lui dis-je en répétant ce mot aérien, tout composé de voyelles et qui se prononce d'une seule haleine, exactement comme on respire, — car ton nom veut dire : l'air respirable et l'amitié.

— Fait-il chaud? reprit-elle entre deux silences.

— Très-chaud, et *il est bien fou celui qui cherche auprès du feu un abri contre le soleil.*

Il y eut une nouvelle pause après ce nouveau madrigal, qui la fit sourire.

Considère, mon ami, qu'excepté les mots de *mon-sieur, bonjour, au revoir, asseyez-vous,* Haoùa ne connaît pas quatre syllabes de pur français, et que j'en suis réduit à parler arabe, ne voulant pas employer le *sabir*, affreux dialecte indigne de cette voix unique, craignant avant tout de la rendre ridicule, et volontiers me résignant à l'être. L'entretien dès lors fut si simple, que j'aurais de la peine à te le rapporter. Je renouvelai le *tombak* du narghilé; je fis des cigarettes qu'elle fuma; Assra nous servit le café; je parcourus la chambre et l'examinai; j'allais de la porte au volet fermé donnant sur la rue; j'admirais ses étagères, et de ses étagères je revenais à elle.

Elle avait au cou, entortillé trois ou quatre fois comme un immense collier, un de ces longs chapelets de fleurs d'oranger que fabriquent les Juifs. Il était tout frais cueilli du matin, et l'odeur en était telle que, pour la supporter sans ivresse, il faut être femme, et femme arabe.

— Prends-le, me dit Haoûa en détachant lentement cette longue guirlande embaumée et en me la jetant comme elle aurait fait d'une chaîne.

Le temps se passa de la sorte, je veux dire une heure ou deux. A ce moment, je crus qu'elle avait envie de dormir. — Non pas, dit-elle. — Et cependant elle se pencha en arrière, la tête à demi renversée sur les coussins. Le silence était profond, l'air alourdi de fumées odorantes et accablant. On n'entendait plus que le murmure assoupissant du narghilé qui s'épuisait. Ses yeux se fermèrent; je vis une ombre légère descendre alors sur ses joues, dont la peau frémit; c'était l'ombre nocturne de ses longs cils, qui se posaient sur elles comme deux papillons noirs. Haoûa ne bougea plus, et moins d'une minute après qu'elle avait dit : non, ce paisible esprit appartenait déjà au sommeil.

Comme je traversais la cour pour quitter la maison, un des enfants juifs, le plus petit, cracha de côté en détournant la tête, ce qui, tu le sauras, est un signe de souverain mépris.

Blidah, 28 février.

J'ai assisté aujourd'hui à une scène affreuse. C'étaient, m'a-t-on dit, quatre scélérats, et je n'ai pas eu de peine à le croire en les voyant. Ils marchaient deux par deux dans une boue épaisse et sous une pluie battante, les mains liées derrière le dos, en *burnouss* et pieds nus, flanqués du peloton de tirailleurs qui

11

devait les fusiller. Il y avait en outre, pour protéger la loi, deux bataillons de ligne et de la cavalerie. La foule précédait, entourait, suivait l'enterrement. Le cortége allait au plus petit pas. Des fanfares sonnaient une marche funèbre. On les menait à l'extrémité du bois des Oliviers, à gauche, sur un tertre élevé de quelques mètres au-dessus d'une tranchée naturelle. J'eus la triste curiosité de suivre la foule et d'accompagner jusqu'au bout de leur vie ces quatre misérables.

Le temps était glacial et très-sombre, quoiqu'il fût midi. D'abord on leur délia les mains. Chacun d'eux, sur un ordre reçu, ôta son *burnouss* et en fit un paquet qu'il déposa par terre, à ses pieds; puis ils furent placés debout au bord de la tranchée, à six pas d'intervalle, et faisant face à la montagne. Le peloton se rangea à dix pas derrière eux. Il était de quarante-huit hommes, douze pour chacun des condamnés. L'infanterie formait un étroit demi-cercle autour du lieu d'exécution, et, pour prévenir toute évasion, deux pelotons de cavalerie, le sabre au poing, stationnaient à droite et à gauche, au bord de la rivière. Au delà de l'Oued, gonflé par la fonte des neiges, et qui

leur barrait le passage, s'élevait la montagne, presque
à pic en cet endroit-là. Un rideau de pluie attristait
encore cette sombre perspective, fermée à tout espoir
de délivrance.

Ces dispositions prises et rapidement, un officier
lut le jugement, d'abord en français, puis en arabe.
J'apercevais ces terribles papiers, je pouvais en
compter les feuilles et en mesurer la longueur. L'œil
sur ma montre, calculant ce qui restait à lire, j'éva-
luais les minutes de grâce.

Ils étaient debout, calmes, plantés sur leurs jambes
avec un aplomb qui ne fléchissait pas, imperturbables
devant la mort prochaine, la main gauche pendante,
la droite élevée à la hauteur du front et l'index dirigé
vers le ciel. C'est dans cette tenue mystérieuse qu'un
Arabe qui subit sa destinée attend avec tranquillité
son dernier moment.

— Savez-vous à quoi ils pensent? me dit Vandell.
Ils se disent que ce qui est écrit est écrit, et que si
leur mort n'est pas décidée là-haut, malgré tout cet
appareil effrayant, malgré ces quarante-huit cara-
bines rayées qui vont tirer sur eux comme dans une
cible, ils vivront.

Quand la lecture fut achevée, il y eut quelques secondes de silence. Je sentis que tout était fini. Un des condamnés essaya de tourner la tête, il n'en eut pas le temps. Involontairement je fermai les yeux, mais involontairement aussi l'explosion me les fit ouvrir, et je vis les quatre hommes bondir sur eux-mêmes comme des clowns qui font un saut de carpe, et disparaître dans la tranchée. Puis j'entendis quatre coups de grâce, et les clairons sonnèrent aussitôt le départ. Un piquet de quelques soldats fut seulement mis en faction près des cadavres, qui devaient rester exposés là jusqu'au soir, pour être livrés alors à leur famille, si quelqu'un les réclamait.

Tout le jour, la pluie tomba sur eux. Vers le soir, le temps s'étant éclairci, je pus sortir de nouveau pour aller voir ce qu'ils devenaient. Il y avait là plusieurs Arabes avec des chevaux et des bêtes de somme. Quand on jugea que le soleil se couchait, les senti-nelles s'éloignèrent. Alors, sans cris, sans pleurs, comme s'il se fût agi d'un ballot, chacun des cada-vres fut hissé, puis couché en travers d'un mulet, puis ficelé de manière à garder son équilibre. Aussitôt la cavalcade prit le pas et s'éloigna du côté de la

Chiffa. Les corps étendus à plat dépassaient, de toute la longueur de la poitrine et des jambes, le bât très-étroit qui leur servait de civière. Ils étaient horriblement raidis par ce séjour de six heures au froid, et suivaient sans fléchir le pas balancé des animaux : à les voir à distance et vaguement dessinés sur le ciel, où le jour s'éteignait, on eût dit que les mulets portaient des planches.

Blidah, mars.

Le printemps s'établit. Nous voici dans la saison variable, avec un soleil déjà chaud, des jours splendides, et de temps en temps de fortes pluies qui sont amenées par des orages et jamais ne durent plus de quelques heures. Le vent ne se fixe nulle part; il hésite entre son point d'hiver et celui d'été, et fait à tout moment le tour du compas. Le thermomètre se maintient au tempéré, entre un minimum assez rare de 15 à 18 degrés et un maximum de 24 à 25 degrés. Les neiges commencent à fondre. L'Oued coule à pleins bords. Les petits ruisseaux qu'il alimente ont grossi, et les jardins sont de plus en plus égayés par le mouvement joyeux des eaux courantes. Il n'y a presque plus d'eau dans la plaine, où le lac lui-même est à peu près rentré dans son lit. Il apparaît à gauche du Mazafran, derrière les Hadjout, étendu au pied du *Tombeau de la Chrétienne*, sur une ligne mince, ayant la forme et l'éclat vibrant d'un longue épée.

Quelquefois, après une semaine de chaleur continue, le ciel se couvre de vapeurs, et l'atmosphère, surtout au-dessus de la ville, en est alors si chargée et devient si basse, que la montagne disparaît, cachée bizarrement jusqu'à moitié comme par un rideau de théâtre. Bien qu'elle nous touche, nous n'en distinguons plus que la base et le fond des ravins boisés, rendus d'un bleu sombre par une ombre impénétrable. Si le vent reste mou, si le brouillard, au lieu de se fondre en rosée, remonte jusqu'à la région ordinaire des nuages, on est à peu près certain d'entendre, vers le soir, un ou deux coups de tonnerre éclater dans la montagne et de voir la pluie tomber : elle continue jusqu'au matin. Vers quatre heures, nous apercevons des étoiles ; tout se dissipe avec la nuit, comme si, chassés eux-mêmes par les approches du jour, les nuages s'évanouissent pêle-mêle avec les ténèbres. Le soleil paraît dans un ciel où ne reste pas le plus petit trouble ; les horizons sont nets, vifs et fermes. Nous pourrions compter les cèdres plantés, à trois mille pieds au-dessus de nos têtes, sur les derniers pitons des Beni-Salah.

Le plus ordinairement, les soirées sont magnifiques ; je les passe au bois des Oliviers. En ce moment de l'année (12 mars), le soleil se couche un peu après six heures, et directement au pied de la plaine, entre le promontoire avancé de la Mouzaïa et le pays montueux des Beni-Menasser, sur des collines qui ont l'air d'une mer agitée. On le voit suspendu comme un globe au-dessus de cette haute barrière violette, ou faisant rayonner, quand il y a des nuages, un vaste triangle enflammé. A mesure qu'il descend, l'orbe grandit ; on peut pendant un instant le considérer sans fatigue, car il n'envoie plus ni chaleur ni rayons. Il plonge enfin parmi les collines et disparaît, tout rouge et comme déchiré par les aspérités de l'horizon. Aussitôt commence un crépuscule ardent de quelques minutes. L'humidité précède la nuit, et moins d'un quart d'heure après le départ du soleil, toute la campagne est inondée de rosée.

Je ne vais plus guère au bois des Oliviers que pour assister à ce spectacle, un des plus beaux de la journée. Autrefois c'était un lieu que nous aimions pour toute sorte de raisons, dont beaucoup au moins n'existent plus; peut-être était-il plus attrayant, peut-être étions-nous plus jeunes. Nous y vivions à l'ombre, adossés contre le tronc des arbres, étendus sur de courts gazons et causant de souvenirs classiques en regardant tomber autour de nous les petites olives sauvages que le vent du printemps secouait des branches. Nous pouvions encore, à ce moment-là, rêver à quelque chose de grave et de grand à l'ombre de ces beaux arbres chargés d'années, et devant ce petit marabout à coupole basse, assez semblable à un autel. Je me souviens que nous y avons lu l'*OEdipe à Colonne* pendant une après-midi qui rappelait la Grèce. « Étranger, te voici dans le séjour le plus délicieux de l'Attique, à Colonne, riche en coursiers... Là fleurit chaque jour, sous la rosée céleste, le narcisse au calice gracieux, antique couronne des grandes déesses. Sur cette terre croît un arbre que ne possède ni l'Asie ni la grande île dorienne de Pélops, arbre qui ne fut pas planté par une main mortelle, qui vient sans culture, et devant lequel reculent les lances ennemies. Nulle part il ne pousse plus vigoureux que dans cette contrée. C'est l'olivier au pâle feuillage. »

Des hommes vêtus de blanc, avec un air sérieux, passaient au loin parmi les arbres. La ville, dont on apercevait les tours blanches, était séparée de nous par des haies épineuses de nopals et d'aloès. Des cavaliers « dompteurs de coursiers » cheminaient sur une étroite chaussée entre la montagne et nous, à demi nus, sans selle, et maniant de petits chevaux à mâchoires nerveuses, à courtes oreilles, à qui nous trouvions des airs thessaliens.

Aujourd'hui le *bois sacré* de Blidah n'est plus reconnaissable. Tout y dépérit. Les oliviers au pâle feuillage se découronnent; il n'est plus possible de trouver de l'ombre à leur pied, tant est rare et misérable la maigre verdure qui tremble au bout de leurs immenses rameaux. « Les lances ennemies n'ont pas reculé devant eux, » et ni Jupiter protecteur des oliviers sacrés, ni Minerve aux yeux bleus, n'empêcheront qu'ils ne soient extirpés du sol par une main étrangère.

Le marché arabe ne se tient plus ici depuis long-

11*

temps, quoiqu'il n'y ait pas dans Blidah de place plus pittoresque pour un marché. Tu y verrais maintenant des baraques, presque constamment des bivouacs militaires et des tranchées faites pour amener les eaux, secours tardif qui ne ressuscitera pas le bois expirant. Seul le marabout subsiste, toujours éclairé à l'intérieur d'une quantité de bougies roses et de petites lampes, toujours exhalant, comme une chapelle, une chaude et mystérieuse odeur de cire qui se consume et d'encens. Il durera autant que la superstition, c'est-à-dire très-probablement plus que les oliviers.

Une agréable nouvelle que je ne t'ai pas dite : les cigognes sont arrivées. J'ai vu l'autre jour leur premier courrier. C'était le matin de très-bonne heure ; beaucoup de gens dormaient encore dans Blidah. Il venait du sud, porté par une légère brise, s'appuyant, sans presque les mouvoir, sur ses grandes ailes à l'extrémité noire, le corps suspendu entre elles, « comme entre deux bannières. » Une troupe de ramiers, de corneilles et de petits milans lui faisaient un joyeux cortége, et saluaient sa bienvenue par des battements d'ailes et par des cris. Des aigles volaient à distance, les yeux tournés vers le soleil levant. Je vis la cigogne, suivie de son escorte, descendre de la montagne et se diriger vers Bab-el-Sebt. Il y avait là des Arabes qui sans doute avaient voyagé la nuit, car ils étaient couchés pêle-mêle avec des dromadaires fatigués, toutes les charges réunies au centre du bivouac, et les animaux n'ayant plus que leurs bâts. Quand l'oiseau sacré passa sur leurs têtes, un des Arabes qui le vit étendit le bras, et dit en se levant tout droit :—*Chouf el bel-ardj*, regarde, voici la cigogne. Ils l'aperçurent tous aussitôt, et, comme un voyageur qui revient, ils la regardèrent en se répétant de l'un à l'autre : — *Choufi'ouchi?* l'as-tu vue?— Longtemps l'oiseau parut hésiter, tantôt rasant les murs, tantôt s'élevant à de grandes hauteurs, les pieds allongés et tournant lentement la tête vers tous les horizons du pays retrouvé. Un moment il eut l'air de vouloir prendre terre; mais le vent qui l'avait amené rebroussa ses ailes et l'emporta du côté du lac.

Les cigognes émigrent à l'automne pour ne revenir qu'au printemps. Elles se montrent rarement dans la plaine, et n'habitent jamais Alger. A Medeah, au contraire, et dans toutes les villes de la montagne, elles se réunissent en grand nombre. Constantine en

est peuplée. Je connais peu de maisons dans cette
ville, la plus africaine et la moins orientale de toutes
les villes algériennes, je connais peu de toitures un
peu hautes qui ne supportent un nid. Chaque mosquée a le sien, quand elle n'en a pas plusieurs. C'est
une faveur pour une maison d'être choisie par les
cigognes. Comme les hirondelles, elles portent bonheur à leurs hôtes. Il y a toute une fable qui les
consacre et les protége : ce sont des *tolba* changés en
oiseaux pour avoir mangé un jour de jeûne. Elles
reprennent tous les ans leur forme humaine dans un
pays inconnu et très-éloigné, et quand, appuyées
sur une patte, le cou renversé dans les épaules et la
tête élevée vers le ciel, elles font avec un claquement
de leur bec le bruit singulier de *kuam... kuam...
kuam*, c'est qu'alors l'âme des *tolba*, toujours vivante en elles, se met en prière.

Jadis c'était Antigone, fille de Laomédon et sœur
de Priam, que Junon changeait en cigogne pour la
punir de l'orgueil que lui causait sa beauté. Tous les
peuples ont eu le génie des métamorphoses, et chacun
y a mis sa propre histoire : la Grèce artiste devait
être punie dans sa vanité de femme ; l'Arabe, dévot

et gourmand devait l'être pour un péché commis en carême.

Blidah, mars.

Aujourd'hui nous avons fait une course au fond du ravin de l'Oued-el-Kebir. L'Oued-el-Kebir, malgré son nom de *grande*, est une toute petite rivière, — en France on dirait un ruisseau, — dont les pluies d'hiver et la fonte des neiges font tout à coup un torrent. Réduite à ses propres ressources, elle n'est plus rien. Elle prend naissance au fond d'un ravin étroit, peu profond, et comme toutes les rivières montagneuses à leur origine, on la surprend d'abord dans un riant berceau à fond de roche, tapissé de feuillage, de roseaux et de lauriers-roses; elle y naît dans la fraîcheur de l'ombre, dans la retraite et dans le silence, comme les idées dans le paisible esprit d'un solitaire.

Il y a quelques années encore, les Blidiens ne sortaient pas sans avoir un fusil chargé sur l'épaule, et croyaient prudent d'être en nombre et tous armés, pour accomplir cette petite promenade à deux kilomètres au plus de leur ville. Aujourd'hui, bien entendu, chacun va seul aux sources de l'Oued en fumant son cigare avec autant de sécurité qu'au jardin public du *Tapis-Vert,* et beaucoup plus agréablement.

On a bâti, jusqu'à l'entrée de la gorge, des moulins et des rudiments d'usine. Je n'y regarde jamais de très-près ; je crois cependant que ce sont des briqueteries. Un peu plus loin, des travaux de barrage ont été faits pour régulariser le cours du ruisseau ; ce n'est donc que quelques cents mètres au delà que la promenade commence à devenir intéressante. La route s'engage alors dans le ravin entre des pentes fort pittoresques, parmi des rochers tombés de la montagne et roulés par la rivière au moment des grandes eaux. L'Oued coule à côté du sentier, tantôt sur un lit de sable et de gravier ressemblant à de l'ardoise en poudre, tantôt à travers de larges blocs que le courant contourne en écumant un peu, quand il n'a pas la force de les arracher de son lit. La montagne est rocheuse, escarpée et fréquemment creusée par de profonds éboulements. On y voit peu d'arbres, excepté de loin en loin quelques vieux oliviers plantés presque horizontalement dans les talus, qui restent

attachés par les racines et dont le branchage échevelé
pend sur le chemin. Un peu plus loin, la gorge s'é-
largit et se découpe en ravins latéraux ; la végétation
s'épaissit, et chaque écartement de la montagne forme
alors un entonnoir baigné par le fond et encombré
de hauts feuillages.

On approche ainsi du cimetière. Il est tel que tu
l'as vu : tout entouré de barrières rustiques, com-
posées d'arbres morts et de halliers, et protégé par
une ceinture impénétrable de lentisques, de myrtes
et de lianes ; au fond, une sorte de bocage ombreux,
de grands oliviers très-verts, des caroubiers plus
sombres encore, d'immenses frênes et des peupliers-
trembles, au tronc blanchâtre, ayant à peu près la
taille et le port des platanes ; au centre de cet enclos
solitaire, très-recueilli, très-abrité, où le soleil ne
pénètre que pendant le milieu du jour, un terrain
plein d'herbes et couvert de tombeaux. Trois ou
quatre seulement forment de petits monuments semblables à des marabouts de quatre ou cinq pieds de
haut, avec un couronnement dentelé et la *kouba*
conique. Telle est la sépulture ordinaire des personnages religieux ou célèbres à quelques titres.

Une vieille femme gardait la cimetière, accroupie
sur le revers d'une tombe, la tête inclinée sur ses genoux. Elle avait un sarrau rayé de bleu, de jaune vif
et de rouge éclatant, mal attaché sur ses épaules. Les
bras et les pieds nus, la tête entourée d'un fichu noir,
et le visage à moitié caché par des cheveux tout grisonnants, elle tenait à la main, comme un emblème de
toutes les fragilités humaines, une longue et mince
baguette en roseau.

— Salut sur toi, ô mère! lui dit Vandell. Que ta
journée soit bonne!

— Qu'y a-t-il, et que viens-tu faire? demanda la
vieille avec un peu d'alarme en nous voyant tout à
coup dans l'enceinte réservée.

Nous répondîmes : — Rien que le bien. — Et nous
nous assîmes sur une des barrières.

Une bougie rose brûlait dans le creux d'un arbre
renversé vers le milieu du cimetière. La face des
quatre marabouts qui regarde le levant était inondée
de cire fondue, et dans une sorte de niche, creusée
dans la paroi du plus orné et du plus ancien des
quatre, brûlait une autre mèche odorante dont on
voyait seulement la fumée.

— Savez-vous ce que c'était que ces gens-là, demandai-je à Vandell, vous qui savez tout?

— Des hommes, me répondit Vandell un peu sentencieusement. Si vous y teniez, je vous dirais leurs noms et leur légende plutôt que leur histoire; mais à quoi bon? Ils ont fait leur temps : ils habitaient un pays qui n'est pas le vôtre, et parlaient une langue que vous entendez à peine. S'ils ont fait du bien ou du mal, cela ne vous regarde pas, et nous n'avons pas même le droit d'allumer une bougie rose en leur honneur.

Au moment où nous repassions la barrière, un Arabe qui venait d'entrer dans l'enceinte alla dévotement baiser la tombe du saint, et se mit à genoux dans l'herbe pour faire sa troisième prière, car il était une heure après midi.

A quelques pas en arrière du cimetière se cache un village, ancien séjour de l'aristocratie de Blidah. Incendié et pillé en 1836, pillé encore en 1840, aujourd'hui il est réduit à une quinzaine de masures, dont une seule couverte en tuiles, le reste en pisé avec la toiture en roseaux. Des chiens en gardaient l'entrée, et nous aboyaient aux jambes; des enfants criaient comme s'il se fût agi d'un nouveau siège.

Nous continuâmes notre promenade en parlant très-philosophiquement de la mort. — Je n'y crois pas, me disait mon compagnon. C'est un passage sombre que chacun de nous rencontre à un moment donné dans sa vie. Beaucoup de gens s'en alarment, ceux à qui l'obscurité fait peur comme aux enfants. Quant à moi, les trois ou quatre fois qu'il m'est arrivé de m'en trouver tout près, j'ai vu de l'autre côté une petite lumière, je ne sais trop laquelle, mais évidente, et qui m'a tout à fait tranquillisé.

Avril.

J'ai revu Haoûa souvent depuis trois semaines, et décidément nous voilà bons amis. Le début présageait au reste que nous n'aurions pas grand'peine à le devenir. Vandell, qui s'accommode à peu près de tout ce que je lui propose, m'accompagne ordinairement dans mes visites. Nous allumons en son honneur le narghilé. C'est là son droit d'interprète, et comme le narghilé a trois branches et que chacun de nous peut ainsi disposer d'un tuyau, souvent alors notre conversation consiste à faire à tour de rôle murmurer, dans le vase en cristal, l'eau parfumée de rose où se rafraîchit la fumée. Nous passons ainsi des après-midi chaudes ou des soirées, indolemment couchés sur des coussins. J'ai toute liberté de fouiller dans les meubles d'Haoûa, et j'en profite. J'ouvre ses grands coffres couleur de cinabre, à serrure de cuivre, et j'en tire tantôt sa garde-robe et tantôt ses bijoux. C'est un vestiaire arabe des plus riches et des plus variés : vestes d'été, vestes d'hiver ; petits gilets tout chargés d'orfévrerie, avec d'énormes boutons d'or ou d'argent ; kaftans de drap ou de soie, pantalons de négligé, de tenue moyenne ou d'apparat, depuis la simple cotonnade ou la mousseline des Indes jusqu'au lourd brocart chamarré de soie et d'or ; plus un assortiment de *fouta* pour entourer la taille, de guimpes légères pour accompagner le turban, de mouchoirs de tête et de ceintures, tout cela bizarrement appelé de noms inutiles à dire et bariolé des couleurs les plus tranchantes. Les bijoux sont réunis à part, empaquetés dans un foulard ; ce sont des anneaux de jambes, des bracelets, des gourmettes en *sultanins*, des miroirs de main à manche écaillé de nacre ; les pantoufles y sont aussi comme représentant de vrais bijoux par le luxe et pour la valeur.

— Tu as donc hérité d'un sultan, dis-je à Haoûa le jour où je découvris ce riche mobilier et cette fortune de femme élégante.

— Ce n'est pas un sultan qui m'a donné cela, c'est mon mari.

— Lequel? interrompit Vandell, sans se douter que sa plaisanterie devait s'appliquer si juste.

— Celui qui est mort, répondit Haoûa assez tristement pour nous convaincre qu'elle avait été veuve.

—Et qu'as-tu fait, demandai-je, de ton second mari?

Elle hésita d'abord, devint pâle autant que peut pâlir un visage qui jamais n'a l'ombre de couleur, et répondit en nous regardant fixement l'un après l'autre : Je l'ai quitté.

— Après tout, dit Vandell en manière de conclusion, tu as bien fait, s'il t'ennuyait.

Ce soir-là même, Vandell allait aux renseignements chez Hassan, et il apprenait qu'en effet Haoûa était veuve d'un premier mari, et qu'elle avait divorcé six mois après son second mariage; mais Hassan n'en dit pas davantage, et je ne sais pourquoi parut tenir à ne nommer aucun des deux personnages qui ont fait, l'un la fortune, et l'autre le malheur d'Haoûa.

Haoûa est Arabe. Elle est née dans la plaine. Si les informations sont exactes, son père appartenait aux Arib, une famille d'origine saharienne, établie dans la Mitidja, qui l'habita sans existence légale, y vivant dispersée dans les tribus et maraudant sur toutes jusqu'en 1834, époque où l'administration la réunit pour en faire une auxiliaire et comme une sentinelle avancée de la France. Haoûa conserve donc un peu de sang saharien dans les veines, et son teint plus fauve, son œil plus sombre, sinon plus ardent, la juvénilité singulière de ses formes, que l'embonpoint commun chez les Mauresques n'épaissira pas, concordent exactement avec ses origines. Par ses alliances, nous supposons qu'elle doit tenir soit aux Beni-Khrelil, soit plus probablement aux Hadjout. Au reste ce sont des éclaircissements qui regarderaient l'état civil, s'il en existait un chez les Arabes, et non pas nous. Depuis lors, il n'a plus été question de ce que le hasard nous avait révélé de la vie antérieure d'Haoûa, et nous ne nous souvenons plus de son divorce que pour en conclure qu'elle est libre, et qu'ainsi les assiduités de ses deux nouveaux amis ne sauraient causer d'ombrage légitime à personne.

La maison, très-bruyante au rez-de-chaussée, surtout si quelque différend de voisinage éclate entre les
Juives, est on ne peut plus paisible à l'étage où la
silencieuse Haoùa habite seule, et dont elle occupe la
galerie avec Assra la négresse et le mari d'Assra, qui
vient y passer la nuit. A quelque moment que ce soit
de la journée, excepté aux heures du bain, nous la
trouvons là, dans un angle obscur de sa chambre,
assise ou couchée sur son divan, se teignant les yeux,
jouant avec un miroir, fumant le tombak, couverte
de guirlandes fleuries comme une madone, les bras
aussi froids que le marbre, l'œil admirable et vague,
inerte et comme épuisée par l'oisiveté mortelle de sa
vie : personne autour d'elle, ni famille ni enfants.
Exemple singulier de beauté presque accomplie et
stérile; elle vit, si cela peut s'appeler vivre, pour je
ne sais quelle destinée incompréhensible qui semble
l'empêcher d'être épouse et la condamne à n'être point
mère. Aussi l'attrait qu'elle excerce est tout à fait
étrange : il est très-vif, et ne pénètre pas, j'imagine,
au delà de l'épiderme sensible du cœur. Elle a les sé-
ductions de la femme, mais sans le vouloir et moins
les intentions de séduire. On l'écoute, on la contemple,

on l'admire, ravi par une chose charmante, sans être attiré. C'est une de ces créations bizarres qui seraient monstrueuses en Europe, où la femme est femme. Imagine quelque chose comme une fleur de luxe exquise et rare, née pour un gynécée d'Orient, qui doit l'embellir et le parfumer pendant le court épanouissement de sa jeunesse, et compare, si tu le veux, à la plus subtile des essences le charme qui se dégage, à l'insu de lui-même, de cet être inutile et délicieux.

— Vous parlez de fleurs, me disait mon ami Vandell un jour où je cherchais, comme aujourd'hui, des comparaisons pour la définir, mais vous n'avez pas trouvé le mot qui convient. Tous les termes sont trop actifs pour donner l'idée de cette existence embryonnaire, sans initiative ni conscience. Il faut un verbe neutre, et le plus neutre sera le meilleur. Je vous en propose un latin : *olet*, elle exhale. Ajoutez un qualificatif pour exprimer l'attrait de ce fluide odorant, et dites qu'elle sent bon et rayonne comme une bonne odeur. Voilà, je crois, tout ce qui peut être raconté d'elle, et quant à nous, nous sommes des sensuels, agréablement parfumés par le voisinage d'une plante exotique. Il n'y a rien là de bien dangereux, pourvu que de temps en temps nous changions d'air ; seulement c'est à faire douter de l'âme humaine.

La voix d'Haoûa est une musique, je te l'ai dit le jour où je l'entendis pour la première fois, plutôt une musique qu'un langage. Elle parle à peu près comme les oiseaux chantent. Aussi, pour se plaire aux entretiens d'Haoûa, il faut avoir le goût des mélodies incertaines, et l'écouter parler comme on écoute le bruit du vent. Quand on veut la rendre un peu plus tendre, il faut l'appeler *aïni*, mon œil. Elle alors répond *habibi*, mon ami, ou bien *ro'ah-diali*, mon âme, et rien n'est plus musical et moins passionné : un rossignol dans sa cage en dirait autant.

Il m'est impossible de t'expliquer ce que nous faisons chez elle, et comment le temps s'y passe. Nous y entrons, nous y restons, nous la quittons, sans que les souvenirs d'aujourd'hui soient plus vifs ni plus mémorables que ceux de la veille. Le soleil pendant ce temps-là décline au-dessus de la cour ; il éclaire alors la chambre d'Haoûa, il y filtre en fine poussière d'or à travers le tissu léger du rideau tendu devant la porte. C'est une illumination qui dure un moment, et pendant laquelle tout ce petit intérieur,

plein de soieries, de meubles à facettes, d'étagères enluminées et de porcelaines peintes, est envahi par
des reflets brûlants. Dès que le soleil est descendu
derrière la terrasse, le crépuscule entre dans la
chambre. Alors les couleurs s'effacent, les ors s'étei-
gnent, le narghilé transpire des fumées plus bleues, et
nous voyons apparaître le feu du fourneau. Le soir
n'est pas loin, et nous atteignons ainsi la fin du
jour.

Il nous est arrivé de dîner chez Haoùa. Ces jours-
là, l'après-midi se passe en cuisine, à piler le poivre,
la cannelle et le safran, à rouler le *couscoussou* dans
les bassins de cuivre, à le faire mijoter sur un feu
mesuré. Assra s'occupe des pâtisseries au miel. Vandell, qui se pique avec raison d'avoir été traité par les
khalifats des trois provinces, introduit à la table
d'Haoùa des mets quasi-fabuleux. Le fond de toute cette
cuisine princière se compose invariablement de petits
morceaux de viande et d'une grande quantité de fruits
secs; mais la nouveauté dépend du choix, de l'abondance et de la violence exagérée des épices.

Lorsque par hasard la grande amie d'Haoùa, la belle
et blanche Aïchouna, arrive à l'heure du dîner, ou, ce

12

qui est d'un meilleur monde, se fait annoncer dès le matin par sa petite négresse Yasmina, la fête alors devient complète, car on peut être assuré qu'il y aura entre les deux amies émulation de toilette et de parures. Ce plaisir nous a été donné l'autre soir. Aïchouna arriva vers six heures, suivie de sa servante toute vêtue de rouge. En entrant dans la chambre, elle ôta son grand voile, laissa tomber au bord du tapis ses sandales de cuir noir, et vint se poser sur le divan, magnifiquement, comme une idole. Elle était tout à fait splendide, les jambes entortillées dans un *fouta* noué très-bas avec un petit corset sans manches, émaillé de métal comme un fourreau de poignard, et une simple chemisette de gaze étoilée d'argent, qui, par une vanité fort excusable, ne servait qu'à moucheter de points brillants la nudité presque absolue de ses épaules et de sa large poitrine.

— Autant vaudrait ne pas avoir de linge, observa Vandell en la voyant entrer, car il y en a si peu épais qu'on dirait une buée.

— Mon cher ami, lui dis-je, ne savez-vous pas le mot des Indiens, ces pudiques amateurs de la transparence? Ils comparent ces gazes légères à *des eaux courantes*. La belle Aïchoùna est de leur avis ; elle s'habille avec une métaphore.

Presque aussitôt Haoùa, qui nous avait quittés depuis une heure, souleva la portière de sa chambre de toilette, et parut. Elle portait avec un grand air le costume impérial des femmes de Constantine, c'est-à-dire trois longs kaftans l'un sur l'autre. Deux étaient de mousseline à fleurs ; le troisième, en drap d'or et l'habillant sans plis, donnait une certaine raideur à sa taille si souple, et l'enfermait dans une sorte d'armure éblouissante. Un fichu de drap d'or aussi, roulé d'une façon bizarre, cachait entièrement ses cheveux, et s'appuyait, comme une mitre asiatique, sur l'arc relevé de ses sourcils peints. Elle avait d'ailleurs peu de bijoux et pas de bagues, modestie assez rare, et qui me parut d'un goût parfait. Un simple trait d'antimoine allongeait ses yeux superbes et les bridait un peu, de manière à les faire involontairement sourire, et une toute petite étoile peinte en bleu pâle la marquait au milieu du front d'un signe hiératique et mystérieux. Elle entra, traînant ses pieds nus sur la haute laine des tapis, et secouant, pour en répandre l'odeur autour d'elle, un mouchoir turc qu'elle venait d'imbiber d'essence. Elle s'approcha du divan, très-bas, posa sa main brune et nerveuse sur l'épaule nue de son amie, et se laissa glisser plutôt qu'elle ne s'assit par un mouvement de lassitude impossible à rendre.

— Admirable! dit Vandell en lui faisant avec cérémonie le salut qu'on doit aux reines.

Nous dînâmes sur le tapis, couchés de côté autour d'une petite table en marqueterie, qui portait les bougies, et d'un *haïk* de négresse formant nappe, sur lequel on posait les plats. Le service était fait par les deux négresses, et c'était le mari d'Assra qui, pour la circonstance, nous présentait l'aiguière et la serviette brodée de soie de couleur.

Après le dîner, qui fut long, les convives prirent le café, puis le thé, puis fumèrent sans interruption jusqu'à dix heures. Aïchouna se leva la première. Elle s'enveloppa pour partir, mais plus négligemment qu'elle n'aurait fait le jour, du *haïk* épais qui est de mode à Blidah. Elle en avait seulement un pan plié deux fois sur la tête; le reste la drapait comme un manteau. Avec sa taille élevée, son corset d'argent qui miroitait au-dessous de sa gorge nue, et la tournure assez grandiose de cette draperie flottante, je la trouvai beaucoup plus imposante alors que sans voile, et je la suivis des yeux jusqu'au bout de la galerie. Elle y passa sans bruit dans la lumière blanche de la lune. Yasmina la suivait, portant quelque chose de lourd empaqueté dans un coin de son *haïk* couleur de sang.

— Vous savez, me dit Vandell en riant, que ce ne sont que des pâtisseries.

Hier un orage éclata dans la soirée pendant que nous prenions le café chez Haoûa. Vers dix heures, il pleuvait à torrents, et l'obscurité devenait telle qu'il était impossible de se diriger pour sortir, à moins de suivre en tâtonnant le pied des murailles. Il ne fallait pas songer à porter une lanterne allumée par un temps pareil. Je demandai donc à Haoûa qu'elle nous permît de passer la nuit chez elle, et, comme elle y consentit de bonne grâce, nous restâmes. — Ne t'occupe pas de nous, lui dis-je. Si-Bou-Djâba *fera ses plans*, moi j'écrirai ou je dormirai si l'envie m'en vient. Ainsi bonne nuit, et à demain !

— Bonne nuit à tous deux ! dit-elle.

Et elle alla s'étendre sur le divan qui lui sert de

12.

lit. C'est une sorte d'estrade en maçonnerie, dallée et lambrissée de faïences. La garniture se compose de trois ou quatre épaisseurs de *djerbi*, d'un matelas de soie piquée, de coussinets pour appuyer les plis du corps, et d'oreillers de satin pour soutenir la tête. Haoûa s'y coucha tout habillée, suivant l'usage arabe, et ne tarda pas à s'endormir.

Il n'y avait plus aucun mouvement ni dans la rue ni dans la maison. Les Juifs du rez-de-chaussée s'é-taient enfermés de bonne heure, n'ayant pas d'autres moyens d'empêcher l'eau de pénétrer dans leur logis que d'en barricader, puis d'en calfater l'unique ou-verture. Les enfants ne criaient plus. La nuit tout entière était remplie par le ruissellement continu de la pluie, qui rejaillissait des terrasses et tombait dans la cour inondée comme dans un étang. Je descendis afin de barrer la porte extérieure, qui n'avait été que poussée, et je mis l'arc-boutant. Quand je passai de-vant la chambre où la négresse était couchée près de son mari, j'entendis le nègre Saïd, qui ronflait comme un lion qui dort, et la voix d'Assra, qui fredonnait avec douceur un air africain pour encourager le som-meil de son enfant.

Vandell avait renouvelé les bougies, déplié des cartes manuscrites dont il porte toujours, comme un en-cas, deux ou trois rouleaux dans ses poches, et s'était mis à déterminer l'itinéraire de ses prochains voyages. Il me prêta son livre de notes, livre un peu hiéroglyphique comme l'auteur lui-même, et je lus tant bien que mal sa récente excursion du sud dans l'est du Sahara algérien. Nous passâmes ainsi cette nuit pluvieuse, lui projetant de nouvelles aventures, moi réfléchissant au peu que j'ai vu, et n'osant pas rêver à des expéditions qui me sont interdites.

Je ne suis pas un voyageur, mon ami, je te l'ai déjà dit et plus d'une fois; tout au plus suis-je un homme errant. Mes voyages, si j'en faisais, ne serviraient pas même à donner à d'autres la curiosité de les re-faire après moi. Je battrais vainement les chemins du monde : la géographie, l'histoire et la science n'en obtiendraient pas un renseignement qui fût nouveau. Souvent le souvenir que je garde des choses est iné-narrable, car, quoique très fidèle, il n'a jamais la certitude, admissible pour tous, d'un document. Plus il s'affaiblit d'ailleurs, plus il se transforme en de-venant la propriété de ma mémoire, et mieux il vaut

pour l'emploi qu'à tort ou à raison je lui destine. A
mesure que la forme exacte s'altère, il en vient une
autre, moitié réelle et moitié imaginaire, et que je
crois préférable. Tout cela ne fait pas un voyageur,
et cette manière de procéder prouve au contraire que
je ne suis pas né pour aller loin.

— Vous avez vu Sidi-Okba? me dit Vandell en
suivant sur sa carte la ligne ponctuée qui de Biskara
conduit à l'Oued-Ghrir.

— Oui, lui dis-je, à mon second voyage.

— Vous souvenez-vous de la mosquée et de la sépulture du saint, le vicaire et l'un des premiers lieu-
tenants du prophète? Avez-vous remarqué la forme
toute particulière du monument, l'un des plus curieux
des Zibans, et vous a-t-on raconté la légende extrêmement célèbre qui s'y rattache?

— Et comme il me vit embarrassé de lui répondre :
— Qu'avez-vous donc fait à Sidi-Okba, si vous ne
connaissez même pas la seule chose qu'il y eût à connaître?

— Mon cher ami, lui dis-je, il faisait très-chaud,
très-beau le jour où j'y passai. Le ciel chauffé à blanc
s'étendait comme un miroir d'étain au-dessus du vil-

lage, à demi consumé déjà par une demi-journée de
soleil sans nuages. On me mena voir la mosquée, et
je la vis ; on me raconta son histoire, et je l'écoutai ;
mais ce dont je me souviens nettement, c'est surtout
ce qui suivit. Il y avait une collation préparée pour
nous dans un jardin ; des nattes par terre, au pied
d'un figuier, sur nos têtes une étoffe de tente attachée
par des cordes à trois palmiers faisant triangle. Le
kaïd, que je pourrais vous peindre, nous servait. Nos
chevaux étaient entravés dans le même enclos, couverts d'écume et les naseaux enflammés par la marche
du matin. Il était midi, et c'était, je vous dirai la date
exacte, le 15 mars 1848. Nous quittions la *smala*
d'un neveu du scheik El-Arab, un Ben-Ganâh riche
et beau comme tous les membres de cette famille magnifique. Comme nous étions en route et à mi-chemin
à peu près du *douar* au village, un courrier arabe
qui nous cherchait depuis le matin était accouru vers
nous au grand galop. Il avait à nous remettre un
billet et le premier feuillet d'un journal de la part du
commandant, nous dit-il. Ce billet et ce journal, qui
portait en tête *République française*, nous appre-
naient une nouvelle inattendue et fort grave, comme

vous voyez. Je relus l'un et l'autre et attentivement
après le repas, dans le jardin même, au milieu d'un
cercle de gens dont pas un ne parlait ma langue, mais
très-soupçonneux comme des Arabes. Vous savez
comment les nouvelles s'ébruitent dans ce pays, c'est
le vent qui les porte; et, ce jour-là, les palmiers faisaient en froissant leurs feuilles un certain bruit qui
ressemblait à des inquiétudes. Je cueillis des palmes
mouchetées, en raison de la circonstance et puis du
lieu; je songeai à mes amis de France. Un coup de
fusil parti par hasard fit envoler des centaines de moi-
neaux et de tourterelles qui dormaient à l'ombre dans
le creux des arbres, et je me souviens qu'en voyant
s'enfuir à tire-d'aile tous ces oiseaux brusquement
réveillés, je pensais que toute ma tranquillité d'esprit
s'en allait aussi. Voilà ce qui me reste de ma visite à
Sidi-Okba : la date d'une émotion politique mêlée
subitement à une pastorale africaine et un faisceau
de palmes qui fixe à tout jamais mes souvenirs.

— C'est une jolie promenade, me dit Vandell, qui
n'avait pas écouté les dix premiers mots de mon récit.
Pour la centième fois, depuis que je le connais, le
voyageur né pour les voyages avait jugé l'artiste.

Entre quatre et cinq heures, la pluie cessa. On entendit la voix des coqs, qui n'avaient pas chanté depuis minuit. Des animaux logés dans un *fondouck* voisin commencèrent à s'agiter sur leurs litières et à faire un bruit matinal dans leurs mangeoires vides. La lune se leva; elle était à son dernier quartier : son disque tout à fait renversé, ce qui est, dit-on, un indice d'orage, parut au-dessus des terrasses, mais trop diminué pour éclairer la nuit et pareil à un anneau brisé. Haoùa ne s'était pas éveillée une seule minute et rien absolument n'était dérangé dans sa toilette. La chaleur du sommeil avait seulement fané les colliers d'oranger dont elle aime à rester parée nuit et jour ; l'odeur même en était devenue si faible, qu'on ne la sentait presque plus. Alors, en la voyant couverte encore de ses fleurs préférées, mais de fleurs mourantes, dormant d'un sommeil sans rêves et dans un repos aussi profond que l'oubli, il me vint, je ne sais pourquoi, une pensée amère, et je dis à Vandell : N'est-ce pas mauvais signe quand les fleurs se fanent vite au corsage des femmes?

Mais Vandell, pour toute réponse, me montra le ciel du levant où l'aube allait poindre.

— Vous avez raison, lui dis-je, il ne faut pas que le jour nous surprenne en bonne fortune; allons-nous-en.

Et nous sortîmes avec précaution, comme si nous avions craint de déplaire aux yeux chastes du jour naissant.

Mustapha d'Alger, avril.

Je t'écris d'Alger, où je suis venu assister à la *fête des fèves*, — *Aïd-el-Fould*, — une fête nègre, que l'usage est de célébrer chaque année, dans le courant d'avril, à l'époque où commence la récolte des premières fèves. Pourquoi les fèves précisément? Quel est le sens religieux de la fête? Pourquoi ce taureau habillé d'étoffes, décoré de bouquets, qu'un sacrificateur égorge au milieu d'un cérémonial barbare? Pourquoi la fontaine, l'eau lustrale et le sang du taureau, dont la foule est aspergée comme d'une pluie sacrée? D'où vient enfin que la fête a particulièrement lieu par les femmes et pour les femmes? car c'est une femme qui distribue le sang, qui la première puise à la source, et si les hommes exécutent les danses, les femmes ont l'air d'y présider. Il y a

sur l'*Aïd-el-Fould* d'Alger de nombreux détails ex-
plicatifs publiés dans plusieurs livres ; permets-moi
de m'en tenir au récit de ce que j'ai vu. C'est un
tableau fort original et très-brillant, et je n'ai pas
songé une seule fois aujourd'hui que cette cérémonie
tout africaine, mêlée de pompes tragiques et de diver-
tissements, de ballets et de bombances, fût autre
chose qu'un grand spectacle imaginé par ce peuple
joyeux pour s'éblouir lui-même, s'amuser beaucoup
et s'accorder une fois par an les plaisirs combinés du
faste, des gaietés permises et de l'intempérance.

La fête se donne au bord de la mer, entre le champ
de manœuvres et le hameau d'Hussein-Dey, autour
d'un marabout enfoui dans les cactus, sur une large
esplanade d'où la vue embrasse jusqu'à l'horizon la
double étendue de la mer sans limites et du Hamma.
C'est sur ce terrain relevé, on ne peut mieux choisi
pour une aussi vaste mise en scène, que sont réunis
les deux ou trois mille spectateurs de la fête, tous
nègres ou négresses. On y dresse des tentes, on y
improvise des fourneaux, on y établit des cuisines
en plein vent, à peu près comme dans nos fêtes de
village. Les cafetiers maures s'y rendent avec leur

13

matériel de cuisine, et aussitôt la cérémonie terminée commencent les collations, qui sont en définitive la plus sérieuse occupation de la journée. Au-dessous de cet amphithéâtre ainsi couronné de tentes et tout pavoisé de pavillons, et sur la plage même, se tient l'autre moitié de la foule, c'est-à-dire les fanatiques chargés de la cérémonie, les dévots qui veulent la suivre de près, les curieux européens ou arabes qui viennent pour voir, enfin les quelques centaines de nègres accourus avec la volonté, le courage et la vigueur de danser douze heures de suite, ce qui par parenthèse est un tour de force surhumain.

Je n'ai fait qu'apercevoir le taureau, tant les places étaient disputées au moment où la procession arriva. J'entendis, quoique la distance et le vent de la mer en adoucissent beaucoup l'effet, une effroyable musique de castagnettes de fer, de tambourins et de hautbois, qui débouchait tout à coup sur la plage et sonnait l'arrivée du cortége. La foule aussitôt se précipita, et je compris à son mouvement concentrique que le taureau devait en occuper le milieu. Quelques minutes après, le cercle s'ouvrit et laissa voir la victime couchée sur le sable, la gorge coupée, et déjà prête

à livrer tout son sang. A peine abattue, les plus ar-
dents s'étaient jetés sur elle, et quand elle eut achevé
de saigner, à l'instant même on la dépeca. Cette œuvre de boucherie s'accomplit au pied du marabout
et le plus près possible de la fontaine, de telle sorte
que les lustrations et le sacrifice eurent lieu dans le
même instant. Alors beaucoup de spectateurs descendirent à la source, et je vis pendant une partie de
la matinée circuler de petites bouteilles pleines d'eau.
Des négresses revenaient, portant avec satisfaction
des éclaboussures sanglantes sur le visage ; mais l'é-
carlate du sang se perdait dans la couleur pourpre
des *haïks*, et ceci est un détail que je te recommande.

Imagine un millier de femmes au moins, c'est-à-
dire la grande moitié de cette étrange assemblée,
toutes, non pas habillées, — car le voile uniforme
cachait, au contraire, des splendeurs innombrables
de couleurs, — mais enveloppées de rouge, et de
rouge éclatant, sans nuances, sans adoucissement
ni mélange, le pur rouge à peine exprimable par la
palette, enflammé en outre par le soleil, et poussé
jusqu'à l'extrême ardeur par toute sorte de contacts
irritants. Ce vaste étalage d'étoffes flamboyantes se

déployait en effet sur un tapis d'herbes printanières
du vert le plus vif, et se détachait sur une mer du
bleu le plus âpre, car il faisait un peu de vent, et la
mer frissonnait. De loin, ce qu'on apercevait d'abord,
c'était un tertre verdoyant, confusément empourpré
de coquelicots. De près, l'effet de ces fleurs singulières devenait insoutenable, et lorsqu'une douzaine
de femmes se réunissaient sur le même point, entourées d'enfants vêtus comme elles, et de manière à
ne plus former qu'un seul groupe pleinement coloré
de vermillon, il était impossible de considérer longtemps ce foyer de lumière et d'éclat sans en être pour
ainsi dire aveuglé. Tout pâlissait à côté de ce rouge
inimitable, dont la violence eût effrayé Rubens, le
seul homme du monde à qui le rouge, quel qu'il fût,
n'ait jamais fait peur, et c'était la note dominante qui
forçait les autres couleurs à se marier dans des ac-
cords doux.

La population nègre d'Alger avait aujourd'hui vidé
ses coffres ; elle avait mis dehors sans réserve, et avec
l'excessive ostentation des pauvres, des avares et des
sauvages, l'opulence inattendue de ses costumes, de
ses parures et de ses bijoux, car la garde-robe des

marchandes de galettes et des servantes renferme des
trésors dont personne ne se doute, et qui sont réservés
pour paraître dans cette fête unique. Chacune d'elles
avait donc, comme un navire qui se pavoise, arboré
ce qu'elle possédait de plus riche, c'est-à-dire de plus
bizarre et de plus *voyant*. Pas une ne portait le voile
gros bleu. Les *haïks* quadrillés de couleurs tristes
tenaient lieu de tapis à celles qui n'en avaient pas
d'autres, ou servaient à composer des tentes, des abris
et des parasols, et c'était à l'ombre de leur livrée de
domestiques que les esclaves déguisées en princesses
passaient cette journée d'indépendance et de luxe.

On voyait là tout ce que la teinture orientale peut
produire en vivacités, avec ce que la polychromie
nègre peut imaginer de plus imprévu : les soieries, les
laines multicolores, les chemisettes lamées, rayées,
pointillées, pailletées de broderies, dont les manches
ondoyaient avec des étincelles ; de petits corsets
d'étoffe, d'autres couverts de métal, agrafés très-haut,
comprimant la gorge et la gonflant ; les *fouta* de soie
légère et frissonnante bariolés à l'infini et habillant
les femmes par le bas comme une sorte d'arc-en-ciel
changeant. Là-dessus étaient semés à profusion des

bijoux de toute espèce : dorures, verroteries, perles,
sultanins, coraux, colliers de coquillages apportés de
Guinée, flacons d'essences venus de Stamboul, anneaux de jambes appelés *khrôl-khrâl* à cause du
bruit qu'ils font quand on les entrechoque en marchant, orfévreries scintillant sur de noires poitrines.
Imagine encore trois ou quatre pendeloques à la
même oreille; au turban, des miroirs; au bras, des
bracelets accumulés l'un sur l'autre et montant depuis le poignet jusqu'au coude; des bagues à tous les
doigts, des fleurs partout, et toutes les mains occupées
à tenir en manière d'éventail des mouchoirs qui, de loin,
ressemblaient à des oiseaux blancs qui s'envolent.

Quand on n'a vu les négresses que dans leur vie
ordinaire, habillées de bleu sombre et faisant leur
petit commerce au coin des rues, dans une tenue si
morne et avec des airs si taciturnes, on ne saurait
prévoir ce que devient ce peuple ami des joies
bruyantes dès qu'il a fait sa toilette et qu'il se ra-
nime. Alors il prend sa physionomie native : il est
vif, il est alerte, la chaleur l'excite, le soleil qui ne
mord pas sur lui l'agite à la façon des reptiles.
Étrange race, inquiétante à voir comme un sphinx

qui rirait sans cesse ; pleine de contrastes et de contra-
dictions ; à l'état de nature, aussi libre que les animaux ; partout transportée, acclimatée, asservie,
j'allais dire, — que l'humanité me pardonne ! — ap-
privoisée comme eux ; robuste et docile, patiente sous
la chaîne et portant avec ingénuité le poids d'une
destinée abominable ; belle et repoussante à la fois ;
les yeux caressants, la voix sifflante, le parler doux ;
joviale avec un visage aussi funèbre que celui de la
nuit ; rieuse, mais avec la bouche fendue comme le
masque antique, et donnant ainsi je ne sais quoi de
difforme à la plus aimable expression du visage
humain !

Comiques même en étant sérieux, et risibles autant
qu'ils sont rieurs, le véritable élément de ces pauvres
gens, c'est la joie. J'ai vu là en quelques heures plus
de dents blanches et de lèvres épanouies que je n'en
verrai de ma vie dans notre monde européen, où l'on
a beaucoup moins de philosophie que chez les nègres.
Comme tous les types y figuraient, les beautés étaient
très-diverses, quelques-unes presque parfaites, la plupart d'une originalité de mise et de tournure qui eût
embelli la laideur même.— Je te parle ici des femmes,

les hommes n'occupant que les derniers plans du tableau. — Le voile encadrait seulement leurs visages sans les couvrir, et ne descendait guère au-dessous de la taille. Debout tant que dura la fête religieuse, entassées sur les pentes, elles s'y pressaient en masses compactes comme sur des gradins. Chaque saillie du terrain portait un groupe. Les débris d'un vieux mur de briques servirent, pendant une partie de la matinée, de piédestal à une assemblée de statues, les plus belles peut-être et les plus jeunes de la fête.

C'étaient de grandes filles au nez droit, aux yeux luisants, aux joues fermes et polies comme du basalte, coiffées à l'égyptienne, et de formes si vigoureuses que, malgré l'ampleur des voiles et des *fouta*, les muscles vivaient sous leurs habits aussi nettement que sous des draperies mouillées. Elles composaient une seule ligne, faisaient face à l'horizon vide, et se découpaient sur l'émail bleu de la mer avec la dureté d'une peinture chinoise. Quatre ou cinq d'entre elles étaient vêtues de rouge; au centre, il y en avait une habillée de vert, mince, allongée, flexible comme un jonc de rivière, et très-jolie avec son turban noir et des argenteries sur son corset pourpre. Elles se tenaient par la taille ou les mains enlacées, rattachées ainsi l'une à l'autre par de beaux bras aux poignets fins, la tête droite, la poitrine saillante, les reins un peu faussés par l'habitude de vivre accroupies, les pieds se touchant comme ceux des Isis. D'autres, étendues à plat ventre sur l'herbe même, avaient la gorge appuyée sur le sol, dans une langueur un peu bestiale qui leur donnait l'air de ramper. D'autres, à l'écart, causaient entre elles ou s'occupaient de leur toilette, et se posaient des grappes d'acacias autour des joues, en vertu de ce goût paradoxal qui leur fait aimer précisément ce qui peut les noircir davantage.

Un murmure indéfinissable et comme un gazouillement sans paroles, qui remplissait l'air d'un bruit léger, ajoutait encore à l'effet très-singulier produit par cette armée de femmes à la peau sombre. On eût dit une peuplade d'amazones éthiopiennes ou le harem de quelque sultan fabuleux surpris en une matinée de réjouissance. C'était fort beau, et dans cette alliance inattendue du costume et de la statuaire, de la forme pure et de la fantaisie barbare, il y avait un exemple de goût détestable à suivre, mais éblouissant. Au reste, ne parlons pas de goût dans un pareil sujet.

13'

Pour aujourd'hui, laissons les règles. Il s'agit d'un tableau sans discipline, et qui n'a presque rien de commun avec l'art. Gardons-nous bien de le discuter; voyons. Ainsi j'ai dû faire, et je me suis promené, regardant, notant les détails, ne vivant plus que par les yeux, plongé sans arrière-pensée ni scrupule dans ce tourbillon de couleurs en mouvement.

Le tableau se composait en amphithéâtre, je te l'ai dit, et dans un cadre aussi beau qu'il était vaste, sur un terrain tapissé d'herbes et de hautes herbes; pas un arbre, mais d'épais massifs d'aloès et de cactus; autour, la plaine bocagère du Hamma; pour fond, d'un côté le Sahel ombreux et vert, de l'autre la mer, avec Alger qui s'inclinait vers elle au couchant; au levant, les montagnes kabyles qui venaient y mourir; au-dessus, un ciel net et le soleil, le dieu des idolâtres et le vrai roi de la fête.

Les hommes se pressaient, amassés sur le sable fin du rivage, en uniforme blanc, en multitude épaisse, comme un grand troupeau. Les danses commencèrent vers midi et durèrent jusqu'à la nuit close. L'infernale musique ne cessa pas une seule minute, tant il y avait de gens de bonne volonté pour remplacer les musiciens et les danseurs épuisés. Pendant ce temps, les femmes s'établirent sous les tentes ou près des tentes, et l'on mangea.

Au centre du bivouac, sous un pavillon surmonté d'étendards et le plus luxueux de tous, se tenait, à titre de personnage officiel, l'*amin* des nègres d'Alger. C'est un petit homme maigre, à la barbe frisée, au regard aigu, qui a du diplomate tout ce qu'un homme de sa race peut en avoir. Il était sérieux et affable ; il offrait le café à ceux qui lui paraissaient valoir cet honneur ; à force de rôder autour de lui, je lui parus sans doute quelqu'un de notable, car il m'invita.

J'attendis courageusement jusqu'au soir. Je vis le soleil tomber derrière les collines, et ce fut au milieu de la foule et des musiques que je rentrai chez moi, brisé de lassitude, gorgé de couleurs, mais fort satisfait de ma journée, car je m'imaginais avoir fait provision de lumière pour les jours ténébreux et trop fréquents où l'esprit n'a plus que des vues tristes.

Mustapha d'Alger.

Nâman est mort, Nâman le fumeur de *haschisch*, celui dont je te disais, au mois de novembre dernier, avec la prévision de sa fin prochaine, qu'il brûlait sa vie dans le fourneau de sa pipe. Je l'ai vu passer hier, dans le champ de manœuvres, sur un brancard et couvert d'un drap rouge. Il était porté par des amis et par des voisins qui, suivant l'usage, se relayaient de minute en minute et conduisaient le mort au pas de course. J'entends par voisins ceux du café, car Nâman n'avait pas d'autre domicile que la boutique enfumée du *kaouadji* de Si-Mohammed-el-Cheriff. C'est en reconnaissant les figures accoutumées du carrefour que je pris garde à l'enterrement, et je sus que c'était ce pauvre diable, à moitié mort depuis longtemps, qui venait de mourir tout à fait. Il avait continué ses habitudes, rêvant, dormant, fumant à la même place et ne respirant plus d'autre air vital que sa fumée. Il n'était ni plus gai, ni plus triste, ni plus absorbé que d'ordinaire. On le vit le matin prendre sa pipe et l'allumer; il fit ainsi jusqu'à midi. Le soir, on remarqua qu'il ne fumait pas; sa pipe était pour toujours éteinte, sa vie aussi!

Je voulus me joindre au très-petit nombre de ceux qui lui faisaient cortége, et je le suivis jusqu'au cimetière. La cérémonie fut courte; il ne fit que passer

par le marabout où l'on déshabille ordinairement les
morts et qui sert de vestibule au tombeau. Presque
aussitôt je le vis paraître, porté à bras et noué seulement dans un linceul. Deux fossoyeurs faisaient le
trou, à peu près comme dans *Hamlet :* un dans la
fosse et la creusant, l'autre enlevant la terre avec un
panier. Le trou fait, on y laissa couler le cadavre,
puis la terre. Dix minutes après, la fosse était comblée
et formait seulement dos de sillon; c'était à ne plus
savoir ce qu'on avait mis là, si c'était un homme ou
quelque semence.

Si Nâman n'a pas laissé d'héritier, ce qui est probable, et si sa pipe est restée entre les mains du
kaouadji, je l'achèterai, et tu verras un jour cette
pipe homicide.

P. S. Rien de nouveau ici. Je suis monté au carrefour, où j'ai vu Sid-Abdallah, qui me croyait parti
pour la France; il ne m'a point parlé d'Haoûa. J'ai
retrouvé avec émotion ma maison, ma prison d'hiver,
et le jardin où les arbres fleurissent. La prairie n'est
plus un pré, mais une moisson. Les vaches s'y promènent, enfouies dans l'herbe jusqu'au ventre. La

campagne est inondée de l'odeur des foins. Je n'ai pas de raisons pour rester à Mustapha. Vandell m'attend à Blidah, et je pars demain.

Blidah, mai.

Il s'est écoulé plusieurs semaines depuis le jour où je t'écrivais d'Alger. Je les ai passées aussi laborieusement que possible, enfermé dans cette petite ville dont l'air humide et chaud affaiblirait les plus forts par des conseils irrésistibles de mollesse. C'est la dernière séduction qu'elle ait gardée de ses origines : une sorte de bien-être physique et d'oubli de soi-même, qui ressemble à l'effet d'un bain prolongé. Nous voici au 15 mai, c'est-à-dire en été. Les jours sont longs, les midis pesants ; pour vivre d'accord avec le climat, il faut jouir des matinées et des soirées, qui sont encore douces, et déjà consacrer le milieu du jour au sommeil.

Vandell m'a quitté hier. Il ne va pas loin, m'a-t-il dit, et ne restera pas longtemps absent. Comme il ne m'avait aucunement prévenu de son départ, je fus très-surpris, en m'éveillant au petit jour, de le voir à la porte de ma chambre bouclant ses guêtres de voyage et roulant son *burnous* en porte-manteau.

— Où donc allez-vous? lui criai-je.

— Je pars, me dit-il; j'ai réfléchi cette nuit que je m'engourdissais et prenais de mauvaises habitudes. Je ne saurais vous dire où je vais; mais je m'en vais. Que je vous écrive ou non, ne m'attendez pas avant le milieu de juillet. Si vous voyagiez vous-même, laissez votre clé chez Bou-Dhiaf.

Bou-Dhiaf est le maître de l'hôtellerie arabe de la rue des Koulouglis et le logeur ordinaire de Vandell, quand celui-ci vient à Blidah. Son nom vaut une bonne enseigne, car il signifie *père de l'hôte.*

Une demi-heure après, Vandell revenait avec sa jument blanche. Il attacha sur le dos de la bête son modeste et léger bagage, se mit en selle, et me quitta. Lui parti, je me suis demandé ce que j'allais devenir. Je trouvai ma maison vide, et je compris, à cette nouvelle appréhension d'être seul après avoir été deux, que je venais de prendre aussi, moi, ce que Vandell appelle stoïquement de mauvaises habitudes.

J'ai fait ce soir le tour de la ville (voilà que je re-commence à dire : je). J'ai suivi le contour du rem-part à l'extérieur, d'abord en plaine, ensuite au pied même de la montagne. Il était six heures quand je sortis, et neuf à peu près quand je revins à mon point de départ, ce qui te prouve que je marchais lente-ment et m'arrêtais souvent. La soirée était chaude, l'air très-calme. Un brouillard de bon augure des-cendit de bonne heure sur la plaine, et le lac et les marais se dessinèrent bientôt par des lignes de va-peurs blanches. Les hirondelles, qui sont en nombre incalculable à Blidah, disparurent peu à peu du ciel, où le jour pâlissait; l'air était plein du vol des in-sectes de nuit et des moustiques.

En arrivant à la porte de l'ouest, je trouvai tout un bivouac établi autour des abreuvoirs : — une cinquan-taine de chameaux, une trentaine à peu près de cha-meliers. Quoiqu'il fît déjà sombre, je vis à leur air et à leur tenue, à leur teint plus obscur, à leurs yeux plus âpres, qu'ils étaient des Sahariens.

— D'où venez-vous? leur dis-je.

— Un d'entre eux me dit : — D'El-Aghouat.

El-Aghouat, dans une bouche arabe, est un mot très-dur et plein de caractère, à cause de la gutturale *gh*, qui équivaut au *j* espagnol. J'écoutai ce nom bizarre, et me le fis répéter, pour me donner le plaisir de l'entendre. C'était la première fois qu'un Arabe le prononçait devant moi avec cet accent tendre et fier propre à l'homme qui parle de son pays à des étrangers. Je demandai combien de jours de voyage. Il me dit : — Dix jours jusqu'à Boghar, et deux jours de Boghar à Medeah.

— Et comment est le chemin ?

Il fit alors le geste superlatif des Arabes, me montra la route unie qui passait près du bivouac, allongea le bras indéfiniment pour exprimer la distance indéterminée d'un immense parcours, et me dit : — Regarde, voilà le Sahara, — comme si rien au monde n'était plus beau pour le regard d'un homme que le vide indéfini d'un horizon plat.

— Bonsoir. Salut sur tous ! leur dis-je.

— Sur toi le salut ! répondit le l'Aghouati.

Et j'achevai ma promenade.

Avant de rentrer, j'allai m'asseoir au café de Bou-

Djima. C'est un petit café champêtre situé hors de la ville, parmi des arbres, presque au milieu des orangers, et tout entouré de ruisseaux comme un îlot. Il n'y avait personne. Bou-Djima dormait à côté de ses fourneaux, au-dessous de sa lanterne quasi éteinte. Je ne le réveillai point, et m'assis devant la porte. De distance en distance, on voyait paraître et disparaître des points de lumière dans la montagne, et de loin en loin des chiens aboyaient; puis je regardai le ciel, où brillaient toutes les constellations de l'été. Le souvenir des Sahariens, au lieu de s'affaiblir, ne me quitta plus, et je me mis sans le vouloir à voyager. Or, quand je voyage, soit en réalité, soit en rêve, c'est toujours dans la même direction, le cap au sud.

Il est minuit. Je ne résous rien, mais il est possible que je me lève demain comme Vandell s'est éveillé hier, avec la décision subite de me mettre en route.

III

LA PLAINE.

Blidah, août.

Je reviens du sud, après avoir fait ce que j'appellerai, ambitieusement peut-être, un curieux voyage. Ce voyage est noté, presque jour par jour et étape par étape, dans un journal qui reste indépendant de celui-ci [1]. Mon journal saharien s'arrête à El-Aghouat, et sur un cri d'homme altéré par trois mois à peu près de soif continue. Je suis revenu vaincu, je puis le dire, par cette soif mortelle, et poussé vers le nord par je ne sais quel désir déraisonnable de voir de l'eau fraîche, d'en boire et de m'y plonger.

J'ai fait en moins de six jours la route qui nous en avait demandé dix en allant. J'ai voyagé sans dé-

---

[1] *Un Été dans le Sahara*, 1857.

brider ni dormir, marchant de jour, marchant de nuit, ne faisant plus de grandes haltes et ne bivouaquant jamais plus de quelques heures, trouvant les sources taries, de la boue liquide au lieu d'eau, ou, ce qui est pis encore, des résidus d'écume verdâtre, éreintant mon cheval, épuisé moi-même, mais soutenu jusqu'au bout par cette certitude de renaître en arrivant. J'ai cessé de noter la température en quittant El-Aghouat. Ce dont je me souviens, c'est que le thermomètre marquait 50 degrés moins un dixième le jour de mon départ à quatre heures. Le curé me remit lui-même sa dernière observation au moment où je montais à cheval; c'est un certificat que je conserve en témoignage d'un climat qui, pendant les derniers jours, m'a parú terrible.

Parti d'El-Aghouat un dimanche, après vêpres, — comme on dirait en pays chrétien, — j'étais à Boghari le vendredi matin à huit heures et demie. J'allai droit au caravansérail, où je m'établis. J'y passai la journée avec mon domestique et mes chameliers, couché sur la dure banquette d'un hangar, et dans une ombre qui n'était pas beaucoup plus rafraîchissante que le soleil. Le soir, un cavalier entra dans la cour du *fondouk;* c'était Vandell. Il avait appris mon départ, puis mon retour; il venait à ma rencontre à Boghari, se doutant bien que je ne monterais point à Boghar.

— A la bonne heure! dit-il en m'examinant, pour cette fois vous ressemblez à un voyageur.

— Mon cher ami, lui répondis-je, je meurs de soif!

Et je le regardais, comme si la vue seule d'un ami revenant du nord allait déjà me désaltérer.

Le lendemain, à trois heures et demie du matin, la lune brillant encore et le jour blanchissant à peine, nous reprenions ensemble la route de Medeah. Nous avions assez bien employé l'un et l'autre ces trois mois d'absence, lui au profit de l'érudition, moi de mes études.

— Qui vous a donc décidé à partir? me demandat-il?

Je ne lui dis point que c'était son propre exemple, et je lui parlai seulement de la rencontre fortuite des Sahariens d'El-Aghouat.

— Et qu'avez-vous vu là-bas?

— L'été, lui dis-je.

— C'est un peu vague, objecta Vandell; mais chacun a son point de vue.

Les moissons étaient coupées depuis longtemps, et dans la vallée de l'Oued-el-Akoum je ne retrouvai plus qu'une étendue sans diversité de terre sèche et redevenue poudreuse. Le soleil avait dévoré des chaumes le peu qui restait sur pied. La chaleur était extrême, même à l'abri des bois dans la montagne ; les pins exhalaient une odeur suffocante de résine, et le cri des cigales, se mêlant aux craquements des rameaux échauffés, formait autour de nous comme un pétillement d'incendie. Il fallut cheminer jusqu'à deux heures pour trouver enfin une source digne de ce nom.

C'était un réservoir d'eau limpide, profonde et glacée, ombragée par de grands arbres et reposant, comme dans une corbeille, au milieu de lauriers-roses tout épanouis.

— Vois-tu ? dis-je à mon *bach'amar* (conducteur de convoi) saharien. Voici comment est l'eau de mon pays.

Le *bach'amar* en but une gorgée dans le creux de sa main, la goûta comme il aurait fait d'une boisson inconnue, regarda le sentier pierreux qui montait en spirale autour des flancs sombres du coteau, les arbres qui n'étaient point des palmiers, et répondit simplement : — Dieu fait bien ce qu'il fait.

Je pensai comme lui, mon ami, et quand la première ardeur de boire fut apaisée, je dis au Saharien : — Tu as raison, ton pays est le plus beau du monde.

Le onzième jour après mon départ d'El-Aghouat, j'arrivai chez moi au moment où le cyprès qui me sert de cadran indiquait un peu plus de quatre heures.

Blidah, août.

— D'où viens-tu? m'a demandé Haoûa en me revoyant.

— Du sud, lui dis-je, et je lui nommai El-Aghouat.

— Le Sahara est le pays de mon père, ajouta-t-elle alors avec autant d'indifférence qu'un spinosiste à qui l'on parlerait du paradis d'Adam. — Et pourquoi m'as-tu quittée ?

Je repris ma place accoutumée sur son divan et je lui répondis : — Pour te laisser faire ta sieste d'été.

— Je l'ai retrouvée telle à peu près qu'il y a trois mois, seulement un peu plus languissante encore et

sensiblement moins vêtue. Aïchouna, dont je me suis
informé, passe une partie de ses soirées dans les *bîtas*,
petites fêtes de nuit moitié bals et moitié concerts, où
elle a, dit-on, beaucoup de succès comme danseuse.
Le barbier Hassan m'a témoigné combien mon départ subit et ma longue absence l'avaient inquiété ; et
pour donner plus de prix à ses paroles, il entremêla
son vocabulaire un peu corrompu de locutions françaises telles que celles-ci : *mon cher* et *sacredié*.
Quant au scribe Ben-Hamida, je l'ai rencontré le lendemain même de mon arrivée. Charmant, frais et
reposé comme une fille qui sort du bain, il portait,
ce qui me l'a fait apercevoir de loin, une longue pelisse de couleur tendre et se dandinait élégamment
avec un éventail de boudoir à la main.

— Beau visage, bonne étoile, lui dit Vandell en le
complimentant de sa bonne mine.

Ben-Hamida me questionna sur mon voyage, sur
l'avenir probable de notre établissement à El-Aghouat,
sur l'esprit des populations sahariennes, me demanda
quelle était leur attitude, ce qu'on disait du schériff
agitateur du sud et ce qu'on redoutait de lui, le tout
avec la curiosité naturelle d'un homme éclairé que la

politique de son pays intéresse. Et comme je lui donnais l'assurance qu'El-Aghouat allait devenir entre nos mains un poste-frontière solide et parfaitement gardé, que le pays était sain, habitable, et qu'après l'avoir pris malgré les Arabes, nous saurions bien le conserver en dépit du climat, il se contenta de sourire et répondit avec une impertinence exquise : — De fort grands personnages ont été suffoqués par une mouche. — Et aussitôt il prit congé de nous.

— Ce diable d'homme combat à la manière des Parthes, dis-je en le voyant brusquement s'éloigner.

— Oui, dit Vandell, en lançant des proverbes. C'est dommage qu'il ait tourné le dos si vite, j'en avais dix à lui renvoyer.

Maintenant que j'ai vu l'été chez lui, dans son royaume, il n'a plus rien à m'apprendre, et je n'attends aucune émotion nouvelle d'un climat relativement variable, où le soleil a, comme les oiseaux de passage, des saisons pour paraître et pour émigrer. Il fait très-beau, mais ce n'est pas le même beau que dans le sud; très-chaud, mais la chaleur est plus molle que jamais; très-sec, mais cette sécheresse n'est pas comparable à l'aridité menaçante, et aussi vieille

14

que le monde, qui garde les barrières de Sahara. On voit encore ici des ruisseaux qui coulent, un lac qui fume le soir, des marais qui s'évaporent ; les horizons sont chargés, le ciel est d'un bleu de velours, il n'est plus d'airain. D'ailleurs les récoltes sont finies ; herbages et cultures, tout est rentré, la plaine est nue, septembre approche ; dès aujourd'hui l'automne peut venir.

Je mets en ordre mon journal et mes dessins de route, un peu tristement, car la comparaison de ce que j'ai vu là-bas fait paraître médiocre tout ce qui n'est pas très-beau, et petit tout ce qui n'est plus vide. Blidah est une sorte de Normandie numide qu'il est bon de visiter en arrivant d'Europe, mais où l'on a tort de s'arrêter quand on revient du sud, parce qu'on retombe alors du grand au joli. Il n'y a pas de verger, fût-il africain, qui vaille une oasis, et le désert fait tort aux plus grandes plaines.

Le jour se lève entre quatre et cinq heures. Involontairement je m'éveille aussitôt qu'il commence à poindre, dernière habitude apportée d'un pays où le sommeil n'a plus d'heures, et où jamais l'on ne dort tout à fait. Ma chambre se remplit confusément de lueurs blanchissantes et de bruits vagues. Je vois l'aube qui s'épanouit par-dessus la ligne verte d'un horizon boisé. J'écoute : voici la diane, un air qui m'a fait battre le cœur pendant deux mois, un air sans pareil, quand on l'associe dans sa mémoire à des sensations poignantes et uniques. Des chevaux hennissent, des chameaux brament; j'entends passer sous ma fenêtre des gens qui vont pieds nus et marchent d'un pas mou; la brise errante qui précède le soleil fait doucement frissonner les orangers du voisinage; l'air est tiède, la matinée tranquille. Suis-je encore au Sahara? C'est une illusion de tous les matins qui dure un moment, juste le temps de reconnaître où je suis, et de m'apercevoir que je n'ai plus de moustiquaire étendu sur moi comme un linceul, que je respire à l'aise, et que le bourdonnement des mouches a cessé : après quoi, je me retrouve ici dans un autre monde. Je m'éveille avec sécurité, je cherche, au milieu de sensations toutes paisibles, la secrète angoisse et le sentiment d'un danger possible. La vie est commode, le climat salubre, la saison clémente. Alors j'éprouve un regret bizarre, et je regarde avec indifférence se dérouler des jours qui n'ont plus rien de redoutable.

C'est ainsi que s'ouvrent mes journées, par des bruits, par des lueurs, par des formes entrevues, par le rayonnement grisâtre de l'aurore à travers ma fenêtre ouverte, par un salut donné du fond de l'âme à chaque chose qui s'éveille en même temps que moi. Ce n'est pas ma faute si la nature envahit à ce point tout ce que j'écris. Je lui donne ici tout au plus la part qu'elle a dans ma propre vie. Agir au milieu de sensations vives, produire en ne cessant pas d'être en correspondance avec ce qui nous entoure, servir de miroir aux choses extérieures, mais volontairement, et sans leur être assujetti ; faire enfin de sa propre destinée ce que les poëtes font de leurs poëmes, c'est-à-dire enfermer une action forte dans des rêveries ; modifier l'*homo sum* de Térence, et dire : « Rien de ce qui est divin ne m'est étranger, » voilà, mon ami, qui ne serait ni trop, ni trop peu : voilà qui serait vivre.

Je lisais aujourd'hui même un livre publié sur Alger vers 1830, et j'y trouvais un détail inattendu, qui, tout insignifiant qu'il est, m'a cependant frappé. Ce livre est l'*Esquisse de l'État d'Alger* du consul américain W. Shaler. C'est le plus précis, le plus fidèle et le mieux renseigné qu'on ait écrit sur la situation du gouvernement algérien à l'époque très-curieuse où ce gouvernement de flibustiers s'introduisit ou plutôt fut introduit dans les démêlés de la politique européenne et passa du brigandage à la diplomatie. L'auteur, qui séjournait dans la régence depuis 1815, qui avait vu le règne d'Omar, et qui recevait les confidences du dey Hussein, terminait son livre en 1825, au moment même où la guerre était sur le point de renaître avec l'Angleterre. Les événements devenaient graves, une escadre anglaise bloquait la ville, et la menaçait d'un nouveau bombardement. Shaler assistait alors de sa maison consulaire à ces préparatifs de guerre, surveillant ce qui se passait dans la rade, notant exactement le mouvement du port, l'arrivée des navires, leur nombre, leur force, leurs dispositions, indiquant l'état du ciel, quel vent, quelle température; puis mêlant à tout cela les renseignements venus de la Kasbah, de cet ensemble de notes, prises jour par jour, heure par heure, il composait un journal fort original, une sorte d'histoire panoramique qui devient vivante à force de précision, et pittoresque à cause du point de vue.

14*

A la date du 14 juin 1825, voici ce que l'observateur écrit : « Ce soir, comme pour faire contraste avec l'aspect sombre de la guerre et l'inquiétude qui existe naturellement dans un pays comme celui-ci, nous avons joui des plus beaux phénomènes de la nature. Au coucher du soleil, un *cactus grandiflora* a commencé à fleurir dans le jardin du consulat ; développant insensiblement sa gloire éphémère aux rayons d'un beau clair de lune, il embaume l'air à la distance de plusieurs toises de ses doux parfums, et répand une forte odeur de vanille.

« 15 juin. Pendant la plus grande partie du jour, l'horizon a été couvert d'un épais brouillard. A environ cinq heures du soir, le brouillard a disparu en partie, et on a découvert en pleine mer seize vaisseaux anglais. La belle fleur qui s'était épanouie la nuit dernière était fermée le matin ; le soir, elle était desséchée sur sa tige. »

Et le lendemain le diplomate continue le récit du blocus. Ce mince détail, observé par hasard, illumine à mon avis tout le cours du volume. Ce brouillard des journées chaudes, cette plante rare qui fleurit pendant une nuit d'été et ne reste ouverte que quelques heures, il y a là, mon ami, tout un paysage. Est-il inutile? Je ne le crois pas, car il rend le tableau plus local, il rappelle l'Alger physique qu'on oubliait; il encadre l'histoire, sans que l'histoire y perde rien de sa gravité. Si jamais il m'arrivait d'être l'historiographe d'un événement politique ou militaire, sois bien asuré qu'à mon insu je trouverais moyen de faire épanouir à un moment donné, soit parmi les aridités de la politique, soit au milieu des péripéties d'un champ de bataille, quelque chose comme le *cactus grandiflora* de l'Américain Shaler.

Septembre.

Nous recommençons la vie que tu connais, aux mêmes lieux, dans la même saison, sans nous écarter des sillons marqués par de longues habitudes. Nous travaillons. Vandell est retourné à la géologie. Il ne sort plus sans son marteau, et partout où nous allons ensemble, il se met, comme un cantonnier sur les routes, à casser des cailloux. Je l'aide à porter ses échantillons. Il en a couvert le plancher de sa chambre. C'est là qu'il les dépose et qu'il les classe, sans avoir l'air de prévoir que tôt ou tard il nous faudra

déménager. Il a rapporté de sa dernière course une
foule de petits dessins fort curieux : profils de montagnes, formes de rochers, avec le multiple détail intérieur des stratifications. Rien n'est plus exact, ni
plus net, ni plus minutieux. Chaque contour est indiqué d'une manière enfantine, par un trait si délié,
qu'on dirait le travail du burin le plus aigu. Il n'y
a, bien entendu, ni ombre, ni lumière ; c'est l'architecture des choses reproduite indépendamment de
l'air, de la couleur, de l'effet, en un mot de tout ce
qui représente la vie. C'est froid et démonstratif
comme une figure de géométrie. Sans attacher d'ailleurs la moindre importance *artistique* à ces dessins,
que lui-même appelle des plans, il s'étonne pourtant
quelquefois, si j'hésite à reconnaître les lieux, de
m'en voir contester l'exactitude absolue. J'accorde
volontiers l'exactitude, mais je nie la ressemblance,
ou bien encore, la ressemblance admise, je nie la vérité, et c'est alors le point de départ d'une dissertation
qui nous mène, à travers des théories que tu devines,
aux conclusions les plus opposées.

— Il faut pourtant, me disait-il aujourd'hui, que
vous m'expliquiez au juste ce que vous prétendez

faire de ce pays. Je vous entends dire tantôt qu'il est curieux, tantôt qu'il est beau ; vous parlez tour à tour de naïveté et de parti-pris ; vous invoquez l'indépendance et les traditions; vous avez toujours un pied ici, l'autre dans les musées ; bref, je vous vois faire un grand écart très-périlleux et je vous demande à vous-même si l'équilibre est possible à tenir.

— Mon cher ami, lui dis-je, c'est une des faiblesses de notre époque d'essayer ce que les plus forts n'avaient point entrepris, non par timidité, mais par sagesse, et de mettre beaucoup de résolution dans des chimères. Il fut un temps où les choses étaient moins compliquées et les hommes plus grands, peut-être parce qu'ils étaient plus simples. En tout cas, le but était direct, les moyens de l'atteindre étaient peu nombreux. On prétend que le but continue d'être le même; j'en doute, à voir mille chemins ouverts, et que chacun prend un détour nouveau pour y arriver. On ne pensait pas alors qu'il y eût autre chose au monde que ce que soi-même on voyait tous les jours : de belles formes humaines équivalentes à de belles idées, ou de beaux paysages, c'est-à-dire des arbres, de l'eau, des terrains et du ciel ; l'air, la terre et l'eau, trois éléments sur quatre, c'était déjà vaste, et cela suffisait. A chaque chose on donnait à peu près sa couleur générale, et chaque forme était exprimée dans le sens le plus propre, non point à la corriger, mais à la manifester, en vertu de ce principe très-modeste, et cependant très-fier, qui, faisant équitablement deux parts dans les productions de l'art, donne à la nature l'initiative du beau, et nous réserve à nous le droit de le concevoir et de le révéler. On appelle embellir ou créer cette opération de l'esprit; ce n'est qu'une demi-erreur, et peut-être un abus de mots.

Après ce préambule un peu solennel, engagé dans une exposition de principes que je n'avais ni provoquée ni préparée, je continuai, mon ami, raisonnant, divaguant, prenant les faits pour témoignages, invoquant l'exemple de ceux que nous appelons les maîtres, et, comme tu pourras le reconnaître, sans beaucoup d'ordre ni de méthode.

« Ce qui nous a perdus, disais-je aux termes près, c'est la curiosité et le goût des anecdotes. Il y a déjà quelque temps qu'on le répète, et c'est vrai, mais irrémédiable. Autrefois l'homme était tout. Une figure

humaine valait un poëme. Quand la nature apparaissait derrière l'homme, c'était à l'état d'auréole, et
pour remplacer les fonds noirs des portraitistes ou les
nimbes d'or des primitifs Italiens. La peinture et la
sculpture se donnaient la main, à ce point que la
peinture avait l'air d'être soutenue par sa sœur aînée.
Toute pleine encore des traces de cette commune origine et de cette éducation commune, elle avait le sens
individuel, le relief abstrait et positif de la statuaire.
Et telle était, à la plus grande époque de la re-
naissance italienne, la fraternité de ces deux arts
jumeaux que l'homme qui les a réunis et presque confondus dans ses œuvres est demeuré par là le premier
artiste du monde, moins parfait que les Grecs et plus
complet. Je ne crois pas que *le Jugement dernier*
soit autre chose qu'un immense bas-relief avec le
mouvement et la couleur. Le jour où la séparation
eut lieu, l'art diminua. Il se transforma le jour où le
sujet s'introduisit dans la peinture, il tomba tout à
fait le jour à jamais déplorable où le *sujet* en devint
l'intérêt. En d'autres termes, le *genre* a détruit la
grande peinture et dénaturé le paysage même.

» Le *sujet* date de loin, et le *genre* aussi. Si l'on

voulait sincèrement remonter aux origines, on man-
querait peut-être de respect à des noms singulièrement vénérables et que j'aurais peur de prononcer
même entre nous. Nous avons toujours eu trop d'esprit en France. Cette disposition a porté malheur à
nos grands hommes. On accorderait peut-être plus
de génie à l'homme-roi du XVIIIe siècle, s'il avait été
moins spirituel, et l'on remarque peu que le plus
grand peintre français du XVIIe siècle avait lui-
même autant de dextérité d'esprit que de bon sens.
Le bon sens et l'esprit, la finesse et la logique, voilà
des qualités gauloises dont les Italiens ne se doutaient
pas, ou qu'ils n'ont jamais laissé voir. C'est pourquoi Poussin est moderne; il l'est malgré lui, malgré ses traditions, malgré son sens exquis de l'antique. Il a beau vivre et mourir à Rome, il reste au
fond le Normand des Andelys, voisin de Corneille et
parent de La Fontaine. Il a beau faire : il est grave,
mais spirituel. Il est soucieux, mais il raisonne; il a
le trait, le pathétique et la leçon; il est peu naïf en
somme dans l'acception simple, forte, ingénûment
plastique, que les anciens donnaient à ce mot. Le
très-grand art ne raisonne pas, du moins dans le sens

du syllogisme; il conçoit, il rêve, il voit, il sent, il exprime : mécanisme simple et plus naïf. Qu'est-ce que le *sujet*, sinon l'anecdote introduite dans l'art, le fait, au lieu de l'idée plastique, le récit quand il y a récit, la scène, l'exactitude du costume, la vraisemblance de l'effet, en un mot la vérité, soit historique, soit pittoresque? Tout se déduit et tout s'enchaîne. La logique apportée dans le *sujet* conduit tout droit à la couleur locale, c'est-à-dire à une impasse, car, arrivé là, l'art n'a plus qu'à s'arrêter, il est fini.

» L'histoire religieuse, l'Ancien et le Nouveau Testament, par l'élévation de l'idée, qui touchait à la foi, par le contact avec le fond des croyances, par leur éloignement légendaire, par le mystérieux des faits, s'élevaient au-dessus de l'anecdocte et rentraient dans l'épopée; mais à quelle condition? A la condition d'être le *credo* d'une âme émue, comme chez le moine de Fiesole, ou d'être coulés dans le moule d'une forme sublime, comme dans Léonard, Raphaël, André del Sarte, ces païens. Le *sujet* n'a jamais été pour eux qu'une occasion de représenter l'apothéose de l'homme dans tous ses attributs. Du moment que la

15

mise en scène se fait plus explicative, de deux choses l'une : ou le *sujet* se transfigure comme entre les mains des coloristes-dessinateurs vénitiens, et, par l'absence de toute couleur *vraie*, par le mépris de l'histoire et de la chronologie, il sert de prétexte à une fantaisie épique, au fond de laquelle il passe inaperçu ; ou bien l'intention de rester vrai prend le dessus, et subitement l'art est rapetissé. A la façon dont les metteurs en scène vénitiens ont compris le *sujet*, il est aisé de voir le cas médiocre qu'ils en faisaient. Quand Titien peint l'*ensevelissement du Christ*, qu'y voit-il ? Un contraste, — idée plastique, — un corps blanc, livide et mort, porté par des hommes sanguins, et pleuré, dans un deuil qui les rend plus belles, par de grandes Lombardes aux cheveux roux : voilà comment on entendait le *sujet*. Vous voyez que la curiosité d'être vrai n'était pas grande, et que le désir d'être nouveau n'allait pas plus loin que celui d'être exact. Être beau, tel était le premier et le dernier mot, l'alpha et l'oméga d'un catéchisme que nous ne connaissons plus guère aujourd'hui.

» Tout à coup, il y a quelque vingt ans, après avoir épuisé l'histoire ancienne, et puis l'histoire locale, de lassitude ou autrement, les peintres se sont mis en route. De cette époque date un mouvement très-inattendu : je veux parler du besoin des aventures et du goût des voyages. Or, notez bien qu'on voyage du moment qu'on s'attache aux diversités de la nature. La distance n'y fait rien. On peut ne jamais dépasser Saint-Denis, et cependant rapporter des bords de la Seine des œuvres que j'appellerai des notes de voyage. On peut au contraire faire le tour du monde, et ne produire que des œuvres plus générales, impossibles à localiser, ne portant ni timbre, ni certificat de distance, et qui sont alors tout simplement des tableaux. En un mot, il y a deux hommes qu'il ne faut pas confondre, il y a le voyageur qui peint, et puis il y a le peintre qui voyage. C'est toute une différence comme vous voyez. Et le jour où je saurai positivement si je suis l'un ou l'autre, je vous dirai exactement ce que je prétends faire de ce pays. »

Nous étions en ce moment sur la place du Marché. Une troupe d'enfants indigènes s'y livraient à un exercice d'adresse et d'agilité dont nos collégiens ont l'habitude, et qui, je crois, est cosmopolite, car on le trouve en Irlande aussi bien qu'en Orient. Le jeu con-

siste à lancer une boule, ou un bâton, ou n'importe
quoi de léger qui puisse être enlevé rapidement et re-
jeté loin. Chaque joueur est armé d'un bâton, et c'est
à qui arrivera le premier pour relever la boule et la
lancer de nouveau. Les joueurs étaient de jeunes enfants de huit à douze ans, agréables de visage et dé-
liés de tournure, comme la plupart des petits Maures,
avec la physionomie fine, les yeux grands et beaux,
le teint aussi pur que celui des femmes. Ils avaient
les bras nus, leur cou délicat sortait d'un gilet très-
ouvert, leur culotte flottante était relevée jusqu'au-
dessus du genou pour les aider à mieux courir, et
une petite *chachia* rouge, pareille à la calotte des enfants de chœur, garnissait à peine le sommet de leur
jolie tête chauve. Chaque fois que la boule était atteinte et partait, tous ensemble s'élançaient à sa poursuite côte à côte, en troupeau serré, comme des ga-
zelles. Ils couraient en gesticulant beaucoup, perdant
leur ceinture, mais n'y prenant pas garde, volant
directement au but, sans qu'on les vît toucher le sol,
car on n'apercevait du pas léger des coureurs que des
talons nus agités dans un flot de poussière, et ce nuage
aérien semblait accélérer leur course et les porter.

Il était deux heures. Le marché venait de finir, la place était entièrement déserte. Un carré de maisons basses et sans toitures, un ou deux cyprès qui pointaient au-dessus des terrasses, la montagne au delà dont l'horizon dentelé partageait le ciel à plus de moitié, un ciel vide, un grand terrain sans accidents, voilà pour le paysage. Les maisons étaient d'un blanc mat à peine altéré par des écorchures, les cyprès noirs ; la montagne était franchement verte, le ciel d'un bleu vif, le terrain couleur de poussière, c'est-à-dire à peu près lilas. Une seule ombre au milieu de la vive lumière se dessinait du côté de la place où déjà le soleil inclinait, et cette ombre, inondée des reflets du ciel, aurait pu, grossièrement du moins, s'exprimer elle-même par du bleu.

« Vous voyez bien, dis-je à mon auditeur, cette place et ces enfants ? La scène est familière et dans les conditions du *genre* ; le cadre lui-même a ce double avantage de l'accompagner d'une manière très-simple et cependant très-locale. Prenons pour exemple ce tableau qui semble tout préparé d'avance et facile à copier comme à décrire. L'exemple en vaut un autre. L'Orient peut à la rigueur tenir dans ce cadre étroit.

» Et d'abord, si vous me permettez d'être pédant tout à mon aise, que voyons-nous? Sont-ce des enfants qui jouent dans le soleil? Est-ce une place au soleil dans laquelle jouent des enfants? La question n'est pas inutile, car elle détermine avant tout deux points de vue très-différents. Dans le premier cas, c'est un tableau de figures où le paysage est considéré comme accessoire; dans le second, c'est un paysage où la figure humaine est subordonnée, mise au dernier plan, dans un rôle absolument sacrifié. A cette question, qui crée aussitôt tant d'opinions diverses, chacun répondra d'après son tempérament propre, sa manière de comprendre les choses, l'habitude de son œil et les dispositions de son talent. Le paysagiste y verra donc un paysage, le peintre de figures un sujet; l'un y distinguera des taches, l'autre des costumes, un troisième en étudiera l'effet, un quatrième y verra des gestes; un autre encore, des physionomies. Suivant qu'on les envisagera de près ou de loin, les enfants deviendront tout ou ne seront plus rien, et si nous les supposons assez près du peintre pour que le portrait de chacun d'eux prenne un intérêt dominant, alors une modification singulière apparaîtra dans ce

raîtra; à peine apercevra-t-on vaguement quelque
chose comme un terrain frappé de lumière et des
indications de mise en scène orientale; il ne restera
plus de visible et de formulé qu'un groupe important
surtout par la signification humaine, composé d'enfants animés de mouvements rapides et de passions
joyeuses, et présenté de manière à mettre en évidence
l'expression du geste chez les uns, le jeu de la physionomie chez les autres. D'élimination en élimination, nous arrivons de la sorte à réduire le cadre, puis
à le supprimer, à grandir le groupe, puis à le simpli-
fier. Le costume lui-même devient un accident se-
condaire dans un sujet dont l'intérêt se concentre à
ce point sur des formes humaines et sur des visages,
et du premier coup nous supprimons le soleil et l'excessive lumière, double obstacle dont personne au
monde ne s'était préoccupé quand il s'agissait de
peindre les hommes.

» Que devient alors le milieu même où nous apercevons la scène : cette place blanche, ces cyprès
verts, ce soleil blanc des heures méridiennes? Que
devient tout cet entourage local et significatif, —

essentiel și l'on veut localiser la scène, inutile au contraire si l'on veut la généraliser? On touche ainsi aux abstractions, et, sans le vouloir, par le seul fait d'un point de vue plus sévère et plus concentrique, on sort de la nature pour entrer dans les combinai- sons de l'atelier; on abandonne le vrai relatif pour un ordre de vérité plus large, moins précise et d'au- tant plus absolue qu'elle est moins locale. Pour nous, cette petite place de Blidah, solitaire, fortement éclai- rée par la pleine lumière d'un beau jour d'été, ces vestes rouges et ces culottes blanches, ces jolis enfants un peu bizarres, et c'est par là surtout qu'ils nous séduisent, la chaleur, le bruit, la diversité de la scène à chaque instant changeante, tout cela compose un ensemble d'impressions multiples et nous charme à ce titre surtout que nous y voyons l'individuel ca- ractère d'un tableau d'Orient. Il y a au contraire des peintres, et j'en connais, qui ne prendraient là que le nécessaire, estimant que ce qu'il y a de plus intéres- sant dans ces enfants, ce n'est pas d'être de petits Blidiens, c'est d'être des enfants; ceux-là sans con- tredit auraient raison.

» Ce procédé de l'esprit qui consiste à choisir son

point de vue, à déterminer la scène, à l'isoler du milieu qui l'absorbe, à sacrifier les fonds, à les faire
imaginer plutôt qu'à les montrer; le soin d'expliquer
ce qui doit être expliqué et de sous-entendre les acces-
soires; l'art d'indiquer les choses par des ellipses et
de faire imaginer même ce que le spectateur ne voit
pas, ce grand art de se servir de la nature sans la sté-
réotyper, tantôt de la copier jusqu'à la servilité, tantôt
de la négliger jusqu'à l'oubli; ce difficile équilibre
des vraisemblances qui oblige à demeurer vrai sans
être exact, à peindre et non pas à décrire, à donner
non pas les illusions, mais les impressions de la vie :
tout cela se traduit par un mot ordinaire, et qui fait
le sujet de bien des équivoques, peut-être parce qu'il
n'a jamais été bien défini, je veux dire l'interprétation.

» La question se réduit à savoir si l'Orient se prête
à l'interprétation, dans quelle mesure il l'admet, et si
l'interpréter n'est pas le détruire. Je ne fais point de
paradoxe; j'examine. Ce n'est pas une objection que
je crée, je la signale. Et croyez qu'il m'en coûte de mé-
dire d'un pays auquel je dois beaucoup.

» L'Orient est très-particulier. Il a ce grand tort

15*

pour nous d'être inconnu et nouveau, et d'éveiller d'abord un sentiment étranger à l'art; le plus dangereux de tous, et que je voudrais proscrire : celui de la curiosité. Il est exceptionnel, et l'histoire atteste que rien de beau ni de durable n'a été fait avec des exceptions. Il échappe aux lois générales, les seules qui soient bonnes à suivre. Enfin il s'adresse aux yeux, peu à l'esprit, et je ne le crois pas capable d'émouvoir. Je parle ici de ceux, et c'est le plus grand nombre, qui ne l'ont pas habité, et n'ont pas, pour le comprendre, l'intime familiarité des habitudes et l'affectueuse émotion des souvenirs. Même quand il est très-beau, il conserve je ne sais quoi d'entier, d'exagéré, de violent, qui le rend excessif, et c'est un ordre de beauté qui, ne rencontrant pas de précédents dans la littérature ancienne ni dans l'art, a pour premier effet de paraître bizarre.

» D'ailleurs il s'impose avec tous ses traits : avec la nouveauté de ses aspects, la singularité de ses costumes, l'originalité de ses types, l'âpreté de ses effets, le rhythme particulier de ses lignes, la gamme inusitée de ses couleurs. Changer quoi que ce soit dans cette physionomie si nettement nouvelle et décisive, c'est l'amoindrir; apaiser ce qu'elle a de trop vif, c'est l'affadir; généraliser une pareille effigie, c'est la défigurer. Il faut donc l'admettre en son entier, et je défie qu'on échappe à cette nécessité d'être vrai quand même, d'en exprimer d'abord les côtés bizarres et d'être conduit par la logique même de la sincérité jusqu'à l'excès forcé du naturalisme et du fac-simile.

» Il en résulte dans chaque genre également une aberration pareille et certaine.

» Le peintre qui bravement prendra le parti de se montrer véridique à tout prix rapportera de ses voyages quelque chose de tellement inédit, de si difficile à déterminer, que, le dictionnaire *artistique* n'ayant pas de terme approprié à des œuvres de caractère si imprévu, j'appellerai cet ordre de sujets des *documents*. J'entends par documents le signalement d'un pays, ce qui le distingue, ce qui le rend lui-même, ce qui le fait revivre pour ceux qui le connaissent, ce qui le fait connaître à ceux qui l'ignorent; je veux dire le type exact de ses habitants, fût-il exagéré par le sang nègre, et n'eût-il pas d'autre intérêt que son extravagance, leurs costumes étrangers et étranges, leurs attitudes, leur maintien, leurs

coutumes, leur démarche, qui n'est pas la nôtre. Or,
comme il n'y a plus de limite aux investigations du
voyageur lorsqu'il a pris pour règle l'exactitude,
nous saurons et nous verrons, à n'en plus douter,
d'après ces images minutieuses copiées avec la scru-
puleuse authenticité d'un portrait, comment le peuple d'outre-mer s'habille, comment il se coiffe, comment il se chausse. Nous apprendrons quelles sont
ses armes, et le peintre les décrira autant qu'un pinceau peut décrire. Les harnais des montures, il faudra de même qu'on les connaisse ; il y a plus, il
faudra qu'on les comprenne, car à l'artifice ingénieux
de montrer tant de choses nouvelles se joindra pour
le peintre voyageur l'obligation d'être catégorique
et d'expliquer. Et comme l'attrait de l'inédit corres-
pond à ce malheureux instinct universel de la curiosité, beaucoup de gens, se méprenant eux-mêmes,
demanderont alors à la peinture ce que donne exclu-
sivement un récit de voyage ; ils voudront des tableaux composés comme un inventaire, et le goût
de l'ethnographie finira par se confondre avec le sentiment du beau.

» En paysage, il se produira des effets semblables,

moins évidents peut-être, non moins réels. L'intérêt des lieux éloignés est immense. Il y a un plaisir irrésistible à dire d'un pays que peu de gens ont visité : Je l'ai vu. Vous savez cela, vous qui passez votre vie à découvrir. Il faut être très-modeste d'abord, — et c'est déjà une vertu humaine assez rare, — pour dissimuler ses titres de voyageur et ne pas afficher le nom des lieux à côté de celui du peintre. Il faut être plus modeste encore, — et cette modestie-là devient un principe d'art, — pour résumer tant de notes précieuses dans un tableau, pour sacrifier la propre satisfaction de ses souvenirs à la vague recherche d'un but général et incertain. Disons le mot, il faut une véritable abnégation de soi-même pour cacher ses études et n'en manifester que le résultat.

» Mais la difficulté n'est pas là seulement : elle est ailleurs, elle est partout. Le difficile est, je le répète, d'intéresser notre public européen à des lieux qu'il ignore ; le difficile est de montrer ces lieux pour les faire connaître, et cependant dans l'acception commune aux objets déjà familiers, — de dégager ainsi le beau du bizarre et l'impression de la mise en scène, qui presque toujours est accablante, — de faire admettre les plus périlleuses nouveautés par des moyens d'expression usuels, d'obtenir enfin ce résultat qu'un pays si particulier devienne un tableau sensible, intelligible et vraisemblable, en s'accommodant aux lois du goût, et que l'exception rentre dans la règle, sans l'excéder ni s'y amoindrir. Or, je vous l'ai dit, l'Orient est extraordinaire, et je prends le mot dans son sens grammatical. Il échappe aux conventions, il est hors de toute discipline ; il transpose, il intervertit tout ; il renverse les harmonies dont le paysage a vécu depuis des siècles. Je ne parle pas ici d'un Orient fictif, antérieur aux études récentes qu'on a faites sur les lieux mêmes : je parle de ce pays poudreux, blanchâtre, un peu cru dès qu'il se colore, un peu morne quand aucune coloration vive ne le réveille, uniforme alors et cachant, sous cette apparente unité de tons, des décompositions infinies de nuances et de valeurs, rigide de formes, dessiné en largeur plus souvent qu'en hauteur, très-net, sans vapeur, sans atténuation, presque sans atmosphère appréciable et sans distance. Tel est l'Orient que, vous et moi, nous connaissons, qui nous entoure et que nous voyons. C'est le pays par excellence du

grand dans les lignes fuyantes, du clair et de l'immobile, — des terrains enflammés sous un ciel bleu,
c'est-à-dire plus clairs que le ciel, ce qui amène,
notez-le bien, à tout moment des tableaux renversés ;
— pas de centre, car la lumière afflue partout ; pas
d'ombres mobiles, car le ciel est sans nuages. Enfin,
jamais que je sache, avant nous, personne ne s'est
préoccupé de lutter contre ce capital obstacle du soleil, et ne s'est imaginé qu'un des buts de la peinture pouvait être d'exprimer, avec les pauvres moyens
que vous savez, l'excès de la lumière solaire, accrue
par la diffusion. Je vous signale ici des difficultés de
pratique ; il y en a mille autres, plus profondes, plus
sérieuses, et beaucoup plus dignes d'être méditées.

» Trois hommes, depuis vingt ans, résument à peu
près tout ce que la critique moderne a nommé la
peinture orientale. Vous connaissez au moins l'un des
trois ; son nom a fait trop de bruit en France pour
qu'il n'en soit pas arrivé quelque lointain retentisse-
ment jusque dans vos déserts. Je ne me permettrai
point de les juger, même en tête-à-tête, à quatre cents
lieues de Paris. Je vous dirai seulement, pour employer le vocabulaire à la mode, que l'un a fait avec

l'Orient du paysage, l'autre du paysage et du genre, le troisième du genre et de la grande peinture. Chacun d'eux a vu l'Orient, et l'a bien vu, sinon avec une intelligence égale, du moins avec un amour aussi vif, aussi sincère, aussi durable, et l'ensemble de leurs œuvres a été une révélation.

» Le paysagiste a commencé par visiter les lieux les plus célèbres de la terre, et les a décrits, les signant d'un nom de ville, de village ou de mosquée : les traitant à peu près comme des portraits, il fallait bien qu'il nommât l'original. Son œuvre est l'exquise et parfaite illustration d'un voyage dont il aurait pu lui-même écrire le texte, car il apportait en écrivant comme en peignant la même exactitude de coup d'œil, la même vivacité de style et d'expression. Or, de tout cet œuvre considérable, et dont le souvenir aujourd'hui déjà devient confus, ce qui restera peut-être de plus lumineux, de plus choisi, de plus mémorable, ce sont de petits tableaux sans nom, sans désignation précise, par exemple un *crépuscule* au bord du Nil, ou bien des *pèlerins* pauvres voyageant à midi dans l'aride atmosphère d'un pays sans eau. Deux notes générales, une impression de mélancolie nocturne, la terreur des chaudes solitudes, voilà peut-être ce qu'il aura laissé, je ne dis pas de plus parfait, car la nette intelligence de l'homme et la main habile du praticien sont visibles dans tous les tableaux signés de lui, mais de plus heureux pour sa renommée et de plus honorable pour l'art moderne.

» Le peintre de genre a procédé plus résolûment. Dans l'Orient, il a vu l'effet : l'opposition nette, aiguë, tranchante des ombres et de la lumière. Ne pouvant pas atteindre directement le soleil, qui brûle toutes les mains qui le cherchent, il a pris un détour fort spirituel, et, dans l'impossibilité d'exprimer beaucoup de soleil avec peu d'ombres, il a pensé qu'avec beaucoup d'ombres il parviendrait à produire un peu de soleil, et il a réussi. Cette abstraction de l'effet, ce thème invariable des oppositions vives, il les a poursuivis partout, dans tous les sujets de figure ou de paysage, violemment, obstinément, et avec un succès qui a légitimé ses audaces. Il a beaucoup imaginé, beaucoup rêvé, mais à distance, à travers des partis-pris d'esprit, de méthode et de pratique. Il n'est ni vrai, ni vraisemblable. *Peu nature*, permettez-moi ce barbarisme d'atelier, sa supériorité la plus incontes-

table lui vient de ce qu'il a, comme tous les vision-
naires, l'esprit rempli de métamorphoses. Il invente
encore plus qu'il ne se souvient. Il a gardé de ses séjours en Orient je ne sais quel amour des angles droits,
des horizons rectilignes, des intersections brusques,
dont il a composé pour ainsi dire la formule et la géométrie de son art. Chaque chose qu'il produit se reconnaît à ce double caractère : l'intensité de l'effet, la
combinaison méthodique des formes, et peut-être, à
son insu, le sujet n'est-il qu'un prétexte varié pour
appliquer identiquement ses formules. Au fond, si
quelque chose manque à cet art très-indépendant,
c'est de l'être trop dans un sens et de ne pas l'être
assez dans l'autre, en un mot d'avoir fait d'énormes
sacrifices à la lumière comme à l'indispensable raison
du beau.

» Le troisième est monté d'un échelon sur l'escalier
presque sans fin du grand art, et dans l'Orient il a vu
les spectacles humains. Notez bien que je ne dis pas
l'homme. Il a vu l'homme habillé, par conséquent
la tournure, le geste, vaguement la physionomie,
mais splendidement le costume et la couleur. De la
couleur, il a fait à son tour son abstraction. Il a telle-

ment agrandi son rôle, il l'a douée d'une telle importance, il en a tiré des significations si diverses, si
hautes, si frappantes, et parfois si pathétiques, qu'en
nous forçant pour ainsi dire à oublier la forme, il a
fait supposer qu'il la méprisait ou l'ignorait, deux
erreurs dont il est innocent. En vertu de ce principe
que la couleur décomposée par des ombres rigou-
reuses et des lumières perd son effet de plénitude et
sa qualité intense, il a imaginé, même pour ses tableaux de plein air, une sorte de jour élyséen doux,
tempéré, égal, que j'appellerai le clair - obscur des
campagnes ouvertes. Il a pris à l'Orient les bleus
forts de son ciel, ses ombres blêmes, ses demi-teintes
molles; quelquefois il a fait tomber sur un parasol
ouvert quelque chose comme la pesanteur d'un morne
et lourd rayon de soleil; mais plus souvent il se plaît
dans les demi-clartés froides, la vraie lumière de Vé-
ronèse; il substitue sans scrupule des campagnes
vertes aux horizons brûlés; il prend le paysage
comme un point d'appui, une sorte d'accompagnement sourd et profond qui fait valoir, soutient et
centuple la sonorité magnifique de ses colorations.
Son chef-d'œuvre, dans le *genre* au moins, est un ta-

bleau d'intérieur, blond, clair, limpide, et si nettement écrit, qu'on le dirait exécuté d'un seul trait,
d'une seule haleine. Et ce tableau, par sa perfection,
témoigne exactement comment l'homme dont je parle
a compris l'Orient : son amour du costume, ses scru-
pules pour l'aspect, enfin le peu de souci qu'il a du
soleil et de ses effets. On dit de ses œuvres qu'elles
sont belles, mais imaginaires ; on le voudrait plus
vrai, plus naïf, peut-être le voudrait-on plus oriental... N'écoutez jamais ceux qui vous parleront de la
sorte. Croyez plutôt que ce qu'il y a de plus beau
chez lui, c'est l'élément le plus général.

» Le *paysagiste*, par je ne sais quelle prédestina-
tion singulière, était né peintre d'Orient, car on dit
qu'il ressemblait lui-même à un Arabe. Le *peintre
de genre* a le goût des pays turcs; il les aime en
raison même de leur originalité. Le *peintre d'histoire* est un Vénitien qui se délecte avec des sujets
contemporains analogues pour la couleur aux souvenirs passionnés qu'il a gardés de ses maîtres. Il est
donc le plus traditionnel et le moins oriental des
trois, et c'est la plus minime des raisons qui me font
l'estimer si grand.

» J'étais au bord de la Seine, un jour de printemps, avec un paysagiste célèbre qui fut mon maître. Il m'expliquait les changements que l'expérience, l'é- tude des musées, ses voyages en Italie surtout, avaient apportés dans sa manière de voir les choses et de sentir. Il me disait qu'aujourd'hui il n'aperce- vait plus que des résumés là où jadis il était en- chanté par les détails, et qu'après avoir cherché le particulier, il cherchait maintenant la forme et l'idée typiques. Un berger passa, conduisant sur la berge même de la rivière un long troupeau de moutons qui se profilaient avec des mouvements souples sur les eaux blanchies par un ciel gris de la fin d'avril. Le berger avait la besace au dos, le feutre noir, les guêtres de cuir d'un conducteur de troupeaux; deux chiens noirs, très-pittoresques de tournure, se traî- naient lentement entre ses jambes, car le troupeau marchait en bon ordre. — Savez-vous, me dit mon maître, que c'est une chose très-belle à peindre qu'un berger au bord d'*un fleuve?* — La Seine avait changé de nom, comme le sujet avait changé d'acception : la Seine était devenue *le fleuve.* — Qui de nous pourra faire avec l'Orient quelque chose d'assez individuel

et à la fois d'assez général pour devenir l'équivalent
de cette idée simple du fleuve? »

Voilà, mon ami, à peu près ce que je disais à
Vandell. Tire de ce chaos d'objections, d'aperçus,
de notes éparses, la conclusion que tu voudras. Je
te rapporte un entretien qui n'est pas un livre de
dogme, qui n'est pas même un chapitre de critique.
La conclusion personnelle que j'en ai tirée, moi, la
voici : il est probable que j'échouerai dans ce que
j'entreprends, ce qui ne prouvera pas que l'entreprise est irréalisable. Il est possible aussi que, par
une contradiction trop commune à beaucoup d'es-
prits, je sois entraîné précisément vers les curiosités
que je condamne, que le penchant soit plus fort que
les idées, et l'instinct plus impérieux que les théories.

Octobre.

Il est convenu que nous partirons demain pour
une excursion de chasse qui doit durer trois ou quatre jours. Nous battrons d'abord le lac Haloula, puis
toutes les collines jusqu'à Tipaza, où nous irons tuer
des lapins dans les voies romaines.

C'est le commandant *** qui conduit la chasse;

nos compagnons sont de vieux Africains, officiers de cavalerie indigène, connus comme des tireurs de premier ordre, et, ceci soit dit afin de t'expliquer d'avance l'allure militaire de notre expédition, nous emmenons, à titre de domestiques, de garde d'honneur ou d'escorte, suivant le cas, dix spahis pris dans les manteaux rouges de Blidah. Le convoi, qui pourrait être plus modeste, se compose de deux prolonges ou chariots du train à quatre chevaux. Les chiens, dont on veut ménager les forces pour le lendemain, voyageront dans les voitures avec le matériel de campement, les bagages, l'arsenal des fusils de chasse, et les munitions, lesquelles sont calculées d'après un minimum de cent coups par tireur. Dernier détail enfin qui te fera juger du massacre qui se prépare, nous emportons trois grands sacs à pain destinés à contenir le gibier qui ne sera pas mangé sur place et le gibier d'eau qui ne sera pas mangeable.

— Ne vous attendez pas, m'a dit Vandell en me renseignant sur des habitudes peu connues sans doute ailleurs qu'en Algérie, à procéder, comme en France, à petit bruit et à petits pas. Les chiens d'arrêt ne servent ici qu'à trouver la piste. Le gibier

rencontré, le chasseur se charge du reste, avec son
fusil pour le tirer quand il vole; avec son cheval
pour le poursuivre de remise en remise, pour le
lasser, le forcer, le piétiner, quand il n'en peut plus.
C'est une alliance assez originale, et qui vous sur-
prendra, je crois, de la chasse à courre et de la
chasse à tir, le mélange attrayant de deux satisfactions très-vives, l'adresse du coup d'œil et la promptitude. Rien là-bas n'est à ménager, ni le terrain, qui
n'appartient à personne, ni le gibier, très-abondant.
Chacun est libre de charger à fond de train, comme
en pays ennemi; le but est de tuer beaucoup. C'est
un exercice qu'on apprend en faisant la guerre. Voilà
pourquoi tous les officiers aiment la chasse et la pra-
tiquent bien, de même que tout bon coureur de lièvres et de perdreaux est de droit un excellent soldat
d'Afrique. Dans les deux cas, la gymnastique est la
même, et pour une âme un peu vigoureuse la chasse,
assure-t-on, vaudrait la guerre, s'il ne lui manquait
un plaisir que rien ne remplace, l'égalité dans la lutte
et le charme incomparable du danger. — Je vous pré-
viens de tout cela, ajouta Vandell, pour que vous
sachiez ce que vous aurez à faire demain, si vous en-

tendez y mettre de l'amour-propre, ou si modestement vous devez suivre la course en spectateur. Quant
à moi, je prendrai ma jument. — La jument blanche
de Vandell est, selon lui, la seule monture sur laquelle il ait pu réfléchir à l'aise.

Je suivrai la course comme je pourrai, mon ami,
mon unique désir étant de voir le lac, et tu sais pourquoi. Le lac est du petit nombre des curiosités que je
me connaisse, et dont je m'accuse comme d'une in-
conséquence. Nous avions autrefois projeté ce petit
voyage sans jamais l'accomplir; c'est bien le moins,
puisque l'occasion m'en est offerte, que j'aille éclair-
cir ou vérifier des imaginations qui nous étaient
communes. J'y vais donc comme en pèlerinage, et
pour saluer de plus près cet inconnu avec la dévotion qu'on doit à l'objet de ses anciens rêves. C'est
peu de chose; mais, toute imagination mise à part, il
est bon de remplacer un point d'interrogation par un
fait, surtout quand ce point d'interrogation, fixe depuis des années, vous sollicite incessamment par un :
Qu'y a-t-il là-bas?

Il y a là-bas, je m'en doute, ce qu'il y a partout, ce
qu'on rencontre au bout de son chemin après chaque

16

étape un peu longue; — le jeune enthousiasme des
années révolues couché par terre; et si malade, hélas!
qu'il est presque mort.

Fera-t-il beau demain? Voilà ce qui nous occupe.
Depuis cinq jours, le vent du sud souffle avec furie.
C'est l'adieu brûlant de l'été caniculaire, qui finit avec
septembre; le mouvement orageux de l'équinoxe et le
signal de la saison belle et tempérée où nous entrons,
et qu'on appelle ici le *second été*. Je t'ai parlé ailleurs de ce vent funeste : il est très-beau à voir, et
très-excitant pour l'esprit, quand le corps n'en est
pas trop abattu. Les Blidiens le maudissent; ils en
souffrent, ils s'en préservent comme ils peuvent, en
restant chez eux, en bouchant les fenêtres, en ne respirant plus. La chaleur a été extrême et sans adoucissement, ni le matin, ni le soir. La nuit dernière, j'en
ai fait l'épreuve, il y avait à minuit, sous les orangers,
trente-sept degrés centigrades, température extraordinaire à pareille heure et en pareille saison. J'ai tâ-
ché de me figurer ce que des arbres pouvaient souffrir, en les voyant tordus à se rompre dans une lutte
impossible à peindre, harassés d'efforts, et comme
écartelés entre le vent qui voulait les arracher du sol

et ce terrible lien des racines qu'ils ne pouvaient pas
rompre. Il y eut un moment où tout sembla craquer ;
une sorte de bruit déchirant sortit à la fois des entrailles de chaque arbre. Voyons, pensai-je, laquelle
sera la plus forte, de la destruction ou de la vie? La
vie fut la plus forte, et je t'assure que je m'en sentis
soulagé : pas un arbre ne fut déraciné. Seulement des
milliers de branches et des milliers de feuilles tour-
billonnaient dans l'air, et des centaines de fruits à
demi mûrs roulaient par les chemins. Quant au long
cyprès qui m'avoisine, soit solidité, soit souplesse, il
pliait comme un jonc pour se relever aussitôt, sans
paraître autrement souffrir; puis, le souffle devenant
continu, il demeura penché fortement sous le vent, et
ne se redressa qu'au matin, à l'heure où tout à coup
l'ouragan se calma. Au surplus, moi qui déteste le
vent, je pardonne à celui-ci, peut-être en faveur de
son origine, et je dis quand même au vent du désert
qu'il est le bienvenu, comme à tout ce qui m'apporte
des nouvelles directes du Sahara.

Autre particularité de la saison, qui donne au pays
je ne sais quel aspect menaçant. Tous les soirs, nous
voyons de longs incendies s'élever au fond de la plaine.

Ce sont les Arabes qui brûlent les broussailles, suivant leur méthode expéditive de défricher le plus vite possible, sans le secours de la serpe ni de la charrue. Le feu suit la direction du vent, et se propage du sud-ouest au nord-est. Le jour, on n'aperçoit plus que des fumées un peu vagues, et qu'on prendrait pour des brouillards. Le soir, la flamme apparaît de nouveau, distinctement le feu reprend sa course, et l'horizon du Sahel en est éclairé d'une façon sinistre.

Ce soir, le *khamsin* est tombé à plat et comme par enchantement. Le ciel est presque bleu ; l'air est de l'air, et non plus de la poussière en ébullition. Adieu donc jusqu'à demain. Le rendez-vous est à Bab-el-Sebt ; l'heure indiquée, six heures. Nous pouvons compter sur le soleil, admirable compagnon qui jamais ne fait défaut. On lui dit : A demain ! on peut lui dire : A l'année prochaine ! Et si quelqu'un manque aux rendez-vous qu'il a donnés, ce n'est pas lui.

Au bivouac du lac Haloula, octobre.

Nous arrivons. Je suis donc où je voulais venir. La chasse commence demain. Pendant que nos compagnons s'y préparent, je te parlerai dès ce soir de notre

marche en plaine, qui n'a été qu'une promenade assez
courte faite avec lenteur.

Nous sommes partis à six heures précises, accom-
pagnés de l'escorte assez bruyante dont je t'ai parlé,
— en tout vingt-huit ou trente chevaux, — faisant
ensemble beaucoup de tapage et soulevant un flot de
poussière qui ne nous a quittés qu'à notre entrée dans
les broussailles. Le temps était admirablement beau,
net et reposé. Une abondante humidité couvrait la
plaine, et, comme le soleil est le plus grand bienfai-
teur du monde après Dieu, on aurait dit que, par la
seule vertu de sa lumière, il changeait la rosée nocturne en une pluie d'argent. Ce mirage étincelant,
qui ne trompa personne, joua devant nos yeux pendant une petite heure ; puis le soleil lui-même en fit
ce que la réalité fait des mensonges, et la plaine apparut telle qu'elle est, non pas morte, mais aride,
plutôt inculte que stérile, non pas déserte, mais né-
gligée par les mains de l'homme. Au reste, elle
ressemble aux cantons que les arrivants traversent en
venant d'Alger, avec moins de broussailles qu'à la
sortie du Sahel, moins de marécages qu'aux environs de Bouffarik, et plus de landes. J'entends par

16*

landes, ici comme ailleurs, tout ce qui pousse au hasard partout où la charrue n'est pas venue, le produit spontané d'une terre qui n'a été ni labourée ni fortifiée, à qui l'on n'a rien confié, et qui, même en ce pays des générosités naturelles, se fatigue alors le moins possible : les indestructibles oignons mêlés aux indestructibles palmiers nains, le désespoir des colons à venir ; les artichauts sauvages, qui déjà commencent à paraître avec leur tige incolore et leurs fruits barbus ; les romarins, les lavandes, les genêts aux fleurs jaunes, la broussaille enfin à demi dépouillée du peu de feuillage épineux qui lui donnât l'air de végéter, et qui depuis longtemps a pris la couleur indéfinissable des choses poudreuses ou inanimées. L'été n'a pas laissé une herbe vivace sur cette longue étendue, tour à tour battue par les grandes pluies, puis écrasée par le poids des eaux stagnantes, puis durcie, gercée, brûlée par cinq mois déjà de sécheresse et de soleil à peu près continus. De grands espaces vides et d'un parcours aussi doux au pas des chevaux que peut l'être un pré fauché ressemblent à des chaumes dont la paille aurait été coupée très-court. Ce qui poussait dans ces prés sans

herbe avant que la morsure du soleil ou la dent des
troupeaux les eût rasés, je l'ignore ; mais on n'y voit
plus qu'une multitude de grands chardons à haute
tige, tous couronnés, comme la hampe des drapeaux
arabes, d'une boule blanche composée d'un duvet
soyeux. Rien n'est plus stérile ni plus bizarre. Le
vent de l'été passe, sans y former le plus petit murmure, à travers cette claire moisson de fleurs innombrables ; il en disperse les soies brillantes et répand
leur graine inutile sur des lieues de pays abandonné.
Puis viennent les terrains plus maigres, où la marne
est encore plus nue, puis de loin en loin des zones
basses, où la fraîcheur des eaux souterraines fait
naître et verdoyer tristement la végétation rigide et
silencieuse des marais. Tout cela n'est ni beau ni
laid, ni gai ni triste ; mais le détail insignifiant
disparaît dans un ensemble tellement vaste et si pro-
digieusement baigné de lumière et d'air, cette perspective presque incommensurable est cependant con-
tenue dans un cadre si visible et si bien défini, les
couleurs y sont si légères et les formes si nettes, qu'on
ne saurait imaginer de grandeur vague avec autant
de précision. C'est l'indéfini réduit aux proportions

du tableau et résumé sobrement dans d'exactes limites : spectacle assez frappant lorsqu'on n'a vu que des
plaines sans bornês aucunes ou des plaines à contours trop étroits, c'est-à-dire le défaut ou l'excès du
grand.

Je te l'ai dit ailleurs, en traversant cette même
plaine, les accidents s'évanouissent dans ce grand
vide. Au loin vers le nord, on distingue des lignes
buissonneuses que nous laissons à droite, et qui sont
des bois, puis à de longs intervalles un point blanc
de forme indécise, à peu près comme un linge oublié dans la campagne, et qui représente une ferme
française isolée, ou plus rarement encore une série
de taches noirâtres agglomérées dans un certain ordre et légèrement arrondies, comme des tas d'herbes
consumées : c'est un *douar*. Quand un arbre apparaît
dans cet horizon plat, où la vue se fatigue à décom-
poser des azurs, où le vert manque, où l'ombre est
nulle, tantôt c'est un vieux olivier protégé par les superstitions locales, où les femmes stériles des tribus
voisines vont suspendre en *ex voto* des lambeaux de
guenilles arrachés de leurs voiles, tantôt un groupe
inattendu de dattiers poussant de la même souche,

comme afin de se tenir compagnie, et martyrisés par les intempéries d'un climat qui n'est pas le leur. De loin en loin, et toutes convergeant à Blidah, on aperçoit des routes, mais à de telles distances qu'une armée pourrait y défiler sans être vue. Blidah se relève à mesure que le voyageur s'en éloigne et descend vers les bas niveaux de la plaine ; la ville se dessine alors plus nettement au-dessus d'un petit plateau rattaché de très-près à la montagne, et se découpe en silhouette vive et claire sur le rideau bleuissant de ses jardins.

A huit heures, nous passions la Chiffa, qui est à sec, chose à peine croyable pour ceux qui l'ont affrontée pendant les pluies. Rien n'était plus inoffensif, plus riant : des graviers menus, des sables fins, une jolie guirlande arcadienne de lauriers-roses encore étoilés de fleurs, et deux filets d'eau coulant invisiblement dans un grand lit abandonné capable de contenir un fleuve. A deux lieues de nous, sur la gauche, s'ouvrait la gorge d'où sort aujourd'hui cette veine épuisée, et qui fut témoin de tant de désastres.

A neuf heures, la *poudre parla* sans grand effet,

et ce furent les seuls coups de fusil de cette journée, préambule insignifiant de la chasse de demain. Une volée de poules de Carthage partit d'un fouillis de cactus semés en désordre autour d'un marabout abandonné, mais fort loin et au premier bruit qui leur parvint du roulement de nos prolonges. Les premiers prêts les tirèrent à toute fortune. La bande ailée, qui sentit le vent du plomb, fit un écart involontaire, comme pour laisser passer la charge, puis serra ses rangs et s'enfuit à tire-d'aile. Le soleil éclaira un moment encore des plumages blanchâtres, et tout disparut.

La poule de Carthage, ou petite outarde, ou canepetière, est un oiseau rare en France, et qui fait l'envie de bien des chasseurs; voilà pourquoi je te le signale avec quelque déférence dans cette lettre où très-exceptionnellement je te parle chasse. Il figure dans nos fastes de province en compagnie d'un oiseau plus vénérable encore, cent fois plus rare et quasi-fabuleux : — je veux parler de la grosse outarde, appelée ici *houbara*, et dont les Arabes eux-mêmes, le peuple le moins chasseur de la terre, s'entretiennent avec curiosité. Shaw, qui lui conteste son identité avec l'ou-

tarde, décrit ainsi le *houbara* : jaune pâle tacheté
de brun, ailes noires avec taches blanches, collerette
blanchâtre rayée de noir; bec plat comme celui des
étourneaux, pieds sans orteils. — Outarde où non,
c'est un fort bel oiseau, d'autant plus beau qu'il est
introuvable; d'autant plus envié qu'il est moins difficile encore à rencontrer qu'à saisir, comme l'occasion.
Un jour, dans le Hodna, sur les ruines mêmes de la
romaine Tobna, je vis deux de ces oiseaux insaisissables s'envoler tout à coup du milieu des décombres;
ils étaient, bien entendu, hors de portée, et, comme
si le hasard seul les avait rapprochés dans une amitié
d'un moment, les deux oiseaux solitaires se désuni-
rent; l'un prit à droite, l'autre à gauche, et chacun
d'eux, mais isolément, mit le désert entre nous et lui.
Pourtant, à quelques jours de là, un *houbara* fut tué
devant moi, et de la façon que voici. Nous voyagions
en colonne, précédés d'une avant-garde et de fanfares,
et je ne sais comment l'oiseau se laissa surprendre,
et puis dérouter. Au lieu de fuir devant la colonne,
il rebroussa chemin, et tout à coup apparut au-dessus des bataillons, volant d'un vol lourd et peu rapide,
comme s'il avait perdu à la fois toute prudence et tout

espoir de fuite, et que l'effroi l'eût paralysé. Il défila ainsi de la tête à l'extrémité de la petite armée; miraculeusement il allait atteindre l'arrière-garde sans avoir été tiré, quand un cantinier, qui le voyait venir et prenait son temps, l'ajusta comme une cible et le fit tomber à deux pas en avant de son mulet. C'était un oiseau magnifique, de la grosseur d'une petite dinde, et pesant de quatre à cinq livres. Sa collerette blanchâtre et hérissée l'habillait par le col comme une fraise tuyautée à la Henri IV.

A onze heures, nous faisions halte dans le lit de l'Oued-Djer, rivière profonde encaissée dans des berges limoneuses, tarie comme la Chiffa, dont elle est un des affluents, et n'ayant retenu de son cours d'hiver qu'un ou deux pouces d'eau, où, quand nous arrivâmes, un long troupeau de vaches s'abreuvait: bords escarpés, plantés de grands arbres, oliviers, tamarins, lentisques. Vers trois heures, nous remontâmes à cheval pour reprendre notre course à travers la plaine. Nous laissions à gauche les Hadjout, dont on voyait les tentes, avec des chevaux errants par troupeaux comme dans la Camargue; quelques chameaux égarés loin du *douar* s'approchaient au lieu de fuir, et paisiblement nous regardaient passer. Droits, debout, osseux, avec leurs bosses poilues, leurs épaules chargés de toisons, leurs genoux cagneux et calleux, leurs grands pieds mous, et la charpente énorme et bizarre de leur tête, aux lèvres mobiles, à l'œil si doux, ces grandes bêtes brunes, posées entre le terrain pâle et le ciel d'un bleu tendre, doublaient de proportions et de volume, et prenaient, comme un éléphant vu de près, l'intérêt monumental d'une chose hors nature. La plaine tout entière, c'est-à-dire dix lieues de perspective fuyante, était comprise entre leurs jarrets ; la silhouette des hautes montagnes, qui se dessinait comme au pinceau par une ligne indéterminable à hauteur de leur ventre, formait le fond de ce tableau singulier. Ils ne broutaient pas, n'ayant rien à paître. Ils se promenaient avec l'air inoccupé, distrait, je dirais ennuyé, propre aux ruminants qui ne sont pas gourmands. La sobriété de ces animaux prend extraordinairement la signification d'une qualité morale : ne les voyant pas affamés, on les croirait pensifs.

Toute cette plaine est un champ de bataille ; les Hadjout en savent quelque chose. C'est là que nous

17

avons gagné petit à petit, escarmouche par escarmouche, notre interminable bataille de Zama. Quand la
charrue viendra, quand enfin la pioche ouvrira cette
terre où l'on a semé tant de fer et si peu de blé, on
trouvera là aussi les restes de nos légionnaires, des
épées, des boulets et de grands ossements.

La seule rencontre que nous ayons faite aujourd'hui
pendant sept ou huit heures de marche fut celle de
trois bergers, deux jeunes gens et un vieillard. Debout
sur un pan de mur écroulé, dernier vestige de je ne sais
quelle ruine, peut-être romaine, peut-être vandale,
peut-être byzantine, peut-être turque, peut-être arabe
(car un antiquaire ferait l'histoire de cinq grands
peuples avec les origines probables de ce petit mur),
le plus âgé des deux fils, un jeune homme de vingt
ans, gardait un troupeau de moutons à large queue
et de chèvres noires. Il soufflait dans un chalumeau
primitif et en tirait non pas précisément une musique, mais des sons sans mesure et sans rhythme,
que le vent prolongeait assez mélancoliquement sur
la lande, et dont le chien de garde à longues oreilles
paraissait s'émouvoir, car il hurlait. A l'écart marchait le vieillard, appuyé d'un bras sur un grand en-

fant qui pouvait avoir seize ans. Tous les deux portaient le costume étroit et court des bergers : la jaquette attachée à la taille, la calotte en feutre tressé,
les sandales à courroies, coupées dans une peau
d'agneau. Le vieillard avait les yeux si clignotants
que je le crus aveugle, et le jeune homme était si
beau, qu'en passant près de lui, Vandell lui dit dans
la noble formule du salut arabe : — Salut sur toi,
Jacob, fils d'Isaac, et salut sur ton père ! — Me se-
rais-je trompé, mon ami, en déclarant la Bible vivante introuvable !

Un peu après, nous entrions dans les taillis qui
bordent le lac au nord-ouest ; fourrés bas, mais très-
serrés, de lentisques, de myrtes, de tamarins et de
genêts. L'incendie les avait percés ; on y voyait partout la trace d'un feu rapide, soit aux rameaux dé-
garnis de feuilles, soit à la rousseur des feuillages.
La flamme en avait fait des arbres d'automne, et pour
les rougir encore davantage, le soleil y répandait,
comme une teinture ardente, la pourpre de ses derniers rayons.

Il était six heures. Pas une seule feuille agitée ne
remuait dans l'épaisseur des taillis, où l'ombre des-

cendait paisiblement sans être accompagnée du moindre souffle. Alors, grâce au silence absolu de cette
soirée tranquille, j'entendis s'élever un bruit très-
singulier. Imagine un tumulte léger et bizarre de
voix, de rumeurs, de soupirs mêlés à des battements
d'ailes, à des clapotements d'eau remuée ; une sorte
de ramage et de murmure agité, qu'on eût pris pour
la conversation de je ne sais quelle peuplade à la
langue douce, assemblée je ne pouvais dire où, invisible encore, mais que nous allions surprendre.

— C'est le bruit du lac, me dit Vandell. À pareille
heure, on l'entend dix minutes au moins avant de le
voir.

Il se montra au moment même où nous sortions du
bois, étendu devant nous dans sa plus grande largeur (une lieue à peu près), et sur une longueur
incertaine, car il allait se confondre à l'ouest avec
l'extrémité discernable de l'horizon, immobile comme
une eau morte, parfaitement pur comme un miroir
où se répétaient avec exactitude les rougeurs magnifiques du couchant, couvert enfin, — là était le spectacle, — d'un peuple innombrable d'oiseaux. Tous
ces oiseaux, les uns connus, les autres inconnus,

tous divisés par espèces, chacune avec ses habitudes, son logis, son cri, son chant, ses mœurs et son terri- toire, toute cette population étrange faisait ses dispo- sitions pour la nuit. J'en distinguais des légions suc- cédant à des légions établies au centre des grandes eaux, de manière à figurer, par une multitude de points obscurs, une sorte de végétation aquatique comparable à des prés flottants sur un marais. C'était la zone habitée par les canards, les sarcelles, les ma- creuses, les petits plongeurs de couleur sombre. Je les reconnaissais, même à distance, au volume de leur tête, à leur équilibre à fleur d'eau, à leur forme d'oiseaux nageurs qui les fait ressembler à de petits navires. Plus près, et parmi les roseaux, où frémis- saient des milliers d'habitants que l'on ne voyait pas, allaient et venaient des bécassines volant par sac- cades avec leur cri rapide, leur coup d'aile en cro- chet, leur chute aussi brusque que leur départ est prompt. Au loin passaient des hérons gris ou des ibis d'Égypte, le bec allongé, les pieds tendus, le corps aminci comme des javelots. Dans une anse décou- verte, mais hors d'atteinte, à peine à portée de cara- bine, deux grands cygnes, qu'on aurait pris pour le couple royal appelé, par la taille et par la beauté, à régner sur ce petit monde, naviguaient lentement l'un près de l'autre, avec leur col arrondi et leurs plumes couleur de neige, un peu roses du côté du couchant. En même temps des bataillons d'étourneaux qui descendaient des collines passaient au-dessus de nos têtes en faisant le bruit du vent dans des peupliers. Comme une armée qui défile, ils se succédaient à quelques secondes d'intervalle; la masse entière ne forma bientôt plus qu'un long ruban immense qui se dévida sur le lac d'un bord à l'autre, puis tout se fondit en un brouillard. Un moment après, le bruit cessa, et le lac lui-même disparut dans la brume.

La nuit tombait. A quelque cent mètres de nous, un peu sur la droite et presque au pied du *Tombeau de la Chrétienne*, j'apercevais un petit tertre planté de cinq gros oliviers et des feux qui commençaient à flamber parmi les arbres : c'était le bivouac.

La nuit, onze heures.

« Je me souviens, m'a dit ce soir Vandell, qu'à deux portées de fusil tout au plus du village maritime de S. M.... se trouvait une ferme isolée qui jadis, pendant bien des années de mon enfance, représenta pour moi le bout du monde. La ferme se composait d'un amas de maisonnettes entourées d'arbres, de fumier et de provisions de fourrage. Les maisons se voyaient peu : ce qu'on apercevait de loin, au penchant des vignobles et sur la limite de grands champs de blé, perspective absolument nue pendant l'automne, ce qui faisait remarquer cette habitation, qui n'a jamais, que je sache, préoccupé personne excepté moi, c'étaient de vieux noyers dépouillés de bonne heure par les vents salés de la mer et quelques rangées d'ormeaux trapus, dont le fermier ébranchait la tête. Il y avait sous ces arbres une pelouse assez courte, et dans ces arbres quelquefois des oiseaux posés, tels que des huppes, des tourterelles et des ramiers. Quant aux imaginations que je m'étais faites avant qu'il me fût permis d'aller jusque-là, elles se résumaient toutes dans deux sentiments très-vagues et d'autant plus perplexes, celui de la distance et celui de l'inconnu. Enfin le jour arriva où des chasseurs que j'accompagnais m'y conduisirent. C'était en octobre; les champs étaient vidés; la campagne, dépouillée de ses deux récoltes, devenait à la fois plus grave, plus sonore et plus grande. Un oiseau s'envola du petit bois d'ormeaux, — un chat-huant, je l'ai compris plus tard en me rappelant cette journée d'émancipation, qui fut en quelque sorte le début et le prologue de mes voyages. Ce jour-là, et comparativement à ma propre taille, la bête que je vis s'envoler me sembla quelque chose d'énorme et d'extraordinaire, avec de grandes ailes soyeuses, le vol léger d'un oiseau tout en plumes, la mine effarouchée d'un oiseau surpris. Le génie inquiet de la solitude, l'idéal ombrageux de l'inconnu ne pouvaient m'apparaître sous une forme qui fût plus ressemblante à l'esprit visible des chimères, ni prendre une allure plus imaginaire en s'évanouissant pour toujours. A dater de cette première visite, le charme fut rompu, et, soit que tout le mystère du lieu se fût bien réellement envolé à la minute même où j'y mis les pieds, soit qu'il m'eût suffi de grandir pour rectifier mes idées de distance, les choses me parurent beaucoup plus simples, et l'habitude acheva de me montrer que cette maison de fermier ressemblait à toutes les fermes, avec cette différence toutefois que e souvenir persistant de mon illusion lui conservait je ne sais quel indéfinissable attrait. »

Il m'est arrivé ce soir quelque chose de semblable à cette aventure. Le lac, dans ma vie de voyage, représentait ce que la ferme de S. M... a représenté dans la jeunesse de Vandell : quelques centaines de pas pour aller à l'une, six ou sept lieues tout au plus pour venir à l'autre, et dans les deux cas le même désir vague et continu de voir, de connaître et de s'assurer. La solitude a pris la même occasion pour se révéler, presque la même forme pour m'apparaître ; peut-être s'enfuira-t-elle demain, emportée par des millions d'ailes. Le charme est-il rompu ? Je n'en sais rien, mais je le croirais. On ne bivouaque pas impunément avec trente chevaux dans l'inconnu.

Nous habitons le bivouac adopté par les voyageurs qui viennent de Cherchell ou de Milianah, au bord même du lac, au pied des collines, et si près du *Kouber-er-Roumiia*, que l'on voit d'ici son triangle émoussé se dessiner en ombre sur la tenture étoilée de la nuit. Il est posé sur le sommet du Sahel exactement comme les petites pyramides de pierre qui jalonnent les longues courbes des steppes sahariens.

17*

On l'aperçoit à égale distance de la terre et de la mer; depuis quinze siècles, la vieille balise sert de guide aux matelots et aux caravanes, et mystérieusement les invite à s'arrêter. Un petit plateau circulaire constamment battu, piétiné par les chevaux, troué par les piquets des tentes, incendié par les feux de bivouac, des cendres, des débris, de vieilles litières, c'est-à-dire tout ce que laissent après eux les voyageurs d'un moment; une source d'eau douce à deux pas du lac, dont l'eau saumâtre n'est pas buvable; de gros oliviers contemporains peut-être de la dynastie douteuse qui dort là-haut sous son *tumulus* de cailloux, — voilà ce qui compose le camp.

Il est tard. La lune a paru vers neuf heures; elle est à deux jours de son plein, pas tout à fait ronde, un peu comme un cercle mal dessiné, admirablement douce à regarder, limpide et sereine. Les feux allumés dans le ventre même des oliviers, dont l'énorme cavité sert de cheminées, sont éteints, moins une ou deux étincelles. Il ne reste autour de nous que la froide humidité des minuits d'octobre, des rayons pâles et des voiles de brume. Jamais nuit n'aura fait descendre sur des yeux que le soleil a fatigués des

clartés plus sommeillantes, ni des rideaux plus
blancs.

Au bivouac du lac, mardi soir.

Nous avons dormi sous nos tentes froides comme
on dort au bivouac, d'un sommeil transparent qui
perçoit, presque aussi distinctement que la veille,
les bruits, les lueurs, les murmures mêmes de la
nuit. Entre minuit et une heure du matin, un grand
tumulte s'est élevé dans le camp; nos chevaux se
battaient; trois des plus vifs ont brisé leurs entraves,
se sont d'abord précipités dans les roseaux, puis se
sont échappés vers les collines en hennissant avec
frénésie. La poursuite a duré deux heures. A travers
le tissu grisâtre de mon pavillon de toile, j'ai vu de
nouveau flamber de grands feux, et respiré l'aro-
matique fumée des bois résineux. Nos Arabes ont
continué de veiller rangés en cercle autour de la
flamme et aussi près que possible du foyer pour se
préserver de deux ennemis redoutables à pareille
époque et en pareil lieu; l'humidité qui tombait
comme la pluie, et les moustiques.

La lune a décliné vers les montagnes de l'ouest, et

j'ai soulevé la porte de ma tente au moment même où
l'aube rougeâtre commençait à naître au-dessus de
Blidah. Le ciel, orangé d'abord, pâlissait et blanchis-
sait rapidement à mesure que le soleil approchait de
ce haut horizon. Rappelle-toi deux belles gravures
d'après Edwin Landseer, deux gravures qui semblent
colorées, tant les valeurs de gris et de noir sont justes
et singulièrement bien observées : l'une a pour titre
the Sanctuary, l'autre *the Challenge*. Je ne saurais
te donner une idée ni plus exacte, ni plus belle, du
lac et de la silhouette acérée des montagnes, vues à
cette heure de demi-ténèbres, à travers le premier
crépuscule qui suit la nuit; puis tout à coup la
diane a sonné pour anoncer le point du jour, et quelques minutes après, le soleil tout rose jaillissait dans
une atmosphère éclatante comme de l'argent.

Je t'ai dit que nos compagnons comptaient faire de
la chasse au lac un massacre; cette chasse a été nulle
ou à peu près. Un obstacle que personne n'avait prévu a rendu la battue impossible; il fallait des bateaux
pour arriver jusqu'au large, et les bateaux n'exis-
taient plus. Les deux ou trois petits sabots à fond
plat que l'eau n'a pas coulés ou la vase engloutis

avaient été pris par des guetteurs d'ibis arrivés cette nuit. Les canards, les sarcelles, les ibis, les cygnes et les hérons, tous les oiseaux qui nagent, ou que leur instinct tient éloignés du bord, nous échappaient. Il restait un pis-aller : c'était de fouiller les roseaux. De toutes les façons de chasser, il n'en est pas de plus originale et de moins certaine. A midi seulement, car il fallut prendre des précautions d'hygiène comme pour un bain, nous nous mîmes en chasse; autrement dit, nous nous mîmes à l'eau.

Le lac est entouré de roseaux élevés de huit ou dix pieds, si serrés qu'on les croirait plantés exprès pour rendre les abords inaccessibles, disposés par lignes épaisses et rangés symétriquement comme des palissades. Je ne connais pas de halliers plus difficiles à percer, ni plus incommodes à côtoyer. Ils portent tous une échelle d'étiage parfaitement graduée par des lignes de boue, depuis le plus haut jusqu'au plus bas niveau du marais, limite extrême que le lac atteint en ce moment. Aussitôt engagé dans cette broussaille à feuilles aiguës et tranchantes, à cannes serrés, à fûts réguliers comme des tuyaux d'orgue, on ne voit plus que le petit espace de ciel presque imperceptible qui reste à découvert au-dessus de la tête et l'eau noirâtre où l'on est plongé jusqu'au mi-corps. Il est également impossible de se diriger, de se reconnaître, de faire appel à ses compagnons ou de leur porter secours en cas de détresse. Il faut marcher en tâtonnant, s'assurer de la résistance de la boue, afin d'éviter les fondrières, et se tenir toujours droit, debout, le fusil haut et la carnassière aussi près que possible des épaules.

Vandell avait pris, non pas un fusil, mais un long bâton qui nous servit de canne. Autant que nous le pûmes, nous naviguâmes de conserve. De temps en temps, une aile apparaissait à travers les taillis, ou passait sur nos têtes à nous effleurer, pour s'abattre aussitôt derrière le rideau vert des roseaux. Quelquefois, mais de loin en loin, une explosion se faisait entendre à petite distance ; alors des centaines de canards qu'on ne voyait pas s'envolaient, en battant l'eau de leurs ailes, avec un bruit pareil à celui d'une multitude d'avirons.

Je ne puis dire ni combien de chemin nous fîmes, ni dans quelles parties du lac, ni dans quelle direction. Je sais que nous marchâmes consciencieusement de midi à cinq heures, toujours à couvert, toujours embarrassés dans les halliers, toujours avec de l'eau jusqu'aux hanches. Nous nous dirigions d'après le soleil d'abord, puis, quand on eut cessé de le voir, d'après les couleurs du zénith. Une heure à peu près avant la fin du jour, nous rencontrâmes un des chasseurs d'ibis. Il avait établi son embuscade dans une sorte de bassin découvert, sur la lisière intérieure des roseaux. C'était une étroite cabane faite de joncs coupés, ayant un toit et un plancher, l'un et l'autre fort à jour, et portée sur des pilotis. Au pied était amarré un bateau. On n'apercevait du chasseur, immobile au fond de sa cachette, que le canon d'un long fusil qui sortait par une embrasure, et donnait à sa citadelle flottante un aspect assez menaçant.

— *Ya !* fils de Nemrod, lui cria Vandell, bonjour.

— Bonjour, répondit l'Arabe, qui fit mouvoir en s'y tournant les branchages de sa cabane.

— Ta journée a-t-elle été bonne?

— Regarde dans le bateau, dit le chasseur.

Nous vîmes au fond du bateau trois oiseaux étendus : deux ibis de couleur un peu triste et un cygne magnifique.

— Il a tué le roi du lac, dis-je à Vandell en regardant le bel oiseau, frappé droit au cœur d'une blessure encore saignante qui le rendait plus beau.

Le soleil était tout à fait bas. Il n'éclairait plus que le sommet des taillis; de longues zones d'ombres s'étendaient sur les eaux du lac et les glaçaient de couleurs froides. A cinq heures et demie, nous rentrions à nos tentes. On a tendu des cordes entre les oliviers pour y suspendre le gibier. J'y ai vu des poules sultanes, des butors, des râles d'eau, quelques canards, un petit nombre de bécassines, — en tout soixante-trois pièces.

Au bivouac du lac, mercredi soir.

Je saurai tout à l'heure ce que la chasse a produit, et puisque cette lettre ne doit plus être qu'un registre de chasseur, je joindrai ce détail aux précédents. Nous descendons de cheval après avoir couru pendant douze heures à travers un fort beau pays, vu Tipaza, qui ressemble à toutes les villes détruites, et le Chenoua, qui rappelle, avec des proportions colossales, des formes plus âpres et des irisations plus délicates, la Sainte-Baume de Provence. La ville romaine est à

trois lieues du camp, de l'autre côté du Sahel, en obli-
quant vers Cherchell. L'ancienne Julia-Cæsarea et
l'ancienne Tipaza de la Mauritanie césaréenne étaient
séparées par le Chenoua, dont le sommet pouvait
servir aux deux villes d'observatoire commun. Cherchell est devenue arabe ; Tipaza a été abandonnée.
On l'a ruinée, saccagée, détruite de fond en comble.
Deux ou trois choses seulement sont restées recon-
naissables pour tout homme qui n'est pas un antiquaire : les portes, les voies extérieures et les tombeaux. Ceux-ci sont ouverts, comme si les morts qui
les habitaient étaient déjà ressuscités, et tous les cou-
vercles renversés ont mis à découvert des auges vides,
qui serviront plus tard d'abreuvoir pour les chevaux.
Les sables apportés par le vent de la mer ont depuis
longtemps remplacé les cendres humaines. Quelques
inscriptions à recueillir, des chapiteaux tombés des
colonnes, des colonnes morcelées par tronçons, de
rares débris de marbre sculpté, de longs pans de murs
à briques étroites couverts de l'énorme végétation des
lentisques en boule, deux longues allées de sépultures qui vont expirer dans des dunes de sable, vastes
amas de poussière blanche et stérile accumulés sur

des choses déjà mortes comme des monceaux d'oublis; — voilà ce qui reste d'un peuple qui fut le plus
grand envahisseur, le plus grand colonisateur, et l'un
des plus solides architectes des peuples de la terre :
exemple pour ceux qui n'ont ni dans l'esprit, ni dans
les mœurs, ni dans les établissements, la solidité du
génie romain.

Nous avons dîné sur les ruines, et j'ai tué deux
perdreaux rouges qui picoraient des graines dans le
tombeau ouvert d'une... *Hortensia*,... pleurée et regrettée, dit l'inscription, par un *Tullius*. — J'ai vu
dans des lentisques grands comme des ormeaux des
compagnies tout entières de perdreaux perchés, —
chose assez rare, et que je n'avais pas vue ailleurs.
— Les cordes tendues au travers du bivouac sont
chargées de butin. C'est un magnifique étalage de
gibier. En perdreaux, lapins et lièvres, il y a ce soir
trois cent quatre-vingt-quatorze pièces.

Blidah, fin d'octobre.

Deux jours après notre retour du lac, nous reprenions, Vandell et moi, le chemin de la plaine. C'était
un samedi, jour du *sebt* ou grand marché des Had-

jout; il y avait fête à l'issue du marché, et nous
avions reçu du kaïd lui-même un billet cérémonieux
qui nous invitait à la *diffa* du soir.

La fête était une sorte de réunion cantonale organisée par plusieurs *douars* voisins dans l'intention de
se divertir à frais communs, de monter à cheval, de
courir, de brûler de la poudre, derniers plaisirs qui
restent à cette petite peuplade aux trois quarts détruite, à qui les réelles émotions de la vie militaire
sont interdites, et que la paix ennuie comme le néant.
Les Hadjout n'ont jamais aimé ni pratiqué quoi que
ce soit, excepté les industries de la guerre. On se
faisait Hadjout comme on se fait soldat. Quant aux
femmes, épouses ou mères, filles ou sœurs de soldat,
seller des chevaux qui vont combattre, armer de leurs
propres mains des hommes intrépides, les assister de
loin, les accueillir par des *you-you* d'enthousiasme,
pleurer les morts et panser des blessures bien reçues,
tel était le plaisir martial qui leur revenait dans une
existence aventureuse dont la guerre, sous toutes ses
formes, petites ou grandes, faisait le fond, le mobile,
les charmes et le profit. Voilà pourquoi une *fantasia*,
qui ne vaut pas la guerre, mais qui lui ressemble,

est aujourd'hui le spectacle le plus propre à consoler des vétérans qui ne la font plus, ou des jeunes gens qui ne l'ont jamais faite.

— Vous ne trouverez là-bas, m'avait dit Vandell, rien que vous ne connaissiez de longue date : des gens assemblés sous des tentes, une fête équestre, suivie d'une danse de nuit, avec des repas homériques, qui sont la réjouissance obligée de l'estomac; mais c'est une politesse due au kaïd, qui nous attend. Peut-être au surplus nous amuserons-nous, car j'ai beaucoup d'amis chez les Hadjout, à commencer par ce gueux d'Amar-ben-Ariff, qui fera devant vous ses tours de force de jongleur et d'écuyer.

Amar-ben-Arif devait être en effet, mon ami, le héros de la journée, et beaucoup plus sérieusement que Vandell ne l'avait prévu, car il nous ménageait la surprise d'un exploit tragique et d'un deuil navrant.

A midi, nous arrivions au marché, où nous savions trouver le kaïd : c'était lui faire doublement honneur que de nous rendre à son audience du *sebt* et de venir le saluer dans sa tente. Le *sebt* se tient au fond de la plaine, sur le territoire hadjout, dans la grande

lande qui s'étend entre la Mouzaïa et le lac. Comme
son nom l'indique, il a lieu le septième jour de la semaine, sous la présidence soit d'un officier du bureau
arabe, soit du kaïd, qui remplit les fonctions de juge
pendant ces journées fertiles en contestations, en que-
relles d'intérêts, en escroqueries, petits procès insé-
parables de tout commerce, et qui sont réglés séance
tenante.

Un marché arabe ressemble à nos foires de villages ; mêmes usages ou à peu près, même personnel
de campagnards, de marchands ambulants, de col-
porteurs, de maquignons. Changez les races, substi-
tuez les *chaouchs* armés de cannes et les cavaliers
du *beylik* aux gardes champêtres et aux gendarmes,
la tente mobile du kaïd à la maison communale du
maire, imaginez des denrées africaines au lieu de
denrées françaises, des troupeaux de chamaux mêlant leur physionomie et leurs grognements, qui
n'ont pas d'analogue, à l'aspect, au mouvement connus d'un parc de bétail composé de chèvres, de
moutons, d'ânes, de mulets, de chevaux, de vaches
et de bœufs maigres, et vous aurez une première
idée du marché du *sebt*. Reste à supposer mainte-

nant la grandeur du lieu,. l'étendue de la plaine en-
vironnante, la beauté propre aux horizons de la
Mitidja, la gravité d'une langue algérienne, l'éclat
de la lumière, l'âpreté du soleil insoutenable même
en octobre, enfin une réunion de tentes, avec la
forme conique des pavillons de guerre ou de voyage,
emblème intéressant quand il est l'expression des
mœurs d'une société primitive, usage absurde en
Europe, où la tente est la maison toujours suspecte
des gens sans profession légitime, où l'homme errant
est présumé n'avoir ni feu ni lieu, où le nomade est
plus ou moins un vagabond. Qu'on suppose encore,
pour approcher du vrai, le murmure particulier des
foules arabes, la nouveauté des costumes, tous à peu
près pareils et presque tous blancs, enfin certaines
industries locales et bizarres, surtout à cause de leur
extrême simplicité.

Les bouchers y viennent avec leurs étaux garnis
de viandes saignantes, les maréchaux-ferrants, les
cordonniers, les cafetiers, les rôtisseurs, avec leurs
ustensiles et leur matériel on ne peut plus réduit, les
gens du sud avec leurs laines et leurs dattes, ceux
de la plaine avec leurs grains, les montagnards avec

leur huile, leur bois et leur charbon. Les jardiniers
de Blidah apportent les fruits et tous les légumes
cultivables, depuis les oranges et les cédrats jusqu'aux pois chiches rôtis, qui sont le grain rôti de
l'Écriture sainte, jusqu'aux lentilles, dont on fait un
potage rouge en souvenir du plat d'Ésaü. Les col-
porteurs juifs ou arabes vendent la mercerie, la dro-
guerie, les épices, les essences, les bijoux grossiers,
les cotonnades de tout pays et les tissus de toute
fabrique, etc. Chacun a son étalage en plein vent ou
couvert, et dans les deux cas les dispositions sont fort
simples. Une ou deux caisses ou bien des paniers
pour contenir les marchandises, une natte pour les
exposer; un carré d'étoffe en manière de parasol,
voilà, je crois, le seul mobilier nécessaire au marchand forain.

Celui des artisans n'est guère plus compliqué. Le
maréchal-ferrant, que je prends pour exemple, est
un homme en tenue de voyage, coiffé du voile, en
jaquette et les pieds chaussés de sandales à courroies,
qui porte avec lui dans le capuchon de son manteau
tout le matériel d'une industrie qui semble un art de
fantaisie, tant elle a peu d'occasions de s'exercer. Ce

sont des morceaux de fer brut ou préparés d'avance, un marteau, des clous, un chalumeau, une très-minime provision de charbon de bois, enfin l'enclume, c'est-à-dire un instrument portatif semblable lui-même à un marteau dont le manche sert de tige et de point d'appui. Trouve-t-il un cheval à ferrer, aussitôt il s'installe. Il fait un trou dans la terre, et y établit son fourneau de forge. Il plante son enclume à côté du fourneau, s'accroupit de manière à la saisir entre ses genoux, choisit un fer dans sa provision, et le voilà prêt. Un apprenti, un voisin, le premier passant venu rend à l'industriel le service de souffler le feu, et lui prête obligeamment le secours de ses poumons. Le fer rougi et façonné, le reste se pratique comme en Europe, mais avec moins d'effort, moins de précaution, moins de perfection surtout. Le fer est rarement autre chose qu'une sorte de croissant très-mince, à moitié rongé de rouille, qui ressemble à du cuir taillé dans une vieille savate hors d'usage. Quand le charbon manque, on le remplace alors par de la tourbe, ou plus simplement par du fumier de chameau, combustible actif, qui se consume à petit feu sourd, comme un cigare, et se reconnaît tout de suite à des combinaisons d'odeurs végétales absolument fétides.

Boutiques, acheteurs, marchands, gens à pied et à cheval, bêtes de service et bêtes d'achat, tout se trouve aggloméré sans beaucoup d'ordre, ni de prudence. Les grands dromadaires se promènent librement et se font faire place, comme des géants dans une assemblée de petits hommes; le bétail se répand partout où il peut; l'âne au piquet fraternise avec l'âne mis en vente, et dans ce pêle-mêle, où les intéressés seuls savent se reconnaître, il est assez malaisé de distinguer les gens qui vendent de ceux qui achètent. Les affaires se traitent à demi-voix, avec la ruse du campagnard et les cachoteries du trafiquant arabe; on fume des pipes afin d'en délibérer; on boit du café comme moyen amical de se mettre d'accord; il y a, de même qu'en France, des poignées de main significatives pour sceller les marchés conclus. Les payements se font à regret, l'argent s'écoule avec lenteur, avec effort, comme le sang d'une plaie mal ouverte, tandis qu'au fond des mouchoirs (le mouchoir tient ordinairement lieu de bourse), on entend résonner, longtemps avant qu'elle se décide à paraître, cette

chose mystérieuse, si bien gardée, si bien défendue,
si bien cachée, qui s'appelle ici le *douro*.

Au centre de ce bivouac, improvisé pour quelques
heures seulement, s'élevait la tente du kaïd, sur-
montée de ses trois boules de cuivre et du croissant,
et précédée de l'étendard arabe aux trois couleurs, qui
accompagne partout les chefs militaires. Deux fort
beaux chevaux tout sellés étaient entravés devant
la porte. A l'intérieur, il y avait des tapis, des coussins, des armes posées dans les coins, un ample chapeau de paille accroché au pilier de la tente, avec une
jolie tasse en argent ciselé suspendue par un long
cordonnet de soie rouge à glands d'or. Tel est, mon
ami, l'aspect le plus ordinaire des tentes de guerre ;
celle-ci ressemblait en outre à un prétoire, tant il y
avait de clients empressés d'y trouver place, tous une
bourse à la main et causant de la grande affaire du
moment, de règlements de compte, de déficits, d'erreurs, de chicanes d'argent. Le kaïd en occupait le
centre et le fond ; il donnait des ordres, expédiait ses
chaouchs, et de temps en temps recevait lui-même et
comptait de ses propres mains je ne sais quel impôt,
soldé en monnaie de cuivre, qui passait aussitôt dans

une grande bourse à fond d'or, où j'avais cru d'abord
qu'il mettait son tabac. C'est un homme de quarante-
cinq ans au moins, très-grand, très-maigre, très-beau,
avec l'air ennuyé qui sied bien au commandement,
beaucoup de dignité d'allure, le teint jaune ardent,
la physionomie impérieuse et douce, les yeux admirables; il était vêtu de blanc comme un lévite, ce qui
le rajeunissait un peu, sans *burnouss*, coiffé seulement du voile, enveloppé du *haïk* et des *gandoura*
d'été, irréprochable par la blancheur des étoffes et négligé par la mise comme un grand seigneur en déshabillé de maison. Il fut affectueux pour Vandell et
poli pour moi. Sans se rendre compte au juste de ce
que nous faisons l'un et l'autre dans son pays, l'un
avec sa plume et son baromètre, moi avec ma boîte à
couleurs et mes crayons, il admet qu'un homme aime
à s'instruire et qu'il ait beaucoup à apprendre en
venant chez lui. D'ailleurs, pour peu qu'on ne ressemble pas à tout le monde, du moment qu'on n'a
pas d'industrie reconnue, qu'on n'est pas *mercanti*,
comme ils disent, la curiosité s'attache à vos démarches, et en pareil cas un étranger a toujours beau
jeu près des Arabes. Tout ce qui se marque sur le

papier passe à leurs yeux pour de l'écriture ; toute
écriture est d'intérêt public. Pourquoi un peintre ne
serait-il pas un espion politique ? La politique est au
fond de leur vie, de leurs espérances et de leurs
soupçons.

Quand le moment fut arrivé de lever la séance, le
kaïd se fit amener son cheval. Ses cavaliers se mirent
en selle ; ses musiciens se groupèrent en ligne derrière lui. Le porte-étendard s'empara du drapeau et
se plaça, d'après l'usage, entre le kaïd et les musiciens. Deux cavaliers, le fusil droit, formaient l'avant-
garde. J'imaginai que cet appareil, bien superflu,
n'avait pas d'autre but que de nous faire honneur, et
nous achevâmes, au son continu des tambourins, des
hautbois et des fifres, au pas mesuré des processions,
la petite lieue qui nous séparait du rendez-vous où
se donnait la fête.

C'était à peu de distance des *douars*, dans un terrain vague, peu broussailleux, choisi tout exprès
pour que la course y fût facile. On y avait établi d'un
côté des tentes ouvertes (tentes d'hospitalité à l'intention de ceux qui voudraient y dormir), et de l'autre
une grande tente en laine sombre, vaste comme une

maison, entièrement close, excepté par un seul endroit, celui qui regardait l'horizon vide. La paroi qui
faisait face au champ de course était abattue jusqu'à
terre; seulement, comme l'étoffe était vieillie et cri-
blée de trous, les femmes, réunies d'avance, avaient
beaucoup plus de fenêtres qu'il n'en fallait pour bien
voir, mais n'en avaient pas d'assez larges pour qu'on
les vît. Une troupe d'enfants s'ébattait aux alentours
comme des poussins sur la limite d'un poulailler;
deux ou trois chiens de bonne garde surveillaient les
approches.

Précisément en face du pavillon des femmes, au-
dessus duquel flottait un petit drapeau rouge, était
planté l'étendard de soie du kaïd. Ces deux bannières
mesuraient la largeur de l'hippodrome, qui s'étendait indéfiniment dans la longueur; elles détermi-
naient le point d'arrivée des coureurs, c'est-à-dire le
but où les chevaux bien menés devaient s'arrêter court,
où les fusils devaient tirer les saluts de la poudre s'a-
dressant de droit au kaïd d'abord, et puis aux femmes.

Il était quatre heures Les préparatifs semblaient
terminés. La *diffa* cuisait dans la tente fermée, où de
confuses rumeurs se faisaient entendre, et d'où s'échap-

18*

pait, comme à travers des soupiraux de cuisine, une
forte odeur de ragoûts mêlée à des fumées de bois
vert. La mesure lente et monotone d'une danse natio-
nale (diminutif un peu plus décent de la danse égyptienne de l'*abeille*) était marquée par des chants
rhythmés et des battements de mains, et les explo-
sions d'une joie immodérée couvraient par intervalles
le cri des poulets égorgés qui se débattaient sous le
couteau des servantes. Tout ce que le territoire hadjout pouvait fournir de cavaliers valides était réuni :
une ligne épaisse de deux cents chevaux environ fer-
mait au sud l'extrémité du champ de course. Le bivouac se remplissait de gens en tenue de guerre,
allant et venant dans l'herbe, avec cette marche incertaine que donnent aux cavaliers arabes le volume
et le poids des doubles bottes, et surtout l'embarras
des longs éperons traînants.

A ce moment arrivait de la plaine, et dans la direction de Blidah, une petite cavalcade composée de
deux mulets, montés chacun par une femme en costume de ville et abondamment enveloppée de voiles.
Un nègre les précédait, assis de côté sur un âne ; une
négresse à pied les accompagnait.

— Voici Assra et le nègre Saïd, dit Vandell, qui reconnut à cette distance la servante d'Haoûa et son mari.

— En ce cas, lui dis-je, il est aisé de présumer quelles sont les deux cavalières.

Elles entrèrent dans le camp, mais ne descendirent point à la demeure des femmes : on leur fit traverser la foule entière, et je ne sais quel ordonnateur de la fête les conduisit droit à une petite tente dressée à l'écart, dans laquelle il y avait des tapis, des coussins, et qui semblait en effet préparée pour un hôte attendu qui devait l'occuper seul. Personne au reste ne prit garde à leur arrivée ; j'entendis vaguement dire autour de moi que c'étaient les danseuses.

A peine assises, l'une d'elles ôta son voile, et la belle Aïchouna se laissa voir dans la tenue légère et transparente qu'elle aime et qui lui va si bien. L'autre ne fit qu'entr'ouvrir sa guimpe juste assez pour qu'on la reconnût, pour montrer qu'elle était fort bien mise, et qu'elle avait au cou, outre ses colliers et ses parures, douze aunes au moins de chapelets fleuris.

— Tu aurais mieux fait de rester chez toi, lui dit Vandell.

Haoûa fit sans répondre un geste indifférent qui signifiait que toute chose lui était à peu près égale, qu'elle n'avait pas eu de raison précise pour venir ici, qu'elle n'en avait pas non plus pour s'y déplaire, et je la vis sourire, du sourire inexprimable qui faisait sa grâce et sa froideur, au triste hasard qui déjà semblait avoir disposé d'elle.

Le kaïd ne s'approcha point de la tente, non plus qu'aucun des vieillards ni des hommes sérieux. Un grand vide était formé tout autour, moins par discrétion que par dédain. On y remarquait seulement, rôdant à quelques pas de la porte soulevée, des jeunes gens de seize à vingt ans, aux airs indolents, à la tournure galante, au visage amaigri, blanchâtre et fané, les yeux noircis, la coiffure un peu de côté : ils souriaient à la brillante Aïchouna, qui paraissait connue de tous, et regardaient, — c'était leur droit, — mais avec un certain embarras mêlé d'impertinence, la petite étrangère au maintien sérieux que pas un d'entre eux ne paraissait connaître.

— Est-ce qu'elles vont rester là, demandai-je à Vandell, loin des femmes, comme des baladines et des filles de *parias*, exposées même en plein jour à la curiosité d'une troupe de soldats et sous les regards insolents de ces beaux fils qui les déshonorent?

— Que faire contre le préjugé? me dit Vandell. Il est partout, et ni vous ni moi n'y changerons rien. Non, mon ami, Haoûa ne sera pas admise dans la tente des mères de famille. On y parle un langage que peut-être elle n'a jamais parlé, on s'y livre à des jeux dont rougirait peut-être son pâle visage; mais l'une a montré ses joues, les autres restent voilées; l'une ouvre volontiers sa maison, les autres ferment la leur : ce n'est point une question de sentiment, c'est une question de discipline. Toute la différence est dans un rideau : baissé, la femme est honnête; levé, la femme ne l'est plus. C'est, comme vous le voyez, très-fictif, très-déraisonnable, et cependant sacré comme un principe et respectable comme le devoir. Au surplus, ajouta Vandell, laissons agir le préjugé. Il est hypocrite, il est injuste et cruel, il fait des victimes et les choisit mal, les sacrifie sans en avoir le droit; au fond, il est utile. L'intolérance est l'hypocrisie de la vertu, d'accord; mais c'est aussi le dernier hommage rendu à la loi morale par un peuple qui n'a plus de mœurs.

Au moment où retentirent les premiers coups de fusil de la course, Aïchouna dit à son amie :—Viens, voici les chevaux qui partent.

Elles se levèrent alors, prirent leur voile et se mêlèrent à la foule des spectateurs. — Au revoir, me dit Haoûa selon sa coutume. — Au revoir, lui dis-je comme autrefois. J'aurais pu lui dire : adieu, car je ne la retrouvai plus que dans sa tente, à demi morte et méconnaissable.

D'abord nous vîmes courir la valetaille, les gens de classe inférieure, les plus pauvrement montés de la tribu : de petits chevaux sans tournure, des cavaliers sans luxe, de mauvais fusils rouillés, quelquefois un bout de ficelle au lieu de bride. De pareils écuyers n'ont pour se rendre intéressants que la vitesse. Ils montent leurs chevaux comme ils monteraient des oiseaux rapides, ne les gouvernent point, les maîtrisent à peine et les laissent voler de toute la légèreté d'un galop qui ne fait pas beaucoup plus de bruit que des ailes. La première bête venue leur est bonne, fût-elle à demi dressée, n'eût-elle pas encore l'âge de servir, pourvu qu'elle ait l'allure vive, et la plus méchante arme leur convient, pourvu qu'elle contienne la poudre et fasse explosion sans éclater. Quand ils n'ont ni bottes, ni éperons, ils se servent de la houssine et du tranchant de l'étrier ; à défaut de cravache, ils ont leur cri de *arrah*, sorte de clameur irrésistible pour des chevaux aussi excitables qu'ils sont dociles. Il ne s'agit point de parader, de faire des prouesses ; il suffit de courir ventre à terre, de décharger ses armes en atteignant le but, et de recueillir, en passant devant la tente où sont les femmes, les *you-you* qui répondent en manière d'applaudissements aux salves dont la mousqueterie les salue. Toutes les classes et toutes les fortunes ont droit de prendre part à ces jeux. Le peuple le plus aristocrate de la terre se montre en pareil cas plein de bonhomie. Chacun s'amuse pour son compte : le valet court à côté de son maître, s'il est assez bien monté pour suivre son allure. En vertu de ce principe applicable aux jeux militaires, que devant l'ennemi il n'y a ni distinctions de caste, ni supériorité de naissance, un cavalier vaut un cavalier, et le galop d'un cheval doit égaliser tous les rangs.

Ce prélude au reste fut très-court, et ne dura pas plus de quelques minutes ; il mit les spectateurs en

haleine, et fit sentir aux chevaux l'odeur de la poudre. Le kaïd avait pris place au pied du drapeau,
ayant près de lui ses deux fils, deux jolis enfants,
l'un de six ans, l'autre de dix. L'aîné, costumé, coiffé,
botté, comme un jeune soldat, avec de longs bas de
cuir jaune, et trônant dans une attitude princière,
comme si le spectacle eût été donné en son honneur,
se renversait, pour être plus à l'aise, sur de vieux
serviteurs à barbe grise, qui s'étaient couchés à plat
ventre, de manière à lui servir de coussins. Des cris
éclataient au fond de l'hippodrome, où la cavalerie,
prête à partir, s'organisait par petits pelotons.

Le premier départ fut magnifique ; douze ou
quinze cavaliers s'élançaient en ligne. C'étaient des
hommes et des chevaux d'élite. Les chevaux avaient
leurs harnais de parade ; les hommes étaient en tenue
de fête, c'est-à-dire en tenue de combat : culottes
flottantes, *haïk* roulés en écharpe, ceinturons garnis
de cartouches et bouclés très-haut sur des gilets sans
manche de couleur éclatante. Partis ensemble, ils
arrivaient de front, chose assez rare pour des Arabes,
serrés botte à botte, étriers contre étriers, droits sur
la selle, les bras tendus, la bride au vent, poussant

de grands cris, faisant de grands gestes, mais dans
un aplomb si parfait, que la plupart portaient leurs
fusils posés en équilibre sur leur coiffure en forme
de turban, et de leurs deux mains libres manœu-
vraient soit des pistolets, soit des sabres. A dix pas
de nous, et par un mouvement qui ne peut se décrire,
tous les' fusils voltigèrent au-dessus des têtes; une
seconde après, chaque homme était immobile et nous
tenait en joue. Le soleil étincela sur des armes, sur
des baudriers, sur des orfévreries; on vit dans un
miroitement rapide briller des étoffes, des selles brodées, des étriers et des brides d'or; ils passèrent
comme la foudre, en faisant une décharge générale
qui nous couvrit de poudre et les enveloppa de fumée
blanche. Les femmes applaudirent. Un second peloton les suivait de si près, que les fumées des armes
se confondirent, et que la seconde décharge répéta la
première, comme un écho presque instantané. Un
troisième accourait sur leurs traces, dans un nouveau
tourbillon de poussière, et tous les fusils abattus
vers la terre. Il était conduit par le nègre Kaddour,
un cavalier accompli, célèbre dans la plaine, où sa
jument grise a fait des miracles. Cette jument est un

petit animal efflanqué, très-souple et fluet, couleur
de souris, complétement rasé, sans crinière, et dont
la queue tondue ressemble au fouet des chiens cou-
rants. Des argenteries fanées, des grelots, des amulettes, une multitude de chaînettes pendantes, la dé-
coraient d'une sorte de parure originale pleine de
bruissements et d'étincelles. Kaddour était en veste
écarlate, en pantalon de couleur pourpre. Il portait
deux fusils, l'un sur la tête, l'autre dans la main
gauche; dans la droite, il avait un pistolet dont il fit
feu; puis il fit feu de ses deux fusils, l'un après
l'autre, en les changeant de main, les lança comme
un jongleur fait de deux cannes, et disparut étendu
sur le cou de sa bête, son menton touchant la crinière.

La mousqueterie ne cessa plus. Coup sur coup,
sans relâche, des cavaliers se succédèrent à travers
un rideau de poussière et de poudre enflammée, et
les femmes, qui continuèrent de battre des mains et
de pousser leurs glapissements bizarres, purent respirer pendant une heure l'ardente atmosphère d'un
champ de bataille. Imagine, mon ami, ce qui ne
pourra jamais revivre dans ces notes, où la forme est

froide, où la phrase est lente; imagine ce qu'il y a de plus impétueux dans le désordre, de plus insaisissable dans la vitesse, de plus rayonnant dans des couleurs crues frappées de soleil. Figure-toi le scintillement des armes, le pétillement de la lumière sur tous ces groupes en mouvement, les *haïk* dénoués par la course, les frissonnements du vent dans les étoffes, l'éclat fugitif, comme l'éclair, de tant de choses brillantes, des rouges vifs, des orangés pareils à du feu, des blancs froids qu'inondaient les gris du ciel; les selles de velours, les selles d'or, les pompons aux têtières des chevaux, les œillères criblées de broderies, les plastrons, les brides, les mors trempés de sueur ou ruisselants d'écume. Ajoute à ce luxe de visions, fait pour les yeux, le tumulte encore plus étourdissant de ce qu'on entend : les cris des coureurs, les clameurs des femmes, le tapage de la poudre, le terrible galop des chevaux lancés à toute volée, le tintement, le cliquetis de mille et mille choses sonores. Donne à la scène son vrai cadre que tu connais, calme et blond, seulement un peu voilé par des poussières, et peut-être entreverras-tu, dans le pêle-mêle d'une action joyeuse comme une fête, enivrante en effet comme la guerre, le spectacle éblouissant qu'on appelle une *fantasia* arabe. Ce spectacle attend son peintre. Un seul homme aujourd'hui saurait le comprendre et le traduire ; lui seul aurait la fantaisie ingénieuse et la puissance, l'audace et le droit de l'essayer.

Réduite à des éléments tout à fait simples, à ne regarder dans cette mise en scène surabondante qu'un seul groupe, et dans ce groupe qu'un seul cavalier, la *fantasia*, c'est-à-dire le galop d'un cheval bien monté, est encore un spectacle unique, comme tout exercice équestre fait pour montrer dans leur moment d'activité commune et dans leur accord les deux créatures les plus intelligentes et les plus achevées par la forme que Dieu ait faites. Séparez-les, on dirait que chacune d'elles est incomplète, car ni l'une, ni l'autre n'a plus son maximum de puissance ; accouplez-les, mêlez l'homme au cheval, donnez au torse l'initiative et la volonté, donnez au reste du corps les attributs combinés de la promptitude et de la vigueur, et vous avez un être souverainement fort, pensant et agissant, courageux et rapide, libre et soumis. La Grèce artiste n'a rien imaginé ni de plus

naturel, ni de plus grand. Elle a montré par là que
la statue équestre était le dernier mot de la statuaire
humaine, et de ce monstre aux proportions réelles,
qui n'est que l'alliance audacieusement figurée d'un
robuste cheval et d'un bel homme, elle a fait l'édu-
cateur de ses héros, l'inventeur de ses sciences, le
précepteur du plus agile, du plus brave, et du plus
beau des hommes.

De temps en temps, et comme des acteurs de premier ordre sûrs d'eux-mêmes et toujours certains
d'être applaudis, des cavaliers couraient isolément ou
deux par deux, et alors dans un tel ensemble que les
chevaux avaient l'air d'être conduits par une seule
main ou attelés à un même timon qu'on ne voyait
pas. Ceux-là valaient qu'on les nommât : c'était Kaddour, qui recommençait ses courses avec sa jument
taillée comme un lévrier ; Djelloul, sur un cheval bai
sombre caparaçonné de soie cramoisie ; Ben-Saïd-
Khrelili, tout habillé de rose et montant un cheval
tout noir comme un corbeau ; Mohammed-ben-Daoud,
le manchot, vieux débris des anciennes guerres, à
qui l'on passait des fusils chargés, et qui, ne pouvant
plus les mettre à l'épaule, les tirait à bras tendu,

comme des pistolets. Le vieux Bou-Noüa, beau-père
du kaïd, courut accompagné seulement de ses trois
fils, charmants jeunes gens vêtus à la légère, et qui
lui servaient de pages. Il montait un cheval de
haute taille, lourdement équipé, aux larges sabots,
à vaste encolure, qui galopait avec emphase, comme
les chevaux de Rubens, les jarrets pliés, d'une allure
arrondie, redondante et retentissante. Lui-même était
énorme, grand, gros, ventru, la barbe en éventail, le
visage blond, les yeux clairs et ronds comme ceux
des aigles. Il portait avec une ampleur singulière un
haïk flottant, que le mouvement de la course ampli-
fiait encore en le faisant voler, et deux ou trois vestes
chargées d'or, plus un baudrier d'or, formaient autour
de sa taille une sorte de plastron solide où le soleil
rayonnait comme sur une cuirasse. Il galopait, non
pas debout, car le poids de son costume et son embonpoint l'empêchaient de se dresser tout à fait, mais
à demi soulevé sur ses étriers, une main posée carré-
ment sur le pommeau de sa selle, l'autre agitant un
long fusil, arme magnifique qu'il dédaignait de charger à poudre. Un sabre kabyle à fourreau d'argent
pendait à son épaule gauche, et complétait ce splen-

dide harnais de guerre. Après chaque course fournie,
les cavaliers revenaient au petit pas où dans un galop
plein d'allure. Ils s'arrêtaient un moment vers le milieu du champ de course, y faisaient bondir leurs
chevaux pour les exciter davantage, les harcelaient
de la bride, les éperonnaient sur place, et retour-
naient, en paradant, se former en bataille à leur point
de départ.

Au milieu de ce luxe, de ce désordre et de ce bruit
passait et repassait l'aventureux Amar-ben-Arif. Je
ne l'avais pas vu depuis la soirée d'Hassan ; je me
souvenais du joueur d'échecs, sobre de gestes, froid
de paroles, et quand Vandell me dit : Voici Ben-Arif,
je ne le reconnus plus.

A cheval, il me parut court, moins élégant que
beaucoup d'autres, mais d'une solidité qui n'avait
pas d'égale. On le sentait inébranlable, et, soit qu'il
quittât la selle ou qu'il s'y cramponnât, debout comme
assis, même dans le plus périlleux des équilibres, il
conservait la puissance de carrure et la facilité d'évo-
lutions d'un lutteur. De son visage, à moitié masqué
par un pli relevé du *kaïk*, on n'apercevait que le
haut des joues d'une pâleur ardente, deux pointes

de moustaches hérissées et des yeux couleur de charbons en feu. Modestement habillé de drap sombre, sans beaucoup de broderies, mais avec toute sorte d'armes passées dans la ceinture, il maniait en écuyer consommé un cheval grisâtre dont tout le harnachement, moitié cuir violet, moitié métal, ressemblait à des aciers ciselés. Pour fusil, il avait une arme française à double canon, dans lequel il versait des pleines mains de poudre. Il l'amorçait en courant, et de minute en minute nous le voyions paraître, soit seul, soit accompagné, mais toujours reconnaissable à sa mine un peu étrange, à son cheval tout miroitant d'acier bleuâtre, à la double détonation de son fusil, qui nous éclatait en plein visage. Il s'annonçait d'ailleurs par un galop bruyant, car, contre l'usage presque général dans les tribus, son cheval était ferré.

Cette course effrénée durait depuis une heure. Amar paraissait aussi infatigable qu'au début ; il n'avait pas mis pied à terre une seule fois, et sa bête n'avait pas soufflé une seule minute.

—*Ya!* Ben-Arif, lui criait-on, prends garde à ton cheval, qui saigne. Tu l'éventreras, prends-y garde.

Il répondait seulement: — Patience, j'en ai un autre. — Puis il repartait ventre à terre, et fournissait
un galop, sinon plus rapide, du moins plus impétueux que les précédents.

Enfin, non par lassitude, mais sans doute par pitié
pour sa monture, ou par précaution, comme on l'a
compris plus tard, il s'arrêta. Il examina les flancs de
son cheval, où chaque coup d'éperon se dessinait par
un bourrelet de poils hérissés, par des sillons de peau
rougeâtre, par des filets de sang, suivant qu'il l'avait
piqué plus au vif. Avec un peu d'herbe, il étancha le
sang; avec un peu de terre pétrie de salive, il fit un
emplâtre dont il boucha les plaies qui saignaient trop;
partout où l'animal avait des écumes, il l'épongea rapidement d'un coin de son *haïk;* il le dessangla
légèrement pour soulager sa respiration haletante;
par une flatterie singulière, il le baisa sur les narines
en l'appelant d'un nom que je n'entendis pas; puis il
sauta sur son cheval de rechange, qu'un valet d'écurie
tenait en main. C'était un étalon bai-cerise, tout frais,
tout reposé, complétement équipé, comme pour une
expédition de guerre. Une longue *djebira* pendait au
pommeau de la selle; on voyait passé sous la sangle

19*

un sabre de fabrique espagnole, à lame un peu courbe, à poignée de corne, et sans fourreau.

— Cet enragé finira par faire des sottises, observa Vandell en le regardant partir à fond de train.

Amar-ben-Arif reparut au bout de quelques minutes, et comme il défilait devant nous, nous saluant à bout portant de ses deux décharges, le kaïd lui fit signe de la main, et lui dit : — Attends un peu, Ben-Arif, je vais courir.

Le soir approchait, la fête allait finir, et je m'étonnais que le kaïd fût resté si longtemps sans y prendre part.

Il resta chaussé de ses babouches, boucla seulement son ceinturon, releva, pour être plus à l'aise, le long *haïk* qui l'enveloppait négligemment, et lui donnait, malgré son âge, je ne sais quelle juvénile et hautaine élégance. Il enfourcha son cheval blanc, le même qui l'avait ramené du marché. Trois jeunes gens qui n'avaient pas encore couru l'imitèrent. Lentement ils prirent du champ, puis s'arrêtèrent. Amar était à sa gauche, un jeune homme, neveu du kaïd, à sa droite, en tout cinq cavaliers. J'entendis le kaïd dire à ses compagnons : « Êtes-vous prêts ? » Et les

cinq chevaux partirent à la fois. Ils arrivèrent de front
et dans l'ordre du départ. Le kaïd n'était point armé.
Trois coups de fusil retentirent : c'étaient les trois
jeunes gens qui faisaient feu. Amar ne tira pas. Rapidement il posa son fusil en travers de sa selle, ras-
sembla son cheval comme pour le faire sauter, fit un
écart à gauche, et comme il était à deux pas seulement
du premier rang des spectateurs, l'animal, enlevé tout
droit, retomba des quatre pieds au milieu d'eux. Il y
eut un cri déchirant, — je l'entends encore au moment
où je t'écris, — puis des clameurs, puis un tumulte.
La foule s'ouvrit, je vis à terre quelque chose de blanc
qui roula, puis resta couché.

— Ah! le misérable! s'écria Vandell.

— Arrêtez-le! hurla le kaïd, qui s'élança sur
Amar.

Mais personne n'eut le temps de le saisir ; il passa
près de nous presque à nous renverser, se retourna
pour voir qui le suivait, et siffla bruyamment. Son
premier cheval, tout fatigué qu'il était, s'échappa des
mains du palefrenier et partit comme un trait. Quelques secondes après, nous vîmes dans un flot de poussière un petit groupe de cavaliers lancés à toute bride

à travers la plaine. A une petite distance en avant, à portée de pistolet tout au plus, on apercevait Ben-Arif, couché à plat ventre sur sa selle, qui piquait droit vers la montagne, et près de lui son cheval de rechange, la selle vide, qui galopait avec la légèreté d'un cheval sauvage.

Ce tragique incident fut si rapide, que je vis en même temps, et pour ainsi dire d'un seul coup d'œil, l'écart du cheval, la fuite d'Amar, puis le tumulte des gens qui s'empressaient autour de la personne atteinte, et que j'entendis à la fois les cris confus de : « Le misérable! arrêtez! courez! » et des voix dans la foule qui disaient : « Elle est morte! »

Je regardai Vandell, qui comprit mon geste et me dit : « Oui, c'est elle. »

C'était en effet la pauvre Haoûa qui venait de recevoir en plein visage le terrible choc du cheval d'Amar. Elle n'était pas morte, mais elle avait au-dessus du sourcil droit une blessure béante qui lui labourait le crâne. Le sang qui s'en échappait à flots l'inondait de la tête aux pieds. Elle gémissait faiblement, les yeux hagards, complétement évanouie, et les traits décomposés par une horrible pâleur. On la porta dans sa petite tente, on la déposa sur un matelas. Tout de suite on courut aux cuisines pour y faire rougir des fers, méthode arabe qui consiste à soigner les blessures avec des moxas ; mais le kaïd et Vandell, qui l'examinaient, dirent l'un après l'autre : « C'est inutile. »

Au bout d'une heure seulement, elle reprit connaissance, son regard devint mobile, et son bel œil éteint nous regarda comme à travers un voile de sang.

— *Ya, habibi!* me dit-elle, ô mon ami! je suis tuée. — Elle fit un second effort pour se faire entendre, et dit : — Il m'a tuée!

Il y avait foule autour de la blessée, et des attroupements de curieux commentaient, expliquaient avec la plus bruyante émotion l'accident, qui ne passait aux yeux de personne pour une maladresse de Ben-Arif.

— Il l'a tuée et bien tuée, me dit Vandell... Il l'a voulu... Peut-être le voulait-il depuis longtemps... C'était sa femme... On le dit ici, et si nous avions été plus curieux, nous l'aurions su plus tôt. Il a tué son premier mari pour l'épouser ; elle l'a quitté en le sachant assassin ; il l'assassine aujourd'hui pour prouver qu'un meurtre ne pèse pas d'un poids bien lourd quand il s'agit d'un désir ou d'une haine.

Il était six heures à peu près ; la fête était finie ; la nuit descendit sur ce lugubre dénoûment.

Je ne m'occupai guère, mon ami, de ce qui suivit, et le reste de cette veillée funèbre peut se raconter en quelques mots... Aussitôt que la nuit fut noire, et tandis que la blessée agonisait dans sa tente, assistée d'Aïchouna, qui la regardait mourir, et de la négresse Assra, qui se lamentait, on servit la *diffa*, et tout le monde alla manger. Pendant une ou deux heures, je n'entendis plus que le murmure de la foule attablée sur l'herbe, le va-et-vient des cuisiniers qui portaient les plats ; puis après la *diffa* vint la danse. Un jeune homme, un enfant de seize ans, fut choisi pour remplacer Aïchouna, qui fut la plus regrettée des deux absentes. De grands feux furent allumés dans la lande, d'immenses feux de broussailles qui jetèrent une flamme claire. Un grand cercle s'établit tout autour, si vaste qu'il touchait d'un côté à la tente des femmes, et de l'autre arrivait presque jusqu'au petit pavillon d'Haoüa, dont personne alors ne s'approcha plus. Deux ou trois bougies à la lueur tremblante éclairaient vaguement le groupe obscur des deux pleureuses étendues presque à l'étouffer sur le corps pâmé de la mourante.

Cependant le danseur commença de faire à petits pas le tour de l'assemblée; devant chaque spectateur, il s'arrêtait, exécutait, longuement accompagné par la voix des chanteurs et par des battements de mains monotones, la même et régulière pantomime. Chacun, en retour d'un plaisir égal pour tous, lui tendait une pièce de monnaie; le danseur la recevait, soit sur le front, soit sur les joues, et continuait sa collecte jusqu'à ce qu'il eût le visage à peu près couvert de piécettes d'argent.

Entre onze heures et minuit, les cavaliers revinrent, exténués d'une course de quatre heures et ne ramenant pas Ben-Arif, qui s'était échappé par un défilé de la montagne.

La nuit était magnifique d'étoiles, mais excessivement humide et glacée. Jusqu'au matin, nous restâmes assis sur l'herbe et grelottants sous la rosée. Puis le danseur, fatigué, ne dansa plus; les chants épuisés s'interrompirent, et les feux continuèrent seuls de pétiller au milieu du silence absolu d'une assemblée de gens accroupis dont les trois quarts au moins s'assoupissaient.

Vers quatre heures, et comme un repos profond couvrait la plaine, pour la dernière fois nous entrâmes dans la tente. Un reste de bougie s'éteignait. Aïchouna dormait. Assra, accablée de lassitude, les cheveux en désordre et le visage absolument labouré de coups d'ongles, s'était laissée tomber d'épuisement et dormait. Haoûa était morte. La tête un peu de côté, les bras raidis, les paupières fermées, dans un sommeil qui ne devait plus finir, elle était telle à peu près que nous l'avions vue dormir sur son estrade de soie, et toute couverte encore de ses fleurs blanches, qui, cette fois, lui survivaient.

Blidah, fin d'octobre.

Me voilà seul, mon ami. Vandell m'a quitté. Nous nous sommes séparés aujourd'hui même. Il part je ne sais trop pour où, ni pourquoi. Il s'en va parce que la saison l'avertit de se mettre en route, parce que sa destinée est de vivre sur les grands chemins, et d'y mourir, dit-il, lorsque son heure aura sonné.

Depuis trois jours, il m'avait annoncé sa décision. Il a recueilli tout ce qui meublait sa chambre, collections, papiers et notes, et les a transportés ailleurs. Il a renouvelé sa provision de tabac, la seule qui lui fasse quelquefois défaut lorsqu'il se trouve en plein désert. Ce matin, à sept heures, il était prêt.

— Si vous le voulez, m'avait-il dit, nous monterons par les Beni-Moussa, nous nous arrêterons soit au télégraphe, soit aux cèdres, et nous nous quitterons là-haut, c'est-à-dire le plus tard possible.

Je montai donc à cheval et l'accompagnai.

Comme nous traversions la place du marché arabe, bon nombre de gens des tribus le reconnurent : — Bonjour, Si-bou-Djaba, lui disaient-ils, où vas-tu? — Je pars. — Tu quittes Blidah? — Oui. — Passeras-tu par...? — Et chacun nommait sa tribu. — Peut-être, répondait Vandell, s'il plaît à Dieu. —Bon voyage, Si-bou-Djaba, que Dieu t'assiste, que le salut t'accompagne, que ton chemin soit bon! — Salut sur tous! reprenait Vandell. J'irai chez vous avant l'été. — A l'un il disait : fin décembre, à l'autre : après les neiges ; à d'autres au contraire : pendant les pluies, — suivant l'emploi qu'il destinait à chacune des divisions de son prochain hiver. Au moment de franchir la porte du ravin, il s'arrêta comme frappé d'une idée subite et tout à fait nouvelle, et me dit : — Savez-vous qu'il y a juste huit mois je passais par ici, croyant venir à Blidah pour huit jours?

Tu connais la route escarpée que nous avons suivie, cette longue rampe en colimaçon qui commence au lit de l'Oued, décrit de grands cercles sur le flanc nord de la montagne, et conduit en quatre ou cinq heures de cheval au dernier sommet qui domine immédiatement Blidah. A mi-côte à peu près se trouve la glacière, jadis habitée par des Maltais, pourvoyeurs de neige, charbonniers et chasseurs. Il reste une ou deux baraques en manière d'abri, posées au bord de l'étroite esplanade où, par une claire matinée de mars, ensemble, il y a de cela trop d'années pour que je les calcule, nous avons vu voler des aigles et cueilli des fleurs qui ne fleurissent plus en automne. Un peu plus haut, sur un piton qui se voit de Blidah, est perché le télégraphe, avec ses longs bras articulés qui meurent d'inaction pendant les obscurs brouillards de l'hiver. Tout à fait au sommet, parmi les cèdres et sur le dernier repos de la montagne, taillée en pain de sucre, subsiste encore un vieux marabout, autrefois ouvert, aujourd'hui barricadé de broussailles, qui cependant n'est pas en ruine, quoiqu'il ait l'air absolument abandonné. Le plateau n'a pas plus de cent pas d'étendue; il est environné de cèdres et pavé de roches vives, plates et blanches, si fortement lavées, puis dévorées par le soleil, qu'elles ont pris l'aspect aride et dénudé des ossements qui sont restés longtemps en plein air. Une herbe rude et courte, sorte de végétation métallique, la seule qui puisse vivre sur ce sol de pierre et dans les duretés de ce haut climat, forme, avec des lichens grisâtres et des lambeaux de je ne sais quelle mousse épineuse, l'indigente et morne couverture du rocher. Les cèdres sont bas, mais très-larges; leur feuillage est noirâtre, leur tronc couleur de fer rouillé. Le vent, les neiges, la pluie, le soleil, qui semble encore plus âpre ici que dans la plaine, la foudre, qui de temps en temps les frappe et les partage en deux comme de fabuleux coups de hache, toutes les intempéries des saisons extrêmes les criblent de blessures mortelles, qui pourtant ne les font pas mourir. Leur enveloppe exfoliée les abandonne et se répand en poussière autour de leur tronc. Les passants les ébranchent, les bergers les mutilent, les bûcherons en font des fagots ; ils finissent petit à petit, mais avec l'intrépidité des choses vivaces ; leurs racines ont la solidité de la pierre qui les nourrit, et la séve, qui semble fuir devant les nécessités inévitables de la mort certaine, se réfugie dans les rameaux, qui toujours verdissent et fructifient.

Nous nous assîmes au pied de ces vieux arbres respectables et pleins de conseils. La journée était belle, et me parut triste, peut-être parce que nous n'étions gais ni l'un ni l'autre. Il faisait chaud et très-calme, circonstance que je n'oublierai jamais, car je lui dois la plus forte impression de grandeur et de paix complète qu'on puisse éprouver dans sa vie. Le silence était si sévère, l'immobilité de l'air était telle que nous remarquâmes le bruit de nos paroles, et qu'involontairement nous nous mîmes à causer plus bas.

Mesuré de l'endroit dont je parle au pied du marabout, l'horizon décrit un cercle parfait, excepté sur un seul point, où le cône noirâtre de la Mouzaïa fait saillie. Au nord, nous embrassions la plaine avec ses villages à peine indiqués, ses routes tracées par des rayures pâles, puis tout le Sahel, courant, comme un sombre bourrelet, depuis Alger, dont la place exacte était déterminée par des maisons blanches, jusqu'au Chenoua, dont le pied s'avançait distinctement, comme un promontoire entre deux golfes; au delà, entre la côte d'Afrique et le ciel infini, la mer s'étendait à perte de vue comme un désert bleu. Dans le sud-est, on apercevait le Djurdjura, toujours blanchâtre; à l'opposé, montait la pyramide obscure de l'Ouarensenis; quatre-vingts lieues d'air libre, sans nuage et sans tache aucune, séparaient ces deux bornes milliaires posées aux deux extrémités des pays kabyles.

A nos pieds se développaient quinze lieues de montagnes échelonnées dans un relief impossible à saisir, enchevêtrées l'une à l'autre, et noyées, confondues dans un réseau d'azurs indéfinissables. Nous aurions pu voir Médéah, si la ville n'était masquée par le Nador et perdue dans le pli d'un ravin, qui lui-même est le versant d'un plateau très-élevé, puisqu'il y neige. Droit au sud, et bien au delà de ce vague échelonnement de formes rondes, de plissures, de vallées, de sommets, — géographie réduite à l'état de carte

panoramique du vaste pays montueux qu'on appelle
le Tell et l'Atlas, — on découvrait des lignes plus
souples, à peine sinueuses, tendues comme des fils
bleuâtres entre de hautes saillies, dont la dernière, à
droite, porte la citadelle de Boghar. Plus loin encore
commençait la ligne aplatie des plaines. Enfin, à l'extrême limite de cette interminable étendue, dans une
sorte de mirage indécis, où la terre n'avait plus ni
solidité ni couleur, où l'œil ébloui aurait pu prendre
des montagnes pour des filets de vapeurs grises, je
voyais, — du moins Vandell les nommait avec la certitude du voyageur géographe, — les sept têtes des
Seba-Rous, et par conséquent le défilé de Guelt-Es-
thel et l'entrée du pays des Ouled-Nayl. La moitié
de l'Afrique française était étendue devant nous : les
Kabyles de l'est, ceux de l'ouest, le massif d'Alger,
les steppes, et, directement à l'opposé de la mer, le
Sahara.

— Voilà mon territoire, me dit Vandell ; le monde
est à celui qui voyage ! — Et il étendit les deux bras
par un grand geste qui sembla contenir un moment
tout le périmètre visible de cette terre africaine dont
il a fait la propriété de son esprit.

Pendant quelques minutes, il examina dans le nord un point blanc qui semblait flotter entre le ciel vague et la mer très-pâle. — C'est un navire qui retourne en France, lui dis-je.

Il cligna fortement des yeux, pour amortir l'éclat de la lumière qui nous aveuglait, et dit : « Peut-être, j'en ai vu quelquefois de plus loin. » Puis il tourna le dos à la mer et ne la regarda plus.

— Croyez-vous que nous nous reverrons ? lui demandai-je.

— Cela dépend de vous. Oui, si vous revenez ici ; non, si je dois aller vous trouver en France, où probablement je n'irai jamais. Qu'irais-je y faire ? Je ne suis plus des vôtres. A force de répandre autour de moi ma civilisation, ajouta-t-il en souriant, il ne m'en reste plus assez pour vivre là-bas, où, dit-on, vous en avez de trop.

Quand le soir approcha, Vandell interrogea la hauteur du soleil et se leva.

— Il est quatre heures, ou peu s'en faut, me dit-il ; allez-vous-en. Vous avez juste le temps de vous laisser glisser jusqu'aux sources de l'Oued et de rentrer au trot par le ravin. Moi, je n'ai qu'une petite marche à faire, deux lieues de pente douce, et je trouve un *douar*.

Et là-dessus il siffla sa jument, qui vint d'elle-même, et, par une vieille habitude, lui présenta le côté du montoir. Lorsqu'il fut établi dans sa selle en forme de fauteuil, il alluma sa pipe, resta immobile encore un instant sans fumer ni regarder rien. Puis brusquement il me tendit sa main osseuse et brune, et me dit : — Qui sait ? *Insha Allah*, s'il plaît à Dieu ! voilà le grand mot et toute la sagesse humaine. — Presque aussitôt il descendit lentement, tout à fait renversé sur sa selle afin de soulager la bête, dont les genoux pliaient, tant la pente était rapide.

— Bonne chance ! me cria-t-il encore.

Et comme si un souvenir plus joyeux lui revenait en mémoire, il arrêta sa jument et ajouta : — Souvenez-vous de ceci, ce n'est pas moi qui vous le dis, c'est notre jovial ami Ben-Hamida : *Tâchez d'agir avec le bonheur plutôt qu'avec cent cavaliers.*

— Adieu, lui criai-je en lui tendant de loin mes deux mains.

Puis il fit demi-tour et s'éloigna. Cinq minutes

après, je n'entendis et ne vis plus rien. Un léger vent, le premier souffle qui eût traversé l'air depuis midi, fit tomber deux ou trois pommes de cèdre qui roulèrent sur la pente et se perdirent dans le chemin plongeant qu'avait suivi Vandell. Je regardai le sud, où il s'en allait, puis le versant nord, où j'allais descendre.

— Si-Bou-Djaba est parti ? me dit, en me tenant l'étrier, l'Arabe qui m'accompagnait.

— Oui, répondis-je.

— Et toi, où vas-tu ?

— Moi, je vais à Blidah, et dans trois jours je serai en France.

Il est dix heures, mon ami. Le clairon des Turcs, que je n'entendrai plus, sonne le couvre-feu. Bonne nuit, et à bientôt.

 FIN

TABLE

—

I

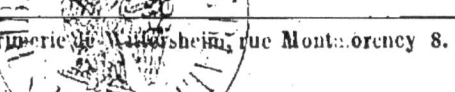

Paris. — Imprimerie de Walder sheim, rue Montmorency 8.

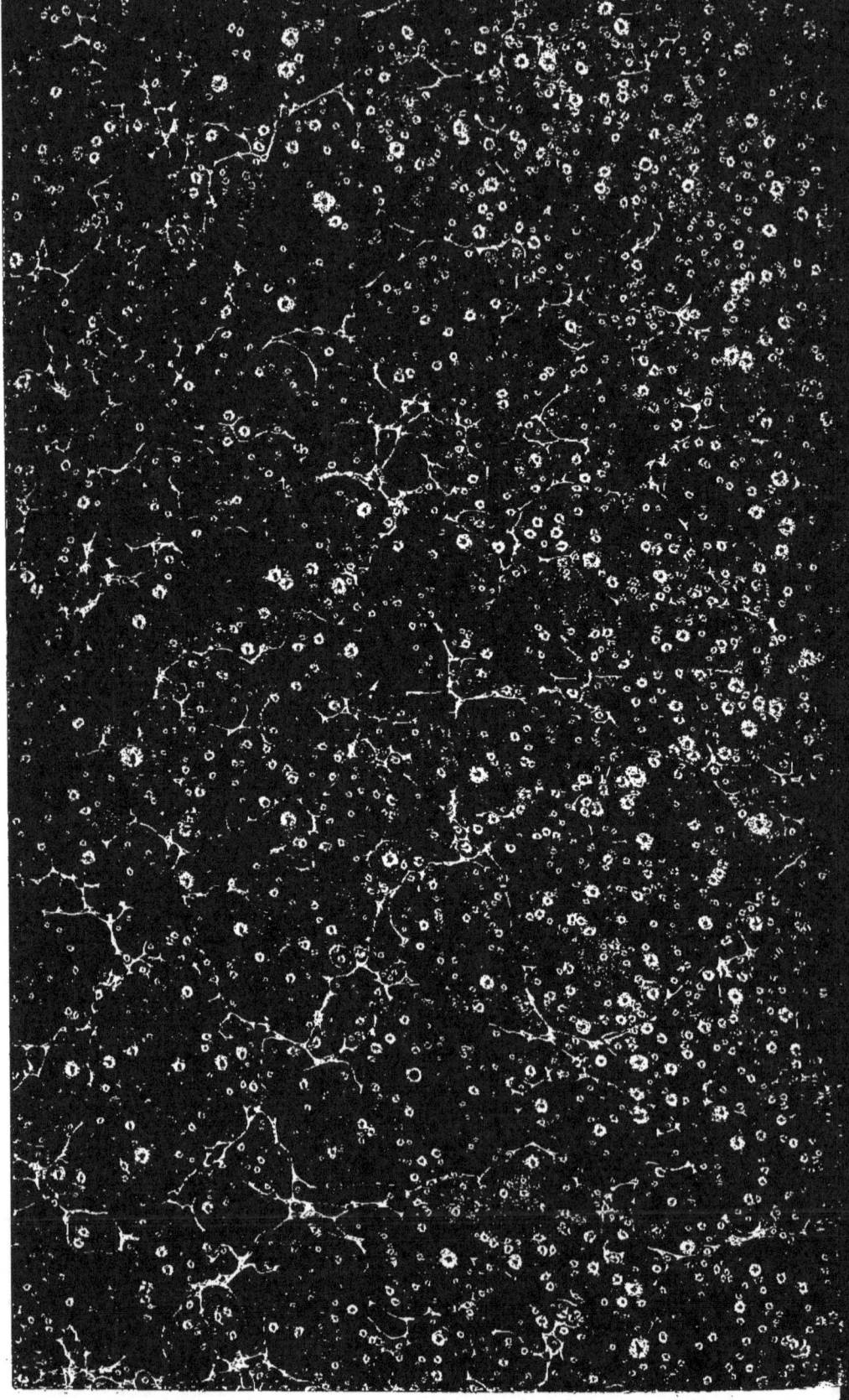